Anne Holt

Mea culpa

Roman

Aus dem Norwegischen von
Gabriele Haefs

Piper München Zürich

Anmerkung der Übersetzerin: Im Norwegischen werden die Anredeformen »du« und »Sie« etwas anders verwendet als im Deutschen. Die Übersetzung hält sich der Einfachheit halber an den Sprachgebrauch des Originals.

Von Anne Holt liegen in der Serie Piper vor:
Das einzige Kind (3079)
Im Zeichen des Löwen (mit Berit Reiss-Andersen, 3216)
Das achte Gebot (3581)
Blinde Göttin (3602)
Selig sind die Dürstenden (3658)
In kalter Absicht (3917)
Mea culpa (4215)
Das letzte Mahl (mit Berit Reiss-Andersen, 4273, 6161)
Die Wahrheit dahinter (4432)
Das einzige Kind/Im Zeichen des Löwen (mit Berit Reiss-Andersen, Doppelband, 4541)

FSC

Dieses Taschenbuch wurde auf FSC-zertifiziertem Papier gedruckt. FSC (Forest Stewardship Council) ist eine nichtstaatliche, gemeinnützige Organisation, die sich für eine ökologische und sozialverantwortliche Nutzung der Wälder unserer Erde einsetzt (vgl. Logo auf der Umschlagrückseite).

Ungekürzte Taschenbuchausgabe
Piper Verlag GmbH, München
August 2006

Titel der norwegischen Originalausgabe:
»Mea culpa«

Umschlag/Bildredaktion: Büro Hamburg
Heike Dehning, Charlotte Wippermann,
Alke Bücking, Daniel Barthmann
Foto Umschlagvorderseite: Michael Gossbee/Getty Images
Foto Umschlagrückseite: Peter von Felbert
Satz: Anja Sahre
Papier: Munken Print von Arctic Paper Munkedals AB, Schweden
Druck und Bindung: Clausen & Bosse, Leck
Printed in Germany
ISBN-13: 978-3-492-24215-8
ISBN-10: 3-492-24215-4

www.piper.de

Vorwort

Durch Schaden klug geworden – oder vielleicht sollte ich eher sagen, durch Erfahrung vorsichtig –, sehe ich jetzt Grund genug, mir die leicht variierten Worte meines spanischen Kollegen, des Krimiautors Manuel Vázquez Montalbán, zu Eigen zu machen:

Da gewisse Menschen beim Lesen immer versuchen, die Personen des Romans zu identifizieren, möchte die Autorin klarstellen, dass sie sich auf die Verwendung von Archetypen beschränkt hat, auch wenn sie zugeben muss, dass wir wirklichen Menschen uns bisweilen eben so aufführen.

Ich danke Eva Grøner und Lars Saabye Christensen.

Anne Holt

Archetypen: ... auf der ganzen Welt verbreitete seelische »Urbilder«, die ihrem Wesen nach immer unbewusst bleiben werden, [...], die Urform, von der alle Tier- und Pflanzenarten ihre gemeinsame Grundform haben.

(Aschehougs og Gyldendals Store Norske Leksikon)

Teil 1

1

Die Sache ging mir mit einer seltsamen Gewissheit auf, die ich mir nicht ganz erklären konnte. Ich musste einfach dorthin fahren. Fliehen. Verschwinden. Durchbrennen. Ich koste diese Wörter aus, lasse sie in einer schiefen kleinen Kuhle in meiner Zunge ruhen. Ich finde nichts, was mir schmeckt. Aber jedenfalls buchte ich den Flug und setzte mich in die Maschine.

Als ich meinen Entschluss fasste, wusste ich nichts über diese Gegend. Ich hatte mir eine Art Südseeinsel vorgestellt, irgendwo im Stillen Ozean. Wo die Südseeinseln eben liegen. Sie ist sicher platt, überlegte ich mir; eine Inselgruppe vielleicht, eine Gruppe Fliegenschiss auf der Karte, von der Art, die einem ungewissen Schicksal entgegenblickt, weil das Meer höher steigen und sie dann brutal verschlingen wird, da der reiche Teil der Welt sich beim Autofahren nicht einschränken will. Aus irgendeinem Grund stellte ich mir Polynesierinnen mit Blumenketten um den Hals und glücklichem Lächeln vor. Es ist schon seltsam, dass ich es nicht besser wusste, Mauritius war schließlich mein Samarkand. Der Ort, von dem ich immer geträumt hatte. Schon als Kind, meine ich. Und da war es doch auffällig, dass ich nie, kein einziges Mal in meinem Leben, diese Insel in einem Lexikon oder in einem Atlas nachgeschlagen und dass ich auch niemals irgendwen danach gefragt hatte. Ich wusste nur, dass Mauritius weit weg lag, dass es dort schön war, dass die Sonne den ganzen Tag schien und dass die Nacht dunkel und bestimmt vom Zirpen der Grillen erfüllt war.

Ich musste nach Mauritius. Es stellte sich heraus, dass diese Insel zu Afrika gehörte. Sie lag gleich rechts von Madagaskar, zwei Zentimeter weiter nur, in meinem alten, nach Volksschule riechenden Atlas, und sie ist wirklich ein Fliegenschiss. Aber nur einer. Eine ovale, fast tropfenförmige Insel, von Norden bis Süden an die hundert Kilometer lang, im Durchmesser vielleicht sechzig. Und es ist hier durchaus nicht platt. Im Gegenteil, seltsame scharf geschliffene Berge ragen in den Himmel, sie sehen karg und beängstigend aus. Für diese Insel besteht keine Gefahr, nein, sie wird nicht so schnell verschwinden. Und nicht nur die Berge scheinen ihre Zähne zu zeigen. Fast jeder Fleck bebaubaren Bodens ist von Zuckerrüben besetzt. Das ist eine wütend aussehende Pflanze, stechend und übellaunig, und die riesigen Felder, wenn sie denn so genannt werden, die kilometerlangen Flächen mit Zuckerrohmaterie, zwingen die meisten der etwa eine Million Menschen, die hier leben, dazu, sich an der Küste und entlang der Straße von Port Louis nach Curapine zusammenzudrängen. Am Meer dagegen ist es wirklich so schön, wie ich mir das vorgestellt hatte.

Das Wasser ist grüner als an jedem anderen Ort, den ich je gesehen habe, und jetzt meine ich wirklich grün, nicht türkis wie in Südfrankreich, nicht dunkles Blaugrün wie vor der südnorwegischen Küste, wenn ein Sturm wütet. Nein, es ist grün wie der Frühling, hell und optimistisch, fast, als habe jemand Farbe ins Wasser gegossen und die Sache danach bereut. Es ist zu grün. Und die Strände sind weiß. Palmen beugen sich über das Wasser und streuen Samenkörner und Rindenstückchen aus, nach denen kleine Fische schnappen, synchron, eine ganze kleine Armada von winzigen Mäulern, als habe irgendein General den Befehl erteilt: Achtung, fertig, los! Schwupp, schon sind sie allesamt wieder verschwunden. Wie haben sie das gemacht? Wovon werden sie angetrieben?

Ich bin jetzt seit drei Monaten hier. Ohne irgend etwas zu tun, jedenfalls nichts Planmäßiges, nichts, was der Erwähnung wert wäre. Abgesehen davon, dass ich mich über die Organisation der Fische wundere. Ich schwitze mich schlafend durch die Tage. Nachts ersticke ich fast, abgesehen davon, wenn ich, sehr selten, eine Art Ruhe darin finde, dass ich den fremden Sternenhimmel betrachte, mit seinem unbekannten Gesicht (der Orion, zum Beispiel, steht fast auf dem Kopf, jedenfalls hängt er arg schräg und ganz woanders als zu Hause, außerdem kann ich ihn hier besser sehen; das Schwert, das in Oslo oft nicht einmal sichtbar ist, zeichnet sich hier so deutlich ab, so *handgreiflich,* dass ich fast erwarte, dass er es in einer schönen Nacht einmal ziehen wird). Der Himmel ist so schwarz und dermaßen übervoll von Lichtpunkten, dass ich mir einbilde, die Galaxien sehen zu können; ich spüre für blitzschnelle, wohltuende Momente, dass wir so klein und unbedeutend sind, dass ich mir um nichts Sorgen zu machen brauche. Ich brauche nichts zu empfinden. Nichts zu denken. Nicht zu weinen. Vielleicht nicht einmal zu existieren.

Darin liegt ein gewisser Trost.

Sogar für eine wie mich.

2

An dem Tag, an dem alles anfing, fanden zwei außergewöhnliche Ereignisse statt. Das eine hätte eigentlich allgemeine Bestürzung auslösen müssen, was es aber nicht tat. Im Nachhinein, wann immer sie versuchte, diese Episode Sekunde für Sekunde erneut zu erleben, was seltsamerweise immer leichter fiel, ging ihr auf, wie offensichtlich die *Chronologie* der ganzen Angelegenheit war: Sie hatte sie zuerst gesehen. Normalerweise hätte sie sich so erschrocken, dass sie Alarm geschlagen hätte; aller Wahrscheinlichkeit nach hätte sie irgendeine kompetente Instanz angerufen. Das Meteorologische Institut vielleicht, oder die Universität, wo es Menschen gibt, die Ahnung von diesen Dingen haben. Es war doch überaus eigentümlich, dass es nur ihr aufgefallen war. Aber sie musste sich einfach mit der Tatsache abfinden, dass in den Zeitungen kein Wort darüber stand und dass es auch in Radio und Fernsehen unerwähnt blieb. Also hatte sie es wirklich als Einzige gesehen.

Es geschah an einem Freitag im Juni vor etlichen Jahren, als das Jahrhundert seinem Tod noch nicht so bedrohlich nahe gerückt war. Es war in dem Jahrzehnt, in dem Gro Harlem Brundtland und Mammon um die Wette herrschten, und nicht beide würden das neue Jahrzehnt erleben. Die Menschen in Norwegen entdeckten Allradantrieb und Champagner, und sie näherten sich einem weiteren leichtsinnigen Mittsommerfest. Der Sommer hatte lange mit dem Frühling Verstecken gespielt, aber die Lunte brannte, und plötzlich war die Temperatur gestiegen.

Sie arbeitete im Ministerium, und zwar seit drei Jahren. Immer in derselben Position. Als Sachbearbeiterin. Ohne jemals in den häufigen Diskussionen über mögliche Beförderungen aufzutauchen, die jeden Arbeitsplatz mit Fluktuation prägen. Sie bewarb sich nicht einmal um einen besseren Posten. Dahinter steckte keine Faulheit, wie ihre Umgebung in boshaften Momenten leise und laut denken konnte. Jedenfalls nicht nur. Sie selbst betonte hartnäckig, sie habe ganz einfach praktische Gründe. Ein langweiliger und übersichtlicher Job gab ihr nämlich Zeit für das, womit sie ihr Leben wirklich verbringen wollte.

Synne Nielsen arbeitete jeden Tag bis kurz nach halb vier und tat genau das, was von ihr erwartet wurde. Niemals mehr. Aber auch nicht weniger, sie war keine Drückebergerin. Die Arbeit wurde erledigt, routinemäßig und phantasielos, na gut, aber ihr Büro war aufgeräumt und der Stapel der unerledigten Post nie so hoch, dass er nicht mit einem energischen Krafteinsatz zum Verschwinden gebracht werden konnte.

Dieser Freitagnachmittag war überaus schön und warm. Im Vorzimmer saßen fünf kaffeetrinkende Menschen, in einem von Rauch und sommerlichen Erwartungen geschwängerten Raum. Die meisten redeten wild durcheinander, niemand hörte wirklich zu, und alle schauten regelmäßig auf die Uhr. Synne Nielsen hatte der Tür den Rücken gekehrt und registrierte deshalb als Letzte, dass sie dort stand.

Rebecca Dorothea Faber Lange Schultz. Obwohl sie den Namen Schultz durch ihre Eheschließung erworben hatte, bestand doch Grund zu der Frage, welche Eltern wohl auf solche Ideen verfielen. Natürlich konnte es sich um kleinbürgerliche Snobs gehandelt haben, die in dem Irrglauben schwebten, der Name mache die Frau. Es war aber auch möglich, dass die Eltern an der Wiege gestanden und gesehen hatten, dass *dieses* Kind – dieses *wunderbare* Kind – etwas so Besonderes war, so schön und so hinreißend, dass es eine solche Perlenkette aus Namen ertragen könnte. Abgesehen davon, dass Rebecca Dorothea Faber Lange Schultz vermutlich niemals in einer Wiege gelegen hatte und bei ihrer Taufe wohl schon einige Jahre alt gewesen war. Denn getauft war sie bestimmt, so sah sie einfach aus, sie hatte etwas Zartes, Heiliges, das ihren Kopf umgab, es war natürlich ein Ring aus dunklem Licht, was Synne bei genauerem Nachdenken hätte erkennen können, es konnte aber auch von ihrem Haarshampoo herstammen.

Vernünftigerweise nannte sie sich einfach Rebecca Schultz.

Sie war Abteilungsleiterin.

Alle setzten sich gerade, als wollten sie aufspringen und davonstürzen. Alle, außer Synne Nielsen.

Langsam und gemessen hob sie die Arme über den Kopf. Eine schlaftrunkene Fliege brummte vor ihr herum. *Cyclorapha diptera*. Sie lächelte bei dieser Erinnerung. Fliegenaugen. Facetten, eigentlich Dutzende von weitwinkligen Linsen. Wie sah sie wohl aus dem Blickwinkel eines Insekts aus? Lag in jeder Facette ein Bild von ihr? Oder wurde ihr Gesicht zu einem kolossalen Weitwinkeleffekt verzerrt, der die Fliege verwirrte und sie ziellos hin und her, auf und ab irren ließ? Synne Nielsen schlug in die Luft, traf aber daneben. Dann wandte sie ihren Kopf langsam zur Tür.

Etwas explodierte. Etwas in ihrem Kopf. Alles wurde blank und weiß, als habe sie in ein altmodisches Blitzlicht gestarrt. Eine Phosphorbombe, sie kniff die Augen zusammen, es tat weh. Mitten in dem vielen Weiß lag ein Gedanke. Er war unpassend. Er war alles überschattend. Statt sich

Gedanken zu machen wie »Das ist die Frau meines Lebens«, oder, vielleicht noch besser: »Für diese Frau werde ich alles tun, sogar mein Leben würde ich für sie opfern«, erlebte sie, dass etwas anderes und viel weniger Edles sich ausbreitete und alles andere beiseite schob; ein einziger Gedanke pflanzte sich durch ihren ganzen Leib fort, wanderte durch ihren Hals nach unten und dann in alle Glieder; sie spürte ein Prickeln in den Fingerspitzen, wie nach einem langen Aufenthalt in der Kälte, oder wie durch ein tiefes Schuldgefühl.

Weil die Vorstellung so allüberschattend und so weit jenseits aller Moral war, packte die Schuld sie schon an diesem Junitag. Nicht in der Weise, dass sie da und dort ihre Anwesenheit gespürt hätte, dafür war kein Platz; aber später, viel später, in allen Rückblicken, allen selbsterforschenden, selbstüberführenden, schmerzhaften retrospektiven Momenten, begriff sie, dass die Schuld vorhanden gewesen war, schon von Anfang an.

Als ihre Augen einander trafen, und noch ehe Synne Nielsen etwas anderes registrieren konnte als eben die Augen der Frau in der Tür (nicht einmal ihre Kleidung; in den folgenden Jahren gelang es ihr trotz großer Anstrengungen nie, sich daran zu erinnern, was Rebecca an diesem ersten Tag angehabt hatte), dachte sie genau dieses, nicht mehr und nicht weniger:

»Mit dieser Frau will ich ins Bett.«

Innerhalb von zwei Zehntelsekunden, vielleicht sogar noch rascher, berechnete Synne Nielsen die Lage und stellte fest, dass es um ihre Chancen katastrophal schlecht bestellt war. Und sie gelangte zu einer Entscheidung: Sie wollte es versuchen.

Als sie das gedacht hatte, entließ sie Rebecca Schultzens Gesicht aus ihrem Blick, und dann ließ sie diesen zum Fenster in der gegenüberliegenden Wand wandern.

Obwohl es erst drei Uhr nachmittags war, warf die Sonne ihre bleichorangenen Strahlen auf ein verschmutztes, staatliches Fenster, aber das von einer Stellung *gleich oberhalb des Horizontes* aus. Synne Nielsen streckte langsam den Arm aus, ballte die Faust, hob den Daumen und kniff das eine Auge wieder zu. Die Entfernung von den niedrigen Hausdächern, die den eigentlichen Horizont verbargen, die jedoch absolut nicht als Hochhäuser bezeichnet werden konnten, diese Entfernung, die nur einige Fingerlängen hätte betragen dürfen – angesichts der Uhrzeit eben –, diese Entfernung bestand aus einer Daumennagelbreite. Das war unbegreiflich.

War die Erde dabei, aus ihrer Jahrmilliarden alten Bahn zu fallen? Lag dort draußen in Wirklichkeit eine riesige Supernova, eine entfernte Verwandte der Sonne, die damit drohte, den ganzen Erdball zu versengen und alles Leben auszurotten, ohne Vorwarnung, jählings, allen modernen wissenschaftlichen Berechnungsmodellen zum Trotz? Die Position dieser glühenden Scheibe wäre um acht Uhr abends ganz normal erschienen, vielleicht auch noch um neun, aber jetzt? Eine halbe Stunde vor Feierabend? So mitten im Sommer, wie es überhaupt nur möglich war! Es war dermaßen erschütternd, dass sie zweifellos nur deshalb keinen Alarm schlug, weil sie sie zuerst gesehen hatte. Sie ließ statt dessen den Arm sinken und erbrach sich. Ehe Synne Nielsen sich ausgekotzt hatte, war die Frau wieder verschwunden.

An diesem Tag hatten zwei außergewöhnliche Ereignisse stattgefunden. Sie war der Frau ihres Lebens begegnet, und die Sonne schickte sich zum Absturz an.

3

Ich blute. Wie ein Schwein. Es tut weh und ist außerdem verdammt unpraktisch. Bei dieser Hitze kann ich keine Jeans tragen, und nur in Jeans liegen die klobigen, hoffnungslosen Binden wirklich so, wie sie sollen. Meine Shorts sind alle hell. Jetzt sind sie gefleckt, mit pfannkuchengroßen Schandflecken besudelt; ich verstecke sie, damit das Zimmermädchen sie nicht findet. Ich muss Chlor auftreiben.

Damit ruiniere ich die Shorts, aber sie werden doch immerhin sauber.

Ich habe keine Medikamente. Ich habe nichts Schmerzstillendes. Ich kenne hier keinen Arzt. Und da ich mich alle halbe Stunde umziehen muss, kann ich auch nicht in den Ort fahren und einen suchen.

Es dauert schon viel zu lange, schon zehn Tage.

Ich krümme mich im Schatten zusammen und spüre, wie alles aus mir herausfließt. Wenn aus meinen Unterhosen grüne Kröten und furchterregende Schlangen kröchen, würde mich das nicht im Geringsten überraschen.

Vielleicht ist es Gott, der mir da einen Streich spielt.

Ich presse mich auf den Boden und wünschte, ich könnte mich losreißen. Könnte ich doch nur die Schwerkraft umkehren, sie so verdrehen, dass Massen einander abstoßen, nur hier, nur an diesem Ort, nur für einen kurzen Moment, für den Moment, den ich brauchen würde, um Anlauf zu nehmen, weg vom Strand, weg von Mauritius, weg von der Erde und hinaus in die unendliche Dunkelheit, die so segensreich riesig und schwarz wirkt, dann könnte ich den schrägen Orion umarmen und würde nur eine dünne Blutspur hinterlassen, und sonst gar nichts, rein gar nichts.

4

Rebecca Schultz wollte bereits im August aufhören.

Am Montagmorgen, als diese Tatsache ihr durch einen Zufall zu Ohren kam, geriet Synne Nielsen in Panik. Sie konnte nicht begreifen, warum jemand nach drei Jahren Mutterschaftsurlaub nur für wenige Wochen zurückkam, und das noch dazu mitten im Sommer, wo Urlaub und Feiertage die meiste Zeit verschlangen, aber sie vermutete den Grund für diesen Schritt in engstirnigen staatlichen Vorschriften.

Die Sonne war im Laufe des Wochenendes zwar in ihre ursprüngliche Bahn zurückgekehrt (und zwar schon am

Freitagnachmittag; Synne hatte nach der Arbeit den Himmel angestarrt, war mitten auf der Grubbegata stehen geblieben und dabei fast von einem Taxi überfahren worden, denn sie hatte es erst bemerkt, als der Fahrer sie durch das heruntergekurbelte Fenster angebrüllt hatte; sie war unbeschreiblich erleichtert darüber, dass die Sonne ihren angestammten Platz wieder eingenommen hatte, doch zugleich stellte sich die Angst ein, sie könne an einer akuten Psychose erkrankt sein, sich alles unter Umständen nur eingebildet haben; andererseits fühlte sie sich nicht nur gesünder als seit langer Zeit, sondern fast schon glücklich, es konnte also nicht so gefährlich sein, und deshalb verdrängte sie jeden Gedanken an das bizarre Verhalten der Sonne mit einem breiten Lächeln und einer obszönen Geste, die dem Taxifahrer galt), aber die Nachricht von Rebeccas (in Gedanken nannte sie sie schon beim Vornamen) baldigem Ausscheiden aus dem Ministerium erregte ihr neuerlich Übelkeit und zwang sie auf die Toilette, wo sie ihr Gesicht so lange unter fließendes kaltes Wasser halten musste, dass sie sich danach nur noch mit Mühe aufrichten konnte.

Sie schleppte sich ins Vorzimmer. Über einem Tischkopierer hing ein Stück Millimeterpapier mit grünen und roten Markierungen und den Namen aller Angestellten, die in diesem Stockwerk arbeiteten. Synne starrte das Blatt so lange an, bis das Rot und Grün in die hauchdünnen orangenen Streifen auf dem Papier schwamm, bis alles zu einem bunten Brei verlief. Sie kniff die Augen zusammen und rieb sich das Gesicht.

Rebecca würde verschwinden. Am 5. August. Das war mit einem brutalen schwarzen Schlussstrich auf dem Papier vermerkt. Wie ein erwarteter und unvermeidlicher Todesfall, dachte Synne verzweifelt, als sei es ein Verbrechen, das Ministerium zu verlassen, und als könne dieses Verbrechen nur mit einem hässlichen jähen Ende bestraft werden; die Sekretärin hatte sich nicht einmal die Mühe gemacht, ein Lineal zu benutzen, der schwarze Strich unterschied sich in vielfacher Hinsicht von seinen zierlichen, rot-grünen Kollegen, die munter von den Plänen erzählten, die die anderen Angestellten bis in den September hinein hegten.

Rebecca würde im August aufhören. Und bis dahin wollte sie noch Urlaub machen. Das hatte auch Synne vor, doch ihre zwei Wochen an der Südküste lagen hinter den drei Wochen, die Rebecca irgendwo verbringen würde. In Cannes vielleicht, oder auf den Malediven. Oder vielleicht in einem eigenen riesigen Ferienhaus in Grimstad, mit Mann und Kindern und Schwiegereltern. Ab Mittwoch.

Drei plus zwei macht fünf. Der siebte August lag nur knappe sieben Wochen in der Zukunft. Sieben minus fünf macht zwei. Zwei kurze Sommerwochen am gemeinsamen Arbeitsplatz. Zehn Arbeitstage. Das reichte nicht.

Sie musste ihre Pläne ändern. Sie musste sofort Urlaub nehmen. Sie konnte nicht warten. Sie musste zur selben Zeit Urlaub haben wie Rebecca.

Die staatliche Urlaubsplanung kam ihr vor wie ein Flugzeugträger, der sich im März auf einen Kurs festlegte und von diesem danach durch keine Erschütterung zum Abweichen zu bewegen war.

Plötzlich erkrankte Synnes Mutter schwer. Eigentlich war sie kerngesund, aber sie lebte so weit entfernt, dass niemand ihr jemals auf die Schliche kommen würde. Synnes Gewissen versetzte ihr einen Stich, als sie eine Lungenentzündung erfand, die einfach nicht weichen wollte und in der die Ärzte einen beginnenden Krebs mutmaßten, vor allem unter dem mitleidigen Blick der Sekretärin, der sich für einen Moment mit Tränen zu füllen schien. Dann zwang sie sich, daran zu denken, was eine Freundin einst unternommen hatte, um ihnen einen Flug zu besorgen, zu Studienzeiten, als sie sich nur ein Stand-by-Ticket hatten leisten können, und der Versuch allein war mitten in der schlimmsten Urlaubszeit ja fast schon ein Auswuchs purer Idiotie gewesen. Als sie vom dritten überfüllten Flugzeug abgewiesen wurden, brach die Freundin vor der Frau am Ausgang in bitterliches Weinen aus. Synne starrte rot und verlegen den Boden an, als die Freundin mit fabelhaftem Talent von ihrer verstorbenen Mutter erzählte, die am nächsten Tag beigesetzt werden sollte, und wie schrecklich es doch wäre, wenn sie (als einzige Anverwandte) und ihre Freundin (ihre Stütze in dieser harten Zeit) nicht rechtzeitig einträfen. Sie durften auf den Notsitzen mitfliegen. Eine tote Mutter war eine ärgere Lüge als eine kranke. Und das hier war eine viel schlimmere Krise als damals.

Die Sache konnte geklärt werden.

Und sie schämte sich nicht einmal.

Ihr blieben zwei Tage und vier Wochen, um Rebecca Schultz kennen zu lernen.

Das Hundebaby war zwölf Wochen alt und bot einen unwiderstehlichen Anblick. Es war aus einem Impuls heraus angeschafft worden, in der Verliebtheit eines Augenblicks, und es ließ sich unmöglich als etwas anderes bezeichnen als eben als Hund. Die Pfoten waren eine Nummer zu groß, die Beine zwei zu kurz. Das eine Ohr war geknickt, das andere war eine bewegliche Radarantenne, die über einen braunen, seidenweichen Schädel zu tanzen schien. Der Nachbar, sein Besitzer, hatte ihm und seinen fünf Geschwistern ein düsteres Schicksal prophezeit, falls sich nicht bald jemand dieser Tiere erbarmte. Die Hündin – die Mutter der bedauernswerten Kleinen – hatte Synne einen bis zum Bersten mit Kummer erfüllten Blick zugeworfen. Und damit legte Synne sich auf eine Weise einen Hund zu, von der wirklich nur abzuraten war, sie las ihn von der Straße auf und ging. Schon im Treppenhaus bereute sie diese spontane Tat, als das Kleine in der verzweifelten Angst der Trennung auf sie pisste, während es wimmerte und fiepte und zu Mama zurückwollte.

Natürlich hatten Hunde keinen Zutritt zum Ministerium. Nur für den Blindenhund der Telefonistin galt eine Ausnahme, aber der sah auch eher aus wie ein vollgefressenes Schwein als wie ein Exemplar der Gattung *Canaris familiaris*. Leider war am Geruchssinn des Schweinehundes nichts auszusetzen, und dumm war er auch nicht. Da aber Synne auf dem Weg zum Büro zwangsläufig an diesem Wachschwein vorübermusste, hatte sie das Hundebaby in eine große Tasche gestopft und es zuvor einer ausgiebigen Dusche mit »Shalimar« unterzogen. Ob das wirkte, oder ob der Blindenhund diesen Besuch einfach nicht gefährlich fand, konnte sie nachher nicht sagen. Jedenfalls erreichte sie mitsamt dem Hundebaby ihr Büro, ohne dass irgendwer Alarm geschlagen hätte. Doch als das Kleine dann aus der Tasche befreit war, lief es Amok.

Die kleine Hündin wand sich aus Synnes Armen, rannte über den Linoleumboden, legte vor dem Fenster eine ansehnliche Wurst ab und nagte dann das Schreibtischbein an. Der Schaden war schon unwiderruflich geschehen, als Synne sich endlich zusammenriss und das Tier wieder auf den Arm nahm. Das Hundeverbot kam ihr plötzlich gar nicht mehr so unbegreiflich vor.

Synne Nielsen wusste nicht, was sie machen sollte. Bei dieser törichten Schmuggelaktion hatte sie einen Hintergedanken gehabt, einen sonnenklaren Hintergedanken, der sich jetzt aber ganz und gar verdüstert hatte. Sie hielt einen Hund in den Armen und kam sich vor wie ein Schaf.

Rebecca Schultzens Büro lag am entgegengesetzten Ende eines endlos langen Ganges. Synne wusste nicht, ob Rebecca sich in ihrem Büro aufhielt. Wie bei den meisten in ihrer Position bestand ihr Arbeitstag vor allem aus Besprechungen. Synne war sich nicht einmal sicher, dass Rebecca sich überhaupt im Haus aufhielt. Und daran hatte sie nicht gedacht.

Außerdem war Rebecca viel älter als sie. Auch daran hatte sie nicht gedacht.

In den Jahren, die auf diese Geschehnisse folgten, versuchte Synne Nielsen oft, festzustellen, wann und wo sie die Grenze überschritten hatten, hinter der es keine Wiederkehr gab. Doch wie sie die Sache auch drehte und wendete, immer landete sie bei diesem Montag Ende Juni. Alles, was später passiert war, war unvermeidlich gewesen, wie ein Lauf über einen Weg, der hinter uns einstürzt, oder vielleicht wie eine

Szene aus einem Actionfilm, in der die Heldin über eine am einen Ende sich lösende Hängebrücke jagt, ein Wettlauf mit dem Tod, in Zeitlupe und vor fünf Kameras. Aber als sie dort in ihrem Büro stand und die Hundekacke auf dem Boden anstarrte, handlungsunfähig und mit der plötzlichen Erkenntnis, dass Rebecca sicher zwölf oder dreizehn Jahre älter war als sie (warum sie sich gerade in diesem Moment in die Altersfrage verbiss, sollte ein Rätsel bleiben; denn von allen Abgründen, die zwischen ihnen lagen, war der Altersunterschied doch nur ein kleiner, seichter Riss im Boden), und mit dem starken Gefühl, dass sie sich jetzt gerade lächerlich machte – wenn nicht in den Augen der anderen, dann doch in ihren eigenen –, hätte sie umkehren können. Sie hätte den Hund in die Tasche stopfen, ihre Mutter gesundmelden, Ende Juli Urlaub machen und innerhalb einiger Monate die ganze Geschichte vergessen können. Später ging ihr auf, dass das alles möglich gewesen wäre. Damals. An jenem Montag.

Synne Nielsen war versessen auf Tage. Sie behielt sie im Gedächtnis. Es gab kein Erlebnis von einer gewissen Größe, das sie nicht in den sieben Archivfächern der Woche hätte unterbringen können. Oft konnte sie sich auch an das Datum erinnern; in vieler Hinsicht war Synne Nielsen ein zeitfixierter Mensch. Sie konnte sich unter anderem auf die Sekunde genau an den Verlust ihrer Unschuld erinnern, und obwohl das seine natürliche Erklärung darin fand, dass an der Wand des Klassenzimmers, in dem es passiert war, eine riesige Uhr gehangen hatte (ein schwarzweißes Monstrum, das vom Rektor ferngesteuert wurde und deshalb peinlich korrekt ging und dessen Sekundenzeiger so laut tickte, dass er fast die Entzückensschreie von Synnes Klassenkameraden übertönte), so war es doch bezeichnend, dass sie sich so viele Jahre später noch immer daran erinnern konnte. Nachmittags um zwanzig vor vier Uhr. Dienstags. Wenn sie sich selbst gegenüber ehrlich war, so erinnerte sie sich an die Uhrzeit besser als an den eigentlichen Vorgang.

Synne Nielsens Gehirn war erfüllt von Daten, Tagen, Stunden und Sekunden, so sehr, dass ihr oft alles durcheinander geriet, in einer Art Gehirnkatarrh, der sich vor allem nachts einstellte, doch es dauerte niemals lange, bis alles sich wieder zusammenfügte, wie zu einem geistigen Filofax. Die meisten ihrer Bekannten hielten ihre detaillierten Auskünfte über Ort und Zeit in allen Anekdoten für die Würze, mit der sie die Glaubwürdigkeit einer Geschichte von zweifelhaftem Wahrheitsgehalt steigern wollte, doch Tatsache war, dass sie einfach auf eine anstrengende Unsitte konstruktive Wechsel zog.

Trotz dieser Zeitversessenheit konnte sie sich später nicht mehr daran erinnern, wie lange sie mit dem Hundebaby auf dem Arm und mit offenen Rücktrittsmöglichkeiten dort gestanden hatte. Mit Sicherheit konnte sie nur sagen, dass sie die Kacke nicht aufgehoben, sondern stattdessen energisch die Tür hinter sich geschlossen hatte und durch den langen Gang gewandert war. Sie machte nicht einmal den Versuch, zu verbergen, was sie da in den Armen hielt.

Weit vor sich konnte Synne sehen, wie Rebecca Schultz auf ihr eigenes Büro zuwogte.

Rebecca Schultz wogte wirklich. Sie war eine kräftige Frau, durchaus nicht mollig, in keiner Hinsicht, aber sie wies dort Kurven auf, wo Frauen eben Kurven aufweisen sollten; der abgegriffene Vergleich mit der Eieruhr fiel Synne ein, als sie für einen Moment stehen blieb und einfach nur noch starrte. Rebeccas Aussehen widersprach auf erstaunliche Weise ihrer ethnischen Herkunft; sie hätte kleiner sein müssen, viel kleiner, doch sie war von einer hochgewachsenen nordischen Gestalt. Synne Nielsen hatte die gleichen Vorurteile wie die meisten anderen, davon ging sie aus, und laut diesen waren Asiatinnen entweder mager (und dann waren sie konturlos und hatten flache Brüste) oder dick (und dann waren sie kugelrund). Doch Rebecca hatte schwingende Formen, sie trug einen Rock und halbhohe Absätze, und sie wogte.

In ihr eigenes Büro!

Synne setzte das Hundebaby auf den Boden und hoffte aufs Beste. Dann überkam sie die Angst, dass Rebecca Hunde vielleicht verabscheute. Sie konnte doch ein Katzenmensch sein. Oder allergisch. Oder eine Paragraphenreiterin, die zutiefst empört darauf reagieren würde, dass eine Angestellte in einem staatseigenen Gebäude den offiziell anerkannten Vorschriften eine solche Missachtung entgegenbrachte.

Doch Rebecca war sofort erobert. Als Synne den Kopf durch ihre Tür steckte und eine verzweifelte Miene aufsetzte, weil ihr der kleine Hund entwischt war, war Rebecca Schultz schon in die Hocke gegangen, und das Hundebaby hatte ihr zwei Pfoten aufs Knie gelegt und leckte ihr das Gesicht. Dieser Erfolg war fast nicht zu ertragen, und Synne Nielsen brach in einen Schluckauf aus.

»Wie heißt denn dieser kleine Wicht?«

Die Stimme war wunderschön. Sie sang.

»Cetacea. Das bedeutet Wal. Hick.«

»Was hast du gesagt?«

»Der Hund. Er heißt – hick – Cetacea. Das ist Latein. Bedeutet Wal.«

Synne Nielsen verachtete Menschen, die nicht in ganzen Sätzen reden konnten; Menschen, die mit einer Menge loser Wörter ohne Bedeutung dahinstolperten – irgendwie und gewissermaßen waren das die Schlimmsten – und die noch als Erwachsene nicht begriffen hatten, dass auch mündlich vorgetragene Sätze Subjekt, Prädikat und Objekt enthalten sollten.

Aber ihr Schluckauf setzte ihr dermaßen zu, dass sie mit einer ihr überaus fremden Wortkargheit geschlagen war. Immer wenn Rebecca Schultz auf den Hund hinunterblickte, hielt Synne den Atem an und presste Luft in ihr Zwerchfell, aber das sorgte bei ihr nur für Watte in den Ohren. Außerdem merkte sie, dass ihr Gesicht rot anlief.

»Ist dir noch immer schlecht?«, fragte Rebecca Schultz plötzlich.

»Nur ein wenig Schluckauf«, erwiderte Synne Nielsen und schwenkte die eine Hand vor dem Gesicht, in der Hoffnung, die unnatürliche Röte vertreiben zu können.

»Ich meine, wie am Freitag«, sagte Rebecca lächelnd. »Da ging es dir doch so schlecht.«

Sie konnte sich an sie erinnern. Theoretisch wäre alles andere natürlich ein Skandal gewesen. Erst vor drei Tagen hatte sie sich vor Rebeccas Augen erbrochen, und Rebecca hätte doch an übermäßigem Stumpfsinn leiden müssen, wenn diese Szene hei ihr nicht einen gewissen Eindruck hinterlassen hätte. Aber dennoch ... Rebecca Schultzens Erinnerung zeigte, dass Synne etwas erreichen könnte, dass sie etwas an sich hatte, das Rebecca aufgefallen war und das sie vielleicht gern etwas genauer untersuchen wollte.

Die Art, wie sie in die Hände klatschte ... Synne sah sich Rebeccas Hände an. Sie waren groß, etwas zu groß für diesen weiblichen Körper; breite Handrücken mit einem trockenen, feinen Hautmuster, die vier Kindern die Windeln gewechselt hatten. Synne wusste, dass Rebecca vier Kinder hatte. Darüber hatte eine Illustrierte berichtet. Mit Bildern. Die Kinder waren eher niedlich als schön, und die Bilder hatten gezeigt, dass sie lieber nicht fotografiert werden wollten.

Rebeccas Finger waren nicht lang, sie waren eigentlich gerade richtig, mit der dazupassenden Nagellänge und ohne Ringe. Keine Ringe! Gab es bei ihr vielleicht Eheprobleme?

Ihre Hände waren überaus anziehend. Sie strich damit in langen, langsamen Zügen über den Hundeleib, genau in der richtigen Stärke, so wie es nur eine kann, die Hunde liebt und kennt.

»Eigentlich bin ich ein Katzenmensch«, erklärte sie. »Und wie ein Wal sieht sie nun nicht gerade aus. Witziger Name! Schön.«

»Darin gibt es zwei S«, sagte Synne. »Oder eher zwei C. Aber das kommt ja aufs Selbe raus. Das S ist ein Laut, den Hunde leicht registrieren. In einem Hundenamen sollte immer mindestens ein S vorkommen.«

Der Schluckauf war verflogen.

»Interessant«, sagte Rebecca, ohne einen Hauch von Ironie.

Dann setzte sie Cetaceas Pfoten auf den Boden, richtete sich auf, strich mit den Händen (sie waren wirklich ungeheuer anziehend, sie sahen weich und fest zugleich aus, sie wirkten so *zielstrebig,* es war fast unmöglich, nicht an Sex zu denken, wenn sie sie so vor sich sah) über ihren Rock, um sich von Hundehaaren zu befreien, dann trat sie zwei Schritte auf Synne zu und streckte ihr die rechte Hand hin.

»Ich glaube, wir haben uns noch gar nicht vorgestellt«, sagte sie mit einer darin enthaltenen vorsichtigen Frage.

»Nein, das haben wir nicht«, bestätigte Synne und verfluchte den Schweiß, der dick und zäh in ihren Handflächen klebte.

So diskret wie möglich rieb sie ihre Hand über ihre Hose, ehe sie den Gruß erwiderte. Das half nichts. Aber *ihre* Hände waren wie erwartet. Trocken, warm. Ihr Händedruck war fest, aber nicht eisern, so wie Synne ihren eigenen kannte; sie konnte nichts dafür, sie hatte solche Angst davor, schlaff zu wirken, dass sie übertrieb, ja, sie übertrieb dermaßen, dass zarter gebaute Menschen schmerzlich das Gesicht verzogen, wenn sie sie begrüßten. Jedenfalls war das schon einige Male passiert.

»Rebecca Schultz«, sagte sie.

»Sehr erfreut«, sagte Synne Nielsen und wollte die Hand nicht loslassen.

Sie starrten einander an, dann fiel es ihr ein.

»Synne Nielsen«, sagte sie dann endlich, sehr schnell, es klang wie ein kräftiges Niesen, ungefähr wie Synne Nissen.

Dann wiederholte sie es, laut und deutlich:

»Synne Nielsen.«

In den folgenden Jahren versuchte sie ab und zu, herauszukitzeln, wie Rebecca das alles erlebt hatte. Während Synne jedes Detail schildern konnte (diesmal registrierte sie zum Beispiel, wie Rebecca gekleidet war, vom Rockmuster bis zu der kleinen weißen Stickerei auf dem Blusenkragen), schüttelte diese nur den Kopf, überlegte und fragte dann endlich:

»Cetacea war damals noch ziemlich klein, oder?«

Ob es die Art war, wie Rebecca mit dem Hund umging, ob es ihr Händedruck war, der Blick oder die Tatsache, dass sich jetzt unter die glänzenden rabenschwarzen auch graue Haare mischten, ohne dass sie versucht hätte, etwas daran zu ändern – Synne konnte jedenfalls niemals erklären, was den entscheidenden Eindruck gemacht hatte.

Aber ihr Entschluss stand fest.

Sie wollte Rebecca mit beiden Händen packen.

Sie war glücklich und lachte in Gedanken über ihren eigenen Optimismus.

5

Ich finde es sehr schwer, meine anstrengende Wanderung zu ihrem Herzen zu beschreiben. Die Geschichte verwirrt mich, auch wenn mein Gedächtnis mir dabei hilft, alle Episoden am Leben zu erhalten, detailliert und korrekt, falls es im Leben eines Menschen überhaupt etwas gibt, das sich zuverlässig und in allen Einzelheiten wiedergeben lässt. Statt sich in eine Geschichte mit Anfang und Ende und etwas in der Mitte einzufügen, springen die Details wie störende Elemente hin und her und zerstören Chronologie und Logik, und immer wieder stehe ich dann vor einem Flickenteppich aus heftigen Bildern, die sich gegenseitig zunichte machen.

Die Nächte werden mich noch zum Wahnsinn treiben. Ich kann nicht schlafen. Die Blutung hat endlich aufgehört, aber die Angst hat mich nicht verlassen. Sie packt mich mit eisernem Griff, wenn die Dunkelheit sich über Mauritius senkt, so gegen halb acht Uhr abends. Die Einsamkeit, diese selbstgewählte Einsamkeit, ist unerträglich. Ich bin krank vor Sehnsucht nach ihr, nach ihren Händen, nach ihrem ganzen Körper, natürlich, vor allem aber nach den Händen, die eine solche magische Macht über die bösen Kräfte der Nacht ausüben, die mich mein Leben lang gequält haben. Früher, in den guten Zeiten, konnte ich mit dem Gefühl aufwachen, dass die Seele dabei war, mich in purer, lauterer Angst vor den entsetzlichen Träumen zu verlassen; aber dann war sie da, wenn sie da war, und sie streichelte ruhig meinen Bauch, löste die Angst auf, beruhigte mich, holte die Seele an Ort und Stelle zurück und brachte, einzig, indem sie eine Hand über meine linke Brust legte, mein Herz wieder zum Schlagen. Sie hatte magische Hände.

Aber sie ist nicht hier. Und auch sonst ist niemand hier. Alles wäre besser als nichts, besser als die blanken weißen Laken, das riesige Bett, das nur das bohrende Gefühl betont, von niemandem geliebt zu werden; es ist einfach viel zu groß für nur einen Menschen.

Auf einem Tisch auf der Terrasse liegt ein Brief, eine halbleere Coladose hält ihn im schwachen Luftzug fest. Ich begreife nicht, woher er die Adresse hat. Nur meine Eltern wissen, wo ich bin; obwohl ich mit dem Gedanken gespielt habe, sie im Ungewissen zu lassen, haben sie auch so schon Probleme genug, und sie wären durchaus in der Lage, einen Privatdetektiv anzuheuern oder zu ähnlich drastischen Maßnahmen zu greifen. Der Umschlag ist verschmutzt, er liegt seit fast einer Woche ungeöffnet da, und ich habe das Firmenlogo mit Tee bekleckert. Es ist der einzige Brief, den ich hier unten erhalten habe. Solange er ungeöffnet ist, birgt er eine Art Trost, auch wenn die Absenderangabe diesen Trost fast wieder zerstört.

Eine Stunde lang starre ich den Brief an. Dann öffne ich ihn.

Der Tee ist in den Umschlag eingezogen, und sein Name wird von einem hellbraunen, nierenförmigen Fleck eingerahmt. Er drückt sich freundlich aus. Er glaubt, dass er mich nicht unter Druck setzt. Es spielt keine Rolle, ob in diesem Jahr nichts mehr kommt, schreibt er enthusiastisch, darüber habe *ich* zu entscheiden. Aber mache ich denn überhaupt etwas? Er muss völlig blöde sein. Oder vielleicht arbeitet er schon zu lange mit Kindern, seine Sätze sind übertrieben kurz, die Wörter zu einfach, sie können nicht einmal das verbergen, was er wirklich zu sagen versucht: dass er ungeduldig ist. Ich hole mir ein Bier, obwohl es erst zehn Uhr morgens ist. Als ich den Brief fünfmal gelesen habe, reiße ich ihn in Stücke. In winzige Fetzen, und dann in noch kleinere; am Ende habe ich die Hand voll Konfetti, weshalb ich hinausschlendere und sie den Fischen hinwerfe. Die wollen sie nicht, obwohl sie immer angehuscht kommen, wie winzige Blitze, aber so nicht, finden sie, und schon sind sie wieder verschwunden.

Ich bin allein. Das war meine eigene Entscheidung. In den drei Monaten, die ich jetzt schon hier bin, habe ich nur mit zwei Menschen mehr als die alltäglichsten Worte gewechselt. Der eine ist Asha, die in meinem Bungalow putzt. Sie kann unmöglich mehr als vierzig Kilo wiegen und hat fast keine Zähne. Ihre Arme sehen aus wie dünne Bootstrossen und sind ebenso stark. Ihr dunkelbraunes Gesicht ist runzlig wie eine Rosine, und ich halte sie für einen guten Menschen. Natürlich kann ich von einer, die gegen Bezahlung meine Unterhosen wäscht, keine besondere Offenheit verlangen. Aber ab und zu mustert sie mich mit einem Blick, den ich immerhin als eine Art Verständnis deute.

Hervé, der Taxifahrer, der mich ab und zu fährt, wenn ich Vorräte besorgen muss, ist redseliger. Er kann mich sogar zum Lachen bringen. Auch er hat schon ein langes Leben hinter sich und amüsiert sich offenbar köstlich über diese Frau, die von irgendwo aus der Nähe des Nordpols stammt, auch wenn ich inzwischen fast so braun bin wie er.

Aber weder Asha noch Hervé sind bei mir, wenn die Dunkelheit über mich hereinbricht. Und sie könnten mir wohl auch nicht helfen.

6

Als Synne Nielsen in die fünfte Klasse ging, bekam sie einen eigenen Schlüssel für das Schulgebäude. Der Klassenlehrer war zuständig für die Schulbücherei, die fast nur von Synne benutzt wurde, obwohl mehr als tausend Schülerinnen und

Schüler diese Schule besuchten. Die Bücherei lag oben in dem riesigen alten Holzhaus und roch nach Moder. Das taten auch die Bücher. Synne mochte den Geruch, er war feucht, klamm und beruhigend, und sie fand es wunderbar, allein vor einem riesigen Eichentisch zu sitzen, auf dem ganze Jahrgänge der Kinderzeitschrift *Magne* Platz hatten (auf diese Weise konnte sie die Fortsetzungsgeschichten am Stück lesen, statt bis zum nächsten Monat warten zu müssen), während die Schule fast leer war, aber es doch noch lange bis zum Essen dauerte. Familie Nielsen aß zwei Stunden später als alle anderen, denn sie hatten in Paris gewohnt, wo der Vater studiert und die Mutter Synne und deren drei Jahre jüngere Schwester zur Welt gebracht hatte.

Die Bücherei lag immer im Halbdunkel, doch eine große Lampe über dem Eichentisch malte einen Lichtkreis, in dem sie sich verstecken konnte. Die Bücher sahen fast alle gleich aus, sie steckten in steifen roten, blauen oder grünen Umschlägen, und der Rücken war in Gold beschrieben. In den Büchern klebte vorn oft ein schönes Bild, das noch einmal den Titel und den Namen von Autorin oder Autor aufwies, auf glänzendem, blankem Papier. Synne hatte entdeckt, dass dieses Bild in anderen Büchern auf der hinteren Umschlagseite saß, auf dem Umschlag, den die Mutter Schutzumschlag nannte und der zu Hause nicht vom Buch entfernt werden durfte, denn die Bücher könnten schmutzig werden, und die Mutter hatte es inzwischen aufgegeben, zu verlangen, dass Synne beim Essen ihr Buch beiseite legte. Die Bücher aus der Bücherei wurden außen nicht schmutzig, sie wiesen alles ab, sogar Marmelade. Aber drinnen hatten einige große, hellbraune Flecken, und außerdem hatte Synne einige Male winzige Käfer entdeckt, die zwischen den Buchstaben herumkrochen, wenn sie ein Buch aufschlug. Diese Bücher legte sie in eine große Kiste in einer Ecke ganz hinten unter einem breiten Dachbalken, und ab und zu glaubte sie, von dort Rascheln und Knistern zu hören.

An der dunkelsten Wand stand eine Art Kommode, mit bestimmt fünfzig kleinen Schubladen, in denen die Kartothek untergebracht war. Die Karten standen nie in der richtigen Reihenfolge, zum Beispiel hatte sie *Dag aus dem Wald* unter F gefunden, obwohl der Autor doch Bernhard Stokke hieß. Anfangs, in der dritten Klasse oder so, lange ehe sie den Schlüssel bekommen hatte und damit unabhängig geworden war, als der Klassenlehrer für sie die Tür nicht mehr auf- und zuzuschließen brauchte, hatte sie mit Aufräumen angefangen. Aber sie hatte ziemlich bald aufgegeben. Das, was sie suchte, fand sie auch ohne Kartothek.

In der siebten Klasse stellte Synne fest, dass die Regale zu Hause mit Büchern gefüllt waren, die nicht nur für Erwachsene reserviert waren, und nun gab sie den Schlüssel zurück. Der Klassenlehrer lächelte leicht verlegen; ein Jahr darauf wurde das Schulhaus abgerissen. Wer die vielen Bücher bekommen hatte, wusste Synne nicht. Das neue Schulgebäude besaß jedenfalls keine Bücherei, und Synne fing jetzt selbst an, Bücher zu sammeln.

Seit der siebten Klasse hatte Synne Nielsen nie wieder einen Fuß in eine öffentliche Bibliothek gesetzt und fand sich hier kaum zurecht.

Hier roch es jedenfalls nicht nach Schimmel. Die Bücher standen in übersichtlichen Regalen, die zwar aus Metall waren, an den Enden aber von heller, freundlicher Kiefer zusammengehalten wurden, und einige waren offenbar ganz neu, denn ein schwacher Geruch von Holzlack vermischte sich mit dem Duft, an dem weder Schimmel und Feuchtigkeit noch Licht und Wärme etwas ändern können: dem süßlichen, klebrigen Duft von Büchern.

Hier wurden den Benutzerinnen offenbar keine eigenen Schlüssel ausgehändigt. Im Gegenteil, Synne musste im Eingang eine Art Alarmstation passieren, zwei quer verlaufende Bügel, die mit Grünpflanzen getarnt waren, die aber sichtbar genug wirkten, um alle zu warnen, die vielleicht vorhatten, Dinge an sich zu nehmen, die nicht, wie es sich gehörte, in die Computer eingegeben wurden, deren Bildschirme hinter einer Schranke mit weiteren Grünpflanzen blinkten. Synne griff aufs Geratewohl nach einem Buch und suchte diskret nach der Stelle, wo der Alarm versteckt war; sie hatte nicht vor, etwas zu stehlen, doch sie wollte wissen, ob es möglich wäre, überhaupt irgend etwas in einem Buch zu verstecken. Sie fand nichts, nicht einmal, als sie den Einband nach außen bog und zwischen Rücken und Kleberand nachschaute.

Die Frau hinter der Schranke war größer als Synne Nielsen. Das war ein äußerst seltenes Erlebnis und stürzte Synne in eine gewisse Verlegenheit; sie hatte das Gefühl, dass alle sie anstarrten, zwei ins Gespräch vertiefte Riesinnen; vielleicht würde jemand sie für Schwestern halten, und das war keine angenehme Vorstellung, die Bibliothekarin war nämlich dicker als sie und außerdem kinnlos und schieläugig. Synne wusste nicht so recht, welches Auge sie anblicken sollte, und entschied sich schließlich und nicht ganz überzeugt für die Nasenwurzel.

»Ich brauche ein paar Auskünfte«, sagte sie vorsichtig. »Auskünfte über ... eine Person des öffentlichen Interesses, so könnte man sie wohl nennen.«

»Ja, da können wir vielleicht behilflich sein«, sagte die Frau, deren Stimme perfekt zu ihrem Körper passte.

»Wie gehe ich dabei denn vor?«, fragte Synne, da die Frau offenbar nicht beabsichtigte, ihr das mitzuteilen; sie stand nur da und starrte irgendeinen Punkt an, der zwischen ihnen in der Luft hing.

»Schreiben Sie einfach den Namen auf«, polterte die Bibliothekarin und schob ihr ein Blatt Papier hin. »Vielleicht haben wir ja einen Presseordner.«

Damit war sie verschwunden.

Rebecca Dorothea Faber Lange Schultz.

Das war ein Name, der nicht schnell geschrieben werden konnte. Er ließ sich auch nicht in Blockbuchstaben hinhämmern. Er verlangte nach Schönschrift – nach eleganter altmodischer Schreibschrift. Synne brauchte lange dafür und war mit dem ersten Entwurf nicht zufrieden, deshalb stopfte sie den Zettel in die Tasche, beugte sich über den Tresen und nahm sich einen neuen.

»Wunderschöne Schrift«, knurrte die Bibliothekarin anerkennend, mit einem Lächeln, das verriet, dass sie es nicht einmal schaffte, ihre Zähne in Schuss zu halten.

Sie war von Synne unbemerkt zurückgekehrt, und deshalb zuckte Synne leicht zusammen und schaffte den Schwung beim letzten Z nicht so elegant, wie sie es doch eigentlich gekonnt hätte. Es tat weh, den schönen Namen zwischen den groben Pranken verschwinden zu sehen, aber nur zwei Minuten darauf war die Frau schon wieder da und knallte einen Ordner auf den Tresen.

»Das kann nicht ausgeliehen werden, aber Sie können sich dort hinsetzen«, sagte sie und zeigte auf eine Sitzgruppe.

Die Tische waren ebenfalls aus Kiefernholz und wiesen keinerlei eingeritzte Herzen oder Initialen auf, womit der Eichentisch auf dem Dachboden übersät gewesen war. In einem Regal lagen Zeitungen, und weitere Topfblumen veranlassten Synne zu dem ärgerlichen Gedanken, dass die Gemeinde offenbar nicht begriffen hatte, dass Bücher an sich dekorativ, beruhigend und anheimelnd genug sind.

Der Ordner war nicht gerade dick. Er enthielt nur vier Artikel. Drei aus der Zeitung *Affenposten* und einen per Computer ausgedruckten Agenturbericht. Aber vermutlich werden hier keine Illustriertenartikel archiviert, dachte Synne und überflog die drei Zeitungsausschnitte.

Sie waren ganz und gar uninteressant und enthielten nichts, was sie nicht schon gewusst hätte. Es ging darin um die Arbeit einer von der Regierung eingesetzten Untersuchungskommission, des Schultz-Ausschusses, und Rebeccas vollständiger Name wurde nur zweimal erwähnt, und das nicht einmal in Verbindung mit einem Zitat.

Nur der Agenturausdruck erweckte Synnes Interesse. Es handelte sich offenbar um ein Prominentenporträt, ein richtiges Interview mit persönlichen Fragen und eher distanzierten Antworten. Leider gab es keine Bilder; vermutlich waren die Bilder den Zeitungen getrennt zugegangen, die möglicherweise ihre Spalten mit diesem Stoff füllen würden, während die Bücherei natürlich kaum Verwendung für

Fotos von Rebecca Schultz mit Mann und Kindern auf der Terrasse ihres wunderschönen Hauses hatte, wie der kursiv gesetzte Bildtext das so sinnloserweise beschrieb.

Synnes Herz sank, als sie versuchte, den Altersunterschied zu berechnen. Rebecca Schultz war 1946 geboren. Irgendwann im Sommer, hieß es hier, ja, im Interview wurde durchaus Gewicht auf die pikante Tatsache gelegt, dass der genaue Geburtstag der bekannten Politikwissenschaftlerin erst viele Jahre später festgelegt worden war, da keine Geburtsurkunde existierte.

1946. Also trennten sie nicht zwölf oder dreizehn Jahre. Sondern vierzehn.

Synne klappte den Ordner zu, nachdem sie über den liebenden Gatten gelesen hatte, der sich trotz seiner herausragenden Position im norwegischen Wirtschaftsleben nach jeder Geburt drei Monate freigenommen hatte und ohne den Rebeccas steile Karriere niemals möglich gewesen wäre. Das hatte sie mit einem dankbaren und »noch immer verliebten« Blick auf ihren Mann gesagt, der übrigens einmal in einer Sportart, die Synne niemals besonders geschätzt hatte, wenn sie sich das genauer überlegte, bei einer Weltmeisterschaft den vierten Platz belegt hatte; einem Winzsport, den auf der ganzen Welt höchstens fünfhundert Trottel betrieben. Oder jedenfalls nicht mehr als fünfzigtausend.

1946. Die Jahreszahl konnte doch gar nicht stimmen. Der Koreakrieg hatte doch erst 1950 begonnen? Synne sprang auf und machte sich auf die Suche nach einem Lexikon. Sie fand keins und musste widerwillig die Dame aus dem Kuriositätenkabinett noch einmal um Hilfe bitten.

Sie hatte Recht gehabt. 1950–53. Aber wann war Rebecca nach Norwegen gekommen?

Der Artikel gab darauf keine Antwort. Er sagte überhaupt nicht sehr viel. Dennoch: Er handelte von Rebecca und war fast schon ein wenig intim. Also ließ Synne sich eine Kopie machen und bezahlte zehn Kronen für diese Freundlichkeit.

Obwohl der Ordner ihr eigentlich nicht sehr viel erzählt hatte, tat es ihr weh, ihn im Hinterzimmer der Bibliothek verschwinden zu sehen, wo er wieder an seinem angestammten Platz deponiert werden sollte – vermutlich in einen schweren Stahlschrank mit Schubladen –, um vielleicht eines Tages von anderen hervorgeholt zu werden, die auch wussten, wer Rebecca war, aber die sicher nicht wussten, dass sie Seidenhände und einen rosafarbenen, herzförmigen Leberfleck unter dem linken Ohr hatte, perfekt geformt und platziert, wie eine sanfte Einladung zu einem Kuss.

Behutsam faltete Synne die Kopie zusammen, zweimal, schob sie in die mit einem Reißverschluss versehene Tasche ihres Lederrucksacks und fuhr in Urlaub.

7

Rebecca Schultzens letzter Arbeitstag im Ministerium war herangerückt. Ebenso unausweichlich wie alle anderen Tage hatte er sich an Synne herangeschlichen, obwohl sie bereits eine halbe Stunde vor Mitternacht mit der Armbanduhr in der Hand dagesessen und auf irgendein Wunder gehofft hatte, auf etwas Ähnliches wie die perversen Bocksprünge der Sonne an dem Tag, an dem alles angefangen hatte. Als ihr noch eine Minute blieb, war ihr Mund trocken wie Zunder, ihr Rücken schmerzte, strahlenförmig vom Kreuz ausgehend, und auf der einen Hinterbacke konnte sie fast nicht sitzen. Aber kein Gong erklang, als der längere Arm der Mickymaus die schwarze Zwölf auf dem weißen Zifferblatt passierte, kein Blitz schlug hernieder, die Schleusen des Himmels taten sich nicht auf; nur ein weicher Spätsommerregen schlich unangefochten draußen über den Asphalt und trieb sie auf den kleinen Balkon, wo sie stehen blieb, bis sie vor Nässe triefte.

Sie hatten einander nicht kennen gelernt. In einem oder zwei Monaten würde Rebecca Schultz mit den Schultern zucken, vielleicht leicht die Stirn runzeln und sagen: »Synne Nielsen? Synne Nielsen??? Nein ... Doch, ja, ich glaube, die arbeitet im Ministerium. Ziemlich große Frau. Hochgewachsen, oder verwechsle ich das jetzt?«

Falls sie überhaupt jemals danach gefragt würde.

Synne blieb nur noch eine einzige Karte.

Es war ein alter Brauch, dass die ganze Abteilung gemeinsam ausging, wenn jemand aufhörte. Manchmal wurde nur kurz ein Bier nach Feierabend getrunken, manchmal wurde auch ein ganzer Abend auf der Piste daraus.

Da es nur selten vorkam, dass eine Abteilungsleiterin aufhörte, fiel dieser Fall streng genommen aus dem Brauchtum heraus. Aber das hatte Synne Nielsen immerhin geschafft: Auf raffinierte Weise hatte sie alle so manipuliert, dass niemand mehr so recht wusste oder sich erinnerte, wer es vorgeschlagen hatte, und noch viel weniger, wer den Mut aufgebracht hatte, Rebecca Schultz zu fragen. Die Abteilungsleiterin wurde bewundert. Sie genoss den Respekt aller; bei Einzelnen reichte die Bewunderung sogar an Ehrerbietung heran. Dennoch hatten sie irgendwie Angst vor ihr, keine *richtige* Angst zwar, es war eher ein Gefühl, das einer undefinierbaren Bewunderung entsprang, aber Rebecca gehörte einfach nicht ganz zu ihnen. Sie war so tüchtig und zugleich so schön. Doch vor allem wies sie diese seltsame Mischung aus Norwegischem und Unnorwegischem auf, über die niemand laut gesprochen hätte, die allen aber immer wieder aufging, wenn sie in ihrem nüchternen Osloer Westend-Akzent ihre Weisheiten über sie rieseln ließ und sie sich anders vorkamen. Aber sie waren doch nicht anders. Sie waren doch diejenigen, die gleich waren. Wer anders war, war Rebecca.

Rebecca Schultz saß an diesem Tag die ganze Zeit in Besprechungen. Was natürlich dazu führte, dass sie nicht mit den anderen in der Abteilung sprechen konnte. Außerdem war Freitag, weshalb alle ungeduldig auf den Feierabend warteten. Noch dazu war ungewöhnlich schönes Wetter, warm und sonnig und drückend, wie ein verführerischer Augustnachmittag in seiner Schamlosigkeit das eben sein kann, wenn er nur will.

»Aus dem Bier wird ja nun nichts«, sagte Synne Nielsen träge nach einem Gähnen und schenkte sich Kaffee nach. Es war schon drei.

Die anderen blickten sie überrascht an. Der stellvertretende Abteilungsleiter runzelte sogar die Stirn und legte den Kopf schräg. Noch konnte sie das Gegenteil behaupten. Noch konnte sie die Situation retten. Aber irgend etwas zwang sie, ein Nagelbrett zwischen den Schulterblättern, das sie erbarmungslos vor sich hertrieb und dazu in ihrem Kopf eine Art Sirenengesang ertönen ließ: Weiter so, weiter so!

»Nein, wenn ich Rebecca richtig verstanden habe, dann muss sie sofort nach Hause. Blöd. Aber sie hat etwas von alles nachholen gesagt.«

»Klar doch«, murmelte ein junger Mann, der erst seit einem halben Jahr bei ihnen arbeitete, sich in allen sozialen Zusammenhängen jedoch schon als Hauptantriebskraft entpuppt hatte.

Anders als die anderen zog Synne sich in ihr eigenes Büro zurück, wo die Angst, die große, vertraute Angst in allen Ecken auf der Lauer lag.

Sie bekam keine Luft. Sie näherte sich bereits der Verzweiflung, als der brutale Druck auf ihre Lunge etwas nachließ. Dann setzten die Frostschauer ein. Sie klapperte mit den Zähnen.

Das Schlimmste war, dass sie nicht einmal ein Missverständnis vorschützen könnte, wenn sie entlarvt würde. Sie hatte seit zwei Tagen nicht mehr mit Rebecca gesprochen. Anders als einige von den anderen, die im Vorzimmer saßen und nichts ahnend Synne Nielsens Glaubwürdigkeit, ja ihren guten Ruf als anständiger Mensch in Händen hielten.

Alle, die in der Gewissheit leben, dass es Gott gibt, verfallen in verzweifeltes Gebet, wenn die Lage nur düster genug scheint. Und jetzt psalmodierte Synne.

Hinter ihrer geschlossenen Tür verließen die Ersten das Haus. Wenn Synne das gewusst hätte, hätte sie sich vielleicht beruhigt. Aber ein kräftiges Ohrensausen hinderte sie daran, die raschen, leichten Endlich-Freitag-Schritte zu hören, die über den Flur eilten, hinaus in die Freiheit und vielleicht in das letzte sommerliche Wochenende dieses Jahres.

Am Ende fasste sie sich ein Herz, sie erhob sich und schaute aus der Tür. Es war halb vier, und alles war verödet. Langsam und ruhig und mäuschenstill wie die Verbrecherin, die sie ja auch war, schlich sie über den Flur.

Niemand war mehr da. Niemand war mehr da! Es war nicht zu glauben. Als sie sich Rebeccas Tür näherte, stand die plötzlich vor ihr.

Sie hatte sich die Haare schneiden lassen. Jetzt besaß sie Ähnlichkeit mit Kleopatra, es war eine füllige, starre Frisur mit messerscharfen Kanten, die auf ihren Schultern wippten. Der Pony war ein wenig gekappt worden, und zum ersten Mal konnte Synne ihre Augenbrauen sehen, zwei vollständig symmetrische, schmale Bögen, frischgewetzte Sensen, die den Eindruck von Intelligenz und Klugheit noch verstärkten. Rebecca hatte sich umgezogen (zu diesem Schluss kam Synne, denn sie konnte sich nicht vorstellen, dass Rebecca ihre Besprechungen in Jeans abgehalten hatte), sie trug also Jeans und dazu ein loses Flanellhemd über einem ziemlich tief ausgeschnittenen T-Shirt. Sie wirkte ganz anders als sonst, sie schien die Abteilungsleiterin im Büro abgelegt zu haben, zusammen mit den Kleidern im österreichischen Trachtenstil, die streng genommen weniger schön als teuer waren. Synnes Mund war wie ausgedörrt, diese Häutung auf Seiten Rebeccas erschien ihr als Schritt herüber in ihr eigenes Alter, als Signal der Annäherung. Über ihrer Schulter trug Rebecca einen kleinen Rucksack aus mehrfarbigem Leinen, er sah aus wie ein Kinderrucksack.

»Wo stecken die anderen?«, fragte sie mit strahlendem Lächeln. »Irgendwo ruft schon ein Glas Weißwein nach mir!«

»Nein, die anderen …«

Synne hatte nicht so weit gedacht, dass Rebecca es vielleicht seltsam oder sogar beleidigend finden würde, dass die anderen, die sich so begeistert in die im Vorzimmer ausliegende Liste eingetragen hatten, jetzt wie der Schaum in einem geleerten Bierglas verschwunden waren.

»Ich weiß nicht«, log sie glatt und schaute sich über ihre Schulter um, um klarzustellen, dass auch sie diese Leere und Stille höchst seltsam fand.

Etwas von dem Sonnenschein in Rebeccas Gesicht verlor sich, als sie nach einer kurzen Runde feststellen musste, dass die Abteilung wie ausgestorben war. Synne versuchte, den Sonnenschein zurückzulocken.

»Na ja, wir zwei können es uns doch auch gemütlich machen«, sagte sie enthusiastisch und mit so großem Glück im Herzen, dass es gewiss zu hören war.

»Sicher«, meinte Rebecca höflich. »Aber ein bisschen schade ist es schon ...«

Als sie die Sicherheitszone im Foyer passierten, nachdem Synne, nicht aber Rebecca Schultz, ihre Stechkarte abgestempelt hatte, wurden sie vom Schicksal abgeholt. Mit atemlosen Schnauben kam ›Postman Pat‹ hereingestürzt.

»Ich hab's noch geschafft. Wartet, bis ich das hier abgelegt habe«, keuchte er und schwenkte einen Stapel Papiere von einer Besprechung, an der er eben teilgenommen hatte. »Zwei Minuten. Höchstens!«

Wenn die Kindergeschichte vom Postman Pat statt mit Puppen mit Menschen verfilmt worden wäre, wäre er für die Hauptrolle prädestiniert gewesen. Er war genauso langweilig. Dreijährige Kinder würden sicher über ihn lachen, doch die absolute Altersgrenze lag bei fünf. O verdammt. Er war nicht im Haus gewesen, als Synne den Umtrunk abgesagt hatte. Sie hatte ihn vergessen. Er war eine Klette. Sie verabscheute ihn von ganzem Herzen.

Rebecca Schultz schien sich unter einem netten Freitagnachmittag – von einem Abend ganz zu schweigen – etwas völlig anderes vorzustellen als ein Treffen mit Synne und Postman Pat. Aber sie endeten dann doch in einem Straßenlokal. Rebecca wusste schließlich, was sich gehörte.

Synne schöpfte Hoffnung, als Postman Pat um Orangensaft bat, statt sich an ihrem Halben und an Rebeccas Weißwein ein Beispiel zu nehmen. Er trank sehr langsam. Synne konnte ihren Blick nicht von der orangefarbenen Plörre losreißen, in ihrem Kopf machte sie für jeden langsamen Schluck einen kleinen Strich. Ein winziges totes Insekt war am feucht beschlagenen Glas gefangen, doch die Entfernung zwischen diesem Tier und dem Saft schien sich nicht verringern zu wollen. Synne versuchte, ihn zum Trinken zu animieren, indem sie immer wieder ihr eigenes Glas hob. Dass er sich an einem Freitagnachmittag für Orangensaft entschieden hatte, eröffnete für sie unendliche Möglichkeiten.

Aber es war der langsamst getrunkene Orangensaft der Weltgeschichte. Es dauerte Jahrzehnte. Synne sagte in Gedanken ein Mantra auf: Trink aus und geh! Trink aus und geh! Die Minifliege hatte jetzt Gesellschaft von einer Ameise bekommen. Die kämpfte wild gegen ihr grausames Schicksal an, blieb aber kleben und verschwand im Mund von Postman Pat, der einen plötzlichen letzten, befreienden Schluck nahm. Für einen Moment schien er noch bleiben zu wollen, er schaute auf die Uhr, erhob sich halb, setzte sich wieder und starrte eine Weile sein Glas an, dann bat er plötzlich um Entschuldigung und stürzte davon. Zum Zug, der ihn nach Hause bringen sollte, zu seiner Frau und den vielen Postbotenkindern.

Synne Nielsen wurde es schwindlig, und sie rieb sich die Ohrläppchen. Hier saß sie nun mit ihrem Bier, und auf der anderen Seite des Tisches saß Rebecca Schultz. Weit und breit war keine ministeriale Seele zu sehen, was an sich schon ein Zeichen des Himmels sein musste. Als sie ihr Bier getrunken hatte, saß Rebecca noch immer da, mit einem seltsamen, fast schon verwunderten Lächeln, und sie lachte, sie *lachte* über Synnes viele abgedroschene Geschichten, die alle anderen schon kannten, weshalb sie ihr immer ins Wort fielen, die in Rebeccas frischen Ohren aber neues Leben gewonnen und damit unwahrer und unterhaltsamer wurden denn je. Rebecca ergriff außerdem die Initiative und bestellte noch eine Runde.

»Du musst doch noch nicht gehen?«, fragte sie und winkte dem Kellner.

Ihr Lächeln war neu und anders, und Synne konnte ihr nicht in die Augen schauen; sie starrte in das leere Glas, das sich in ihren Händen immer wieder drehte, und sagte: »Nein, ich habe Zeit genug. Eigentlich, meine ich.«

»Niemand wartet zu Hause auf dich?«

Das Bierglas kam zu einem jähen Stillstand, und Synne schaute auf.

»Nein«, sagte sie und lachte laut. »Der Hund macht Urlaub.«

Synne Nielsen mochte Alkohol. Sie trank überaus gern Schnaps, war vielleicht sogar davon abhängig, hatte sich aber schon zu oft um den Verstand getrunken, um für den Vollsuff zu schwärmen. Wenn es ganz schlimm kam, dann brachte der sie an rabenschwarze Abgründe, um sie dann, mit einem letzten, zwingenden, unnötigen und nach nichts schmeckenden Glas, über die Kante zu stoßen, sodass sie fiel und fiel und erst spät am nächsten Tag wieder landete, um sich dann – wie Millionen von anderen Menschenwürmern vor ihr – bei ihren verwüsteten Eingeweiden zu schwören, dass es nie, niemals wieder vorkommen sollte. Aber in der Regel war der Rausch notwendig. Er machte sie glücklich, kreativ, selbstsicher, und er sorgte dafür, dass sie sich innerlich ebenso groß vorkam wie äußerlich. Sie war achtundzwanzig Jahre alt, hegte hochfliegende Träume und kannte den Rausch in fast all seinen Manifestationen. Aber nichts auf der Welt, rein gar nichts, ließ sich mit dem milden, vergänglichen Schwips vergleichen, den ein einziges Bier ihr an einem schattigen Sommertag schenken konnte.

Trotz einer zeitweise harmonischen Kindheit und trotz eines Lebens, das sich bisher als recht großzügig und sonnenreich erwiesen hatte, ging ihr plötzlich auf, als neue Gläser zwischen ihnen auf den Plastiktisch geknallt wurden, dass sie nie, in ihrem ganzen Leben noch nie so glücklich gewesen war wie jetzt, in diesem zehn Minuten vorhaltenden leichten Rausch nach einem halben Liter goldenem, in perfektem Tempo getrunkenem Bier, in vollendeter Harmonie mit den Nervenbahnen, die sich im günstigen Fall über derlei Zuflüsse sogar freuen.

Das hier war Synnes Abend. Ihre einmalige olympische Leistung. Ihre Spitzenform hatte sich durch jahrelanges Training aufgebaut, und alles wirkte an diesem lärmenden, lachenden Spätsommerabend zu ihren Gunsten. Alle oberflächlichen Kenntnisse, alle überflüssigen Wissensbrocken über alles Mögliche zwischen Himmel und Erde, die ihre Bekannten seit Jahren nicht mehr hören mochten, darüber, dass Fahrstühle denken und Elefanten ihre Friedhöfe finden können, über die Verbreitung der spätminoischen Kultur und über Eislaufzeiten – das alles brachte Rebecca dazu, weitere Fragen zu stellen, sich weiter zu öffnen, weiter zu lachen. Synne glaubte, einen Hauch von Bewunderung zu ahnen, und deshalb fühlte sie sich ungeheuer wohl, trotz ihrer Jeans, die sie wegen ihrer Übergröße immer unter strengster Geheimhaltung kaufte. Ihr Hemd stand offen bis zu einer beneidenswerten Spalte, ihre Brüste trafen einander auf eine Weise, die zwar größtenteils einem gewissen Übergewicht geschuldet war, von der sie aber dennoch aus Erfahrung wusste, dass normalerweise kaum jemand, weder Frau noch Mann, den Blick davon abwenden konnte.

»Du musst noch nicht nach Hause?«, fragte Rebecca noch einmal, als sie aufstanden.

Synne brachte keine Antwort heraus.

Sie waren seit zehn Stunden und dreiundzwanzig Minuten zusammen. Sie hatten mehrere Straßencafes besucht, hatten in einem überdachten Lokal gegessen und dann zum Nachtisch noch zwei Bars besucht. Sie standen am Taxenstand auf dem Holbergs plass. Es war dunkel, die erste richtig dunkle Nacht seit zwei Monaten, und die Luft wies mitten in der sanften, fächelnden Augustbrise einen kühlen Biss auf.

»Ich muss dich etwas fragen«, sagte Synne und zog ihre Hand zurück, die eine Locke berühren wollte, die immer wieder in Rebeccas Gesicht fiel – die Locke hatte sich noch nicht daran gewöhnt, dass die Haare jetzt kürzer waren und auch hinter dem Ohr bleiben konnten.

»Dann schieß los«, lachte Rebecca; sie nuschelte ein wenig, aber nur ganz wenig, das war süß und machte sie jünger und war überhaupt nicht vulgär, es zeigte nur, dass sie nicht wie Synne an Alkohol gewöhnt war, und als sie einen unfreiwilligen Schritt vorwärts machte, war es nur richtig und natürlich, dass Synne die Arme ausstreckte und sie für einen Moment stützte.

Sie wollte sie nicht loslassen. Sie ließ sie sofort los.

»Warum siehst du so aus?«

Sie hätte die Frage am liebsten sofort zurückgenommen. Und zwar so dringend, dass das »aus« sozusagen rückwärts und mit einem Einatmen gesagt wurde. Über zehn Stunden hatte sie sich diese Frage verkneifen können. In zwei Sekunden hatte sie alles ruiniert.

Rebecca gab keine Antwort. Sie machte noch einen unfreiwilligen Schritt, diesmal aber rückwärts, und da wirkte es nicht natürlich, sie zu stützen.

Ihre Augen waren tiefschwarz und in ihrer Faltenlosigkeit typisch asiatisch, aber es waren keine so genannten Schlitzaugen, sie waren eher rund, und obwohl die unerwartet schmale Nase sehr weich aussah, war doch das sehr kurze Nasenbein zu ahnen, das ihr den charakteristischen, ein wenig flachen Ausdruck nahm, den Synne richtig gefunden hätte. Die Nasenflügel waren klein und fein, sie vibrierten beim Lachen, und der Mund war üppig und fast groß. Die Haut war außerdem ein wenig dunkler, als zu erwarten gewesen wäre. Das konnte aber auch von der Sonne kommen.

»Woher kommst du?«, verbesserte Synne sich. »Seit wann bist du hier?«

Ein Taxi jagte um die Verkehrsinsel und lenkte ihre Aufmerksamkeit für einen Moment auf das SAS-Hotel. Der

Wagen kam mit kreischenden Bremsen vor ihnen zum Stehen. Rebecca steckte die Hand nach der rückwärtigen Tür aus.

»Nicht alles ist so, wie es auf den ersten Blick scheint, Synne. Nichts ist so.«

Sie lächelte. Im schweren Nachtlicht leuchteten ihre Zähne fast bläulich auf.

»Möchtest du mit mir nach Hause kommen? Christian ist mit den Kindern ins Sommerhaus gefahren und ...«

»Zu spät«, sagte Synne rasch und lässig und konnte es selbst nicht fassen. »Ich muss früh raus.«

Nicht für eine Sekunde bildete sie sich ein, Rebecca habe mit ihrer Frage einen Hintergedanken verbunden. Wenn Synne ihr dargelegt hätte, was diese Aufforderung auch beinhalten könnte, dann wäre sie vermutlich zutiefst errötet, hätte sich für den netten Abend bedankt und wäre für ewig und alle Zeit mit einem Übelkeit erregenden Gefühl im Zwerchfell aus Synnes Leben verschwunden.

Es war keine durchdachte Einladung gewesen. Synne besaß eine Klugheit, der Rebecca sich nie auch nur genähert hatte; ein Wissen, das sich nur als Folge ganz besonderer Erfahrungen einstellt, statt einem glänzenden Intellekt zu entspringen, und dieses Wissen rettete sie ganz impulsiv aus einer Situation, die höchstens einen vorübergehenden, aber dennoch äußerst zweifelhaften Gewinn eingebracht hätte.

Bisher war Synne mit der Liebe umgegangen wie mit Wein und Schokolade. Sie hatte durchaus darin geschwelgt, wusste aber, dass sich kleine Portionen doch am ehesten empfahlen. Niemals griff sie mit beiden Händen nach etwas; die eine Hand musste frei sein, für etwas Besseres, falls das auftauchte, was ja immer passierte, etwas Heftigeres, Verlockenderes.

Sie betrachtete ihre Hände und bekam eine Gänsehaut, als sie sah, dass diese sich falteten.

»Ich ruf dich an«, sagte Rebecca und kurbelte das Fenster des bereits losfahrenden Taxis herunter.

»Ich stehe im Telefonbuch«, rief Synne zurück. »Als Nr. 2 mit diesem Namen!«

Mit einem Stich der Angst, Rebecca könnte diese letzte Auskunft nicht mitbekommen haben, stieg sie in ein weiteres Taxi und machte, dass sie nach Hause kam.

8

Liv Ullmann. Ich denke an Liv Ullmann. Während ich unter einer verwelkten, halbtoten Palme sitze und ohne besonderes Engagement schöne Frauen betrachte, denke ich an Liv Ullmann.

Vor langer Zeit einmal habe ich ihren Hund gestohlen. Ein wurstähnliches Wesen namens Pan. Oder Pax. Ich weiß es nicht mehr genau, und das ärgert mich. Der Hunderaub trug sich in Roros zu, es muss im Jahre 1968 gewesen sein. Sie war damals eine strahlende Offenbarung von dreißig Jahren, ich war acht und unschön. Sie gab mir fünfzig Kronen, als ich den Hund zurückbrachte. Die Lüge kroch nur so aus meinem Mund: Ich hätte ihn gefunden. Der kleine Pan/Pax hatte vier Stunden im Zimmer des Roros-Hotels verbracht. An sich hatte er nicht leiden müssen – Tiere behandelte ich immer gut –, aber ich weinte den ganzen Abend lang herzzerreißend, weil ich mir fünfzig unehrliche Kronen ergaunert hatte. Wenn ich es richtig in Erinnerung habe, habe ich das Geld aber nicht zurückgegeben; mein Gewissen brauchte nur einen Tag, um sich zu beruhigen.

Keine von diesen Frauen ist so schön wie sie. Ich stehe ja an sich nicht auf Blond. Im Gegenteil, ich habe Blondinen noch nie bevorzugt; dahinter stecken jedoch keine besonderen – jedenfalls keine bewussten – Vorurteile. Dunkle Haut und dunkle Haare sind einfach so viel schöner; wärmer und einladender, gewissermaßen. Dennoch: Diese Frauen in allen Farbtönen von Schwarz bis Beige, mit ihren geraden Rücken und ihren wunderschönen Kindern, die um ihre langen Beine herumwuseln, diese Frauen mit ihren bunten Kleidern und einem leichten Hauch süßen Schweißgeruchs, wenn sie am Strand an mir vorüberfegen, auf dem eiligen Weg zu irgendeinem mir unbekannten Ziel – sie könnten Liv Ullmann nicht ausstechen. In keiner Hinsicht.

Liv Ullmann ist die Inkarnation des Schönen. Sie ist perfekt, betrachten wir nur den rötlichen Einschlag, der dem bleichblonden Haar seinen Anflug von Stupidität raubt. Sehen wir uns die Augen an: Nicht ihre Größe macht sie so wunderschön, sondern der *Inhalt;* ein abgrundtiefer Einblick in Leben und Zusammenspiel der Menschen, Wissen, das sicher eine Last bedeutet, das aber die darüber liegende Ausstrahlung von Naivität nicht dämpfen kann: die eigentliche Voraussetzung für das Schöne.

Ich schaffe es, fast dreißig Minuten lang an Liv Ullmann zu denken.

Jetzt habe ich seit fast vier Monaten keinen anderen Menschen mehr berührt. Oder bin berührt worden. Ich habe nicht einmal jemanden mit Handschlag begrüßt; als ich herkam, ging mir bald auf, dass die Menschen, von denen ich allerlei Dienste kaufe, in Verlegenheit gestürzt werden, wenn ich ihnen eine ausgestreckte Hand hinhalte. Sie scheinen das aufdringlich zu finden, wie den törichten Versuch einer – in ihren Augen – überaus reichen Person, sich zu ihnen herabzulassen, wenn sie mich zum Beispiel für die lächerliche Summe von siebenhundert Rupien, also einiges weniger als zweihundert Kronen, hundertsechzehn Kilometer fahren – zum Flughafen oder zu irgendwelchen Besorgungen.

Ich glaube, das macht mich langsam krank. Dieser Mangel an Hautkontakt. Dieser Mangel an Sex. Beim bloßen Gedanken steigt mir bereits die Röte in die Wangen. Ich meine, die Geschichte wimmelt nur so von menschlichem Leid, von Armut und Erniedrigung, und da behaupte ich, dass der Mangel an menschlichem Kontakt mich innerhalb weniger Monate krank macht.

Bergen-Belsen. Bosnien. Vietnam. Das Frauengefängnis Bredtvedt. Ich klammere mich an ein Schuldgefühl, das ich nicht finden kann. Aber mein Körper schmerzt. Ich friere, obwohl das Thermometer nicht einmal nachts unter fünfundzwanzig Grad fällt. Tagsüber ist es einiges über dreißig, aber ich klappere mit den Zähnen. Anfangs dachte ich, ich hätte mir Malaria zugezogen. Meine Medikamente sind verbraucht, irgendein prophylaktischer Kram, den ich hier jeden Morgen brav genommen habe, zusammen mit einer Zusatzpille am Montag. Ich hatte noch nicht die Energie, mir Nachschub zu besorgen. Ich weiß ja nicht einmal, ob sie mich in der Apotheke nicht auslachen würden, jedenfalls hat Hervé breit gegrinst, als ich die Sache ihm gegenüber erwähnt habe. Er hat mir versichert, dass Malaria hier auf der Insel »no problem« sei, sie trete nur an »very few places« in »benign form« auf. Gutartige Malaria! Klingt wie gutartiger Krebs oder Aids oder so etwas.

Es ist sicher nicht Malaria. Sondern Einsamkeit. Aber ich darf nicht klagen.

Ich hasse nichts so sehr wie Insekten. Doch das Gewimmel auf Mauritius hat etwas Vertrautes, fast schon Anheimelndes. Ein paar Mücken, allerlei Fliegen und dazu Kakerlaken, an die ich mich erst nach und nach gewöhnt habe. Als ich das erste Mal eine von diesen winzigen Eidechsen gesehen habe, von denen es hier wimmelt, hielt ich sie für ein Rieseninsekt und wäre fast in eine Psychose gestürzt. Jetzt leisten sie mir Gesellschaft, wenn sie jeden Abend in der Dämmerung über die Terrassenmauer gekrochen kommen, klein, orangerot und von so schrecklicher Angst vor allem und allen besessen, dass sie alle zehn Zentimeter eine zehnminütige Pause zur Begutachtung des Feindes einlegen. Ich könnte schwören, dass einer von ihnen hier wohnt; er hat einen seltsamen schwarzen Fleck auf dem Rücken, fast wie ein Totenkopf. Ich nenne ihn Frederik, denn er hat ein wenig Ähnlichkeit mit einem Bekannten, mit seinen hervorstehenden und ein wenig ängstlichen grünen Augen.

Über die Sperlinge freue ich mich. Es sind ganz normale graue Spatzen, so wie die, die wir zu Hause haben. Zu Hause. Ich habe mir zwei Tage den Kopf darüber zerbrochen, ob Sperlinge Zugvögel sind und ob mich hier also zum Frühstück jeden Morgen einer von meinen alten Freunden aufsucht. Aber es will mir einfach nicht einfallen.

Es fällt mir überhaupt schwer, mich zu konzentrieren. Ich werde fast ununterbrochen von Kopfschmerzen gequält. Nicht im ganzen Kopf, wie bei einer Erkältung oder bei einem argen Kater, nein, das hier ist ein infamer, stechender, nadelspitzer Schmerz an einem bestimmten Punkt, in der linken Gehirnhälfte. Wenn ich doch nur ein Lexikon oder ein Gesundheitsbuch für die Familie hätte. Dann könnte ich nachschlagen, wofür die linke Gehirnhälfte zuständig ist. Aber ich habe kein Lexikon und kann mich an nichts erinnern. Ich habe nur zehn norwegische Taschenbücher aus einer Romanserie, und die habe ich schon so oft gelesen, dass ich sie fast auswendig kann. Außerdem besitze ich eine Prachtausgabe von Shakespeares Sonetten. Egal, wie oft ich die lese, ich kann sie niemals auswendig lernen. Nicht einmal Nummer XVIII, das schönste, von dem ich einmal eine kunstvolle Abschrift für sie angefertigt habe.

Als ich noch ein Kind war, war alles anders. Ich war noch keine drei, als ich schon die Marseillaise auswendig konnte. Einmal habe ich durch den Türspalt bei einem Fest zugesehen; meine Eltern und vier andere Erwachsene amüsierten sich und lachten, und dann entdeckten sie mich. Papa hob mich hoch, sehr hoch, und er roch gut und hatte hellblaue Augen, wie Großmutter, mit Lachfältchen in den Ecken, und er setzte mich auf seine Schultern. Ich hielt mich an seinen Ohren fest und wusste, was er wollte. Mein Schlafanzug hatte Füße, obwohl ich bestimmt schon sechs war; wir hatten Frankreich mit Koffern voller viel zu großer Kinderschlafanzüge verlassen. Er kitzelte mich unter den Füßen, durch den Kunststoff hindurch, und er lachte noch mehr, und ich kam mir vor wie eine Prinzessin und durfte drei

Strophen von »Ach, es schmerzt, wenn Knospen bersten« aufsagen, dann zog Mama mich von seiner Schulter und steckte mich ins Bett und versicherte mir, um meine Schwester nicht zu wecken, im Flüsterton, wie toll ich das gemacht hätte.

Ich könnte nach Hause fahren. Ich könnte wieder zu leben anfangen.

Natürlich kann ich nicht nach Hause fahren. Ich muss hier bleiben. Wenn sich nur die Kopfschmerzen legten, dann würden die Nächte erträglich werden und irgendwer könnte mich anfassen. Mir einfach nur kurz über den Rücken streichen.

9

Sie standen auf dem Stortorget. Es war Herbst. Ein scharfer Wind wehte. In der Stadt wimmelte es nur so von Menschen; die meisten wollten irgendwo hin, es waren noch zwei Stunden bis zum Samstag. Fast niemand war allein, alle gingen zu zweit oder zu dritt oder in großen lärmenden Jugendcliquen; alle hatten diesen energischen Gang, der für den frühen Abend typisch ist. Der Turm des Doms ragte über ihnen auf, und als Synne den Kopf in den Nacken legte, um Atem zu holen, schien er einstürzen zu wollen. Es lag Nieselregen in der Luft, und die beiden Frauen, die an die Kirchentür gelehnt dasaßen, waren sicher schon lange hier; sie wirkten heruntergekommen und nass und wurden sicher nirgendwo erwartet. Ein Streifenwagen fuhr langsam an den Bürgersteig, und ein uniformierter junger Mann kurbelte das Fenster herunter und forderte die Frauen auf, sich zu entfernen, mehr mochte er nicht unternehmen. Ohne Widerworte, ohne überhaupt irgend etwas zu sagen, kamen sie mühsam auf die Beine und wankten aufeinandergestützt um die Ecke, während der Streifenwagen verschwand, dann schleppten sie sich zurück. Gott war offenbar nicht zu Hause, die Tür war verschlossen und verriegelt und konnte ihnen nichts anbieten, trotz ihrer Verwandtschaft mit Maria Magdalena.

»Wir gehen in mein Büro«, sagte Rebecca plötzlich und steuerte eine diagonale Route über den offenen Platz an; ihre Mantelschöße umschlugen ihre Hosenbeine, sie hatte langsam und unmerklich begonnen, sich anders zu kleiden, wenn sie sich trafen, nur selten sah Synne sie jetzt in Rock und damenhaftem Mantel.

Der Kellner hatte einen neckenden, fast spöttischen Ausdruck in seinen orientalischen Augen, als er nach kurzem Zögern und mit unterdrücktem Lächeln die Rechnung vor Synne hinlegte, obwohl Rebecca darum gebeten hatte.

Sicher lag das am Kreuz.

Sie hatte nicht darum gebeten und natürlich schon gar nicht damit gerechnet. Im Gegenteil, sie hatte vier große Servietten mit Rhomben und Diagrammen gefüllt, um Rebecca davon zu überzeugen, dass sie nicht hinter ihr her sei, nicht auf diese Weise, das dürfe sie um nichts in der Welt glauben; das Leben biete so viele Arten von Freundschaft, und obwohl Synne bis über beide Ohren verliebt sei, so werde sich das geben, und sie könnten Freundinnen fürs Leben und bis in den Tod sein, und Rebecca müsse begreifen, dass Freundschaft möglich sei, sehr gute Freundschaft; sie erwarte nichts, absolut nichts, abgesehen von dieser Freundschaft, die im Moment zwar nicht ganz einfach sei, aufgrund dieser alles verzehrenden Verliebtheit, über die sie natürlich eigentlich schweigen sollte, die sich jedoch nicht verschweigen lasse, aber sieh doch mal …

Sie hatte Rebecca das Diagramm hingeschoben, eifrig, darauf zeigend, ein nichts sagendes Muster zum Beweis, dass sie nicht gefährlich sei, das aber nichts sagte, wenn sie es nicht erklärte und darauf zeigte, wobei sich zufällig ihre Hände berührten. Sie könnten sich doch einfach ab und zu treffen, vielleicht einmal im Monat, einmal im Jahr, wäre das besser? Das Schwierige werde sich legen, und sie werde sich wie ein Engel benehmen, wenn sie nur beschließen könnten, sich kurz zu treffen, ab und zu, nur wenn Rebecca das passte, natürlich, denn Synne würde nichts, rein gar nichts tun, um ihr Probleme zu machen, wirklich nichts!

Auf die fünfte Serviette hatte sie eine Zeitlinie skizziert, schnell und ein wenig zu hart, dort, wo Heiligabend hingehört hätte, riss sie ein Loch ins Papier, und mitten auf diese Linie pflanzte sie einen Punkt, ließ den Kugelschreiber fallen und beugte sich vor.

»Einmal im Jahr?«

Sie hatten knusprig gebratene Ente und gebackene Bananen gegessen, und Rebeccas Mund entströmte ein schwacher, fast ätherischer Weißweinduft, als sie sich über den Tisch beugte und sie küsste.

»Du bist ein Kind, Synne. Du bist ein großes, wunderbares, wildes Kind.«

Der Nieselregen wurde langsam stärker, was die Schritte der Menschen noch energischer werden ließ. Die Frauen an der Domtür waren offenbar eingeschlafen. Synne und Rebecca waren mitten auf dem Stortorget stehen geblieben. Synne schlug die Augen nieder und entdeckte einen halben Kohlkopf; die Blätter waren vulgär auseinander gerissen, und sie fragte sich, wie der Kopf dort gelandet sein mochte. Sie versuchte, sich zu konzentrieren, aber ihr Herz lag irgendwo unter ihrem Venushügel und schlug so wütend los, dass sie sich leicht vorbeugen musste, was sie zu verbergen suchte, indem sie ihre Hände tief in den Taschen ihres weiten Trenchcoats vergrub.

Rebecca küsste sie noch einmal.

»Ich muss nach Hause.«

Rebecca machte sich auf den diagonalen Weg zu den Taxis in der Kirkegate und zog Synne mit sich. Auf halber Strecke blieb sie stehen, zögerte einen Moment, küsste sie dann ein weiteres Mal und sagte:

»Wir gehen in mein Büro.«

Das Herz stürzte wieder nach unten. Jetzt hatte sie wirklich Magenschmerzen. Sie trottete wortlos hinter Rebecca her, wie ein treuer, schwanzwedelnder Hund, der sich den Launen der Herrin widerspruchslos unterwirft.

Mitten auf dem Platz blieb sie abermals stehen. Synne erwartete nach Pawlowschem Vorbild einen Kuss, aber der blieb aus.

»Synne. Ich muss wirklich nach Hause. Wir können uns nicht mehr treffen. Ruf mich bitte nicht an. Schreib mir nicht. Melde dich nicht mehr. Bitte.«

Als sie loslief, streifte sie Synne mit der Schulter. Das tat weh, es brannte, und wütend rieb Synne sich die Stelle, um den Schmerz festzuhalten, während sie dem verschwindenden Taxi hinterhersah. Auf dem Boden vor ihr lag noch immer der Kohlkopf, glitschig und feucht und halb zertreten.

Die Huren auf der Domtreppe waren verschwunden, und es goss wie aus Kübeln.

10

Asha trägt ein Kastenzeichen. Ich weiß, dass es nicht wirklich etwas mit Kaste zu tun hat, es zeigt, dass sie verheiratet ist oder vielleicht eher war; ich sehe niemals einen Mann; es ist ein blutroter Strich, unter dem ein kleiner Punkt sitzt, der Strich zieht sich den Mittelscheitel entlang, der Punkt sitzt mitten auf der Stirn. Wenn ich sie ansehe, hebt meine Hand sich von selbst zu meinem Gesicht; ich ziehe an meinem Pony, wie um mein Zeichen zu verstecken, das Zeichen, das unsichtbar ist, das jedoch brennt und ätzt und nicht verschwinden will. Ich habe Tod und Verzweiflung verursacht und kann nicht begreifen, wieso das nicht zu sehen ist.

Ich wüsste wirklich gern, wie alt sie ist. Ab und zu hat sie ein Kind bei sich, einen kleinen Jungen von sechs oder sieben Jahren. Er ist ein Bild für die Götter. Seine Haut ist so dunkelbraun, wie es nur möglich sein kann, ohne ganz ins Schwarze überzugehen. Seine Haare sind braun und struppig, doch sie haben blonde Spitzen! Ob das an der Sonne liegt oder an einem auffälligen genetischen Durchbruch nach Generationen der Völkermischung auf dieser seltsamen Insel, kann ich nicht sagen. Aber ich habe nie ein schöneres Kind gesehen.

Der Junge spricht nur wenig Englisch. Asha geht es nicht anders, glaube ich, aber das ist kein Problem, denn sie versteht alles, was ich sage, und selbst ist sie nicht weiter redselig. Ich wüsste gern, ob sie nur abweisend ist oder ob sie die Sprache einfach nicht genügend beherrscht. Manche von den Marktfrauen hier können kein Wort Englisch. Untereinander sprechen sie hier Kreolisch, was Ähnlichkeit mit dem Französischen hat, und dennoch ist Englisch hier die Amtssprache. Das hängt sicher mit dem Schulsystem zusammen. Aber Hervé spricht fließend Englisch, und er ist wirklich nicht hoch gebildet.

Bisher weiß ich nicht einmal, wie das Kind heißt. Ich habe mehrmals gefragt, aber entweder versuchen sie, mich mit einer komplizierten Aussprache an der Nase herumzuführen, oder ich kann sie einfach nicht verstehen. Für mich klingt es wie Petter. Also nenne ich ihn so. Er lächelt und nickt.

Nachdem ich den Computer aufgestellt habe, was meine Nächte etwas leichter macht, ist Petter fast immer dabei, wenn Asha kommt. Ob er ihr Sohn oder ihr Enkel ist, weiß ich nicht, ich tippe im Grunde eher auf Urenkel. Er nennt sie zwar »Mama«, aber das kann so vieles bedeuten.

Ich habe ihm gezeigt, wie man Patiencen legt. Er ist intelligent und begreift schnell. Ich habe auch ein Flugsimulationsspiel, aber leider keinen Joystick. Petter scheint das egal zu sein, er beherrscht die Pfeiltasten inzwischen wie ein ausgebildeter Pilot. Nach einer gelungenen Landung klatscht er in die Hände und versetzt mir einen Rippenstoß.

Er erinnert mich an etwas, das ich nie bekommen habe, vielleicht, weil ich nicht wollte, vielleicht, weil es sich einfach so ergeben hat. Ab und zu tut sein Anblick mir so weh, dass ich ihn wegschicken muss. Wenn er den Kopf schräg legt und mit der Hand meinen Arm berührt, während er mir irgendeine Frage stellt, dann verspüre ich eine Sehnsucht, einen Abgrund, von dem mich zu entfernen ich so viele Jahre gebraucht habe, dass ich ihn einfach wegschieben muss. Aber er taucht immer wieder auf.

Ich bin jetzt tagsüber etwas wacher. Doch nachts schlafe ich noch immer nicht. Ich liege wach und versuche zu begreifen, vor wem ich geflohen bin. Oder vor was.

11

Der Schnee war viermal gekommen und gegangen. Hier und dort waren noch Reste vorhanden, vermischt mit gelbem Laub und Eispapier, das niemand zu den wenigen Papierkörben getragen hatte, die ohnehin nur selten geleert wurden. Die Bäume froren, und die grünen Rasenflächen des Sommers standen abweisend und graubraun da, wie leere Schwimmbecken mit Bodenschlamm. Ab und zu keuchte ein Jogger an ihr vorbei, der Schweißgestank hing dann eine Weile in der Luft, und ihre Schuhe sagten *swisch swisch* und waren triefnass. Vielleicht würde sie sich zu Weihnachten neue kaufen.

Sie knöpfte ihren Dufflecoat auf, steckte die Hände in die Taschen und zog die Vorderschöße auseinander. Ein eiskalter Wind drang durch ihr Sweatshirt. Das war ein gutes Gefühl. Sie schlug die Beine gegeneinander und widerstand der Versuchung, auf die Uhr zu schauen. Sehr viel Zeit konnte noch nicht vergangen sein. Eine Viertelstunde vielleicht. Oder höchstens zwanzig Minuten.

Plötzlich stieg sie mit überaus langen Schritten die Treppe zum Monolithen hoch, drei Stufen auf einmal. Vielleicht sollte das eine Art Protest sein. Nicht dort wollten sie sich treffen, nicht mitten im Park, hoch und frei und mit Ausblick. Sie hatten einen Rendezvous-Baum. Der war alt und ließ den Kopf hängen, einzelne Äste berührten sogar fast den Boden und wären längst abgesägt worden, wenn die Stadt mehr Geld gehabt hätte.

Sie lehnte ihren Rücken an den Granitsockel. Wenn sie hundert Millionen Kronen gewänne, dann würde sie die

Hälfte davon verwenden, um die Kirche von Uranienborg versetzen zu lassen, zehn Meter würden vermutlich schon ausreichen.

Sie lehnte mit dem Rücken am Monolithen und gab vor, sie nicht zu sehen.

»Synne! SYNNE!«

Rebecca stand unten an der Treppe und winkte. Sie trug eine rote Steppjacke mit Kapuze, und ihr Gesicht verschwand fast im Pelzbesatz an der Kante. Am Ende gab sie auf und kam auf Synne zu, zögernd, und ab und zu blieb sie stehen und schaute sie verwundert an.

»Bist du böse? Nicht böse sein.«

Sie atmete rasch und ängstlich und sah aus wie eine Inuit.

»Nicht doch. Ich ärgere mich nur über dieses Gebäude.«

Synne packte Rebeccas Arm und drehte sie so, dass sie zur Vigelandsbrücke hinüberschauen musste.

»Siehst du?«

»Was denn?«

»Die Kirche natürlich. Die Kirche von Uranienborg. Die steht falsch!«

»Falsch? Wieso falsch?... Wartest du schon lange?«

Sie versuchte, sich zu Synne umzudrehen, doch die hielt sie fest.

»Ja. Siehst du nicht, dass sie total falsch steht? Sie steht zu weit links! Das ergibt doch keine Symmetrie. Sie müsste in der Fluchtlinie der Brücke liegen. Das macht mich einfach fertig. Solche Unstimmigkeiten machen mich einfach stocksauer!«

Es war kälter geworden, und der Wind war jetzt stärker. Es waren schon sehr lange keine japanischen Reisenden mehr in ihren abgemessenen dreizehn Minuten durch den Park geeilt. Ein herrenloser Hund kam angelaufen und beschnupperte Cetacea, die das aber vollständig kalt zu lassen schien. Sie hatte sich schlafen gelegt und hob nur mit einem leisen Knurren ganz leicht den Kopf.

»Wir machen einen Spaziergang«, sagte Rebecca. »Wie lange wartest du schon?«

»Nicht sehr lange. Wie spät ist es?«

»Halb sieben.«

»Dann war es eine Dreiviertelstunde.«

»Tut mir Leid. Tut mir wirklich Leid. Echt. Meine Schwiegermutter kam unerwartet, und mein Jüngster ...«

»Das macht doch nichts, Rebecca. Ich bin nicht böse. Ich bin nie böse.«

Sie konnte sogar lächeln. Rebecca lächelte zurück.

»Natürlich bist du böse. Oft. Und das solltest du deutlicher zeigen.«

»Sagte die bekannte Psychologin. Ich bin wirklich nicht böse. Ich freue mich dagegen sehr, dich zu sehen.«

Sie schlenderten zusammen los, ohne einander zu berühren. Synne ließ Cetacea von der Leine und blieb stehen.

»Wann können wir uns richtig treffen?«

»Wir treffen uns doch gerade jetzt.«

Synne verdrehte die Augen, nahm ihrer Grimasse aber rasch durch ein kleines Lächeln die Schärfe.

»Und wie lange kannst du hier bleiben, in diesem kalten, windigen ...«

Sie versetzte einem Stück Holz, fast schon einem Ast, einen energischen Tritt, und Cetacea kam angerannt.

»... SCHEISS-Park!«

Beim letzten Wort riss sie sich plötzlich und zu spät zusammen und starrte Rebecca aus weitaufgerissenen Augen an.

»Verzeihung, Rebecca, so war das wirklich nicht gemeint.«

Aber Rebecca wollte es nicht hören. Sie war schon unterwegs zum Parkplatz, der Rücken ihrer Jacke war breit und rot und von Daunen aufgequollen, und ihre schwarzen Jeans machten ihre Beine fast unsichtbar; über den dämmrigen Weg schien ein großer roter Ball zu springen.

Erst am Auto, einem dunkelblauen Mercedes 500 SL, drehte sie sich wieder zu Synne um. Sie schauten einander an, lange, lange, keine mochte etwas sagen. Am Ende nahm Rebecca Synnes Hand, öffnete sie, Finger um Finger, mit leichten, warmen Bewegungen, um sich dann in die Betrachtung der Handfläche zu vertiefen. Vielleicht sah sie etwas, denn ihre Miene hatte sich verändert, als sie die Hand langsam an ihr Gesicht hob, um sie an ihre Wange zu legen. Synne spürte ihren warmen Atem an ihrem Daumen, den Honigatem, und zitterte.

»Ich habe neu angefangen«, flüsterte Synne. »Es geht jetzt besser. Willst du sehen, was ich bisher geschrieben habe?«

»Wir warten. Diesmal warten wir, bis du fertig bist, ja?«

»Alles klar. Wenn ich fertig bin, kriegst du es. Ruf bald an.«

Rebecca gab keine Antwort, aber das war nicht weiter ungewöhnlich.

12

Es war nicht mehr nur Synnes Geschichte. Noch immer war sie diejenige, die die großen Worte hatte, es war ihre Liebe, die heftig und verbal zwischen ihnen wehte, sie war es, die sich zu Boden geworfen hatte, sie war es, die immer dann in Verzweiflung stürzte, wenn Rebecca ihre platonischen Treffen abbrach und erklärte, sie dürften sich niemals wieder sehen, und dennoch war es Rebecca, die immer zurückkehrte. Es war Rebecca, die Synne anrief; es war Rebecca, die ab und zu, ein seltenes Mal, ein Herz auf Synnes Stirn, ihre Brust oder ihre Handfläche zeichnete, ehe sie gehen musste.

Es war nicht länger nur Synnes Geschichte. Aber es war auch keine wirklich gemeinsame. Es war eher etwas, das zum Teil Rebecca gehörte und zum Teil Synne. Sie trafen sich jetzt seit fünf Monaten, immer auf Rebeccas Initiative, manchmal ausgiebig, in einem Lokal zum Essen (niemals, niemals zu Hause bei Synne, da weigerte Rebecca sich ganz einfach), aber trotzdem waren sie den ganzen Abend beisammen, so wie damals am ersten Abend; dann wieder nur kurz, in einem Park, an einer Straßenecke, oft spät und am liebsten im Dunkeln.

Es war Januar, und Synnes Leben hatte sich verändert.

Das war nicht plötzlich gekommen. Die Veränderung hatte sich schleichend eingestellt, und weil sie mit dem Übergang vom Sommer auf den Winter einhergegangen war, hatte sie lange an der Überzeugung festgehalten, es habe mit den Jahreszeiten zu tun. Im Herbst und im Winter seien wir eben nicht so sozial. Es sei nicht so verlockend, abends auszugehen; nachdem sie nachmittags mit Cetacea durch die Straßen gestapft war, fühle sie sich zu Hause eben wohler. Außerdem dürfe sie das Tier nicht so oft allein lassen. Das Telefon störte sie nicht mehr; während sie früher bisweilen den Stecker herausgezogen hatte, um ihre Ruhe zu haben, konnten jetzt mehrere Abende vergehen, ohne dass es sich zu Wort meldete.

Um so mehr schaffte sie. Das fast unmerkliche Ausbleiben von Besuch hatte sie auf die Idee gebracht, ihren Schreibtisch aus ihrem Schlafzimmer in ihr Wohnzimmer zu versetzen. Jetzt hatte sie das Gefühl, zu sich zu finden, endlich nach Hause zu kommen, und sie schlief außerdem besser, wenn ihr Schlafzimmer ungeheizt blieb.

Sie hatte alles Alte verbrannt. Dafür hatte sie vier Abende gebraucht; die Blätter mussten sich einzeln kräuseln, um wirklich zu verbrennen, und dabei wurde ungeheuer viel Asche produziert.

Aus ihr würde niemals eine Lyrikerin werden.

Sie staunte darüber, wie leicht es gewesen war, als sie es endlich begriffen, akzeptiert, einfach als plausibel erkannt hatte. Jetzt schmunzelte sie über sich, ihre Träume, die übergroßen Phantasien, und außerdem hatte sie die undefinierbare und unbeschreibliche Freude ihrer Kindheit wieder entdeckt, die darin liegt, die Gedichte anderer zu lesen; die Mühsal, immer wieder etwas *lernen* zu müssen, lag hinter ihr.

Sie schrieb jeden Tag viele Stunden, in der Regel begann sie nach den Fernsehnachrichten; Cetacea war müde und satt und zufrieden, und Synne saß in ihrem zehn Jahre alten Trainingsanzug und Filzpantoffeln da und trank Kaffee mit Milch. Samstags las sie dann alles, es konnten viele, viele

Seiten sein, manchmal brachte sie im Laufe einer Woche ein halbes Buch zustande; aber es war niemals gut genug, das sah sie selbst, und es landete im Kamin, um in irgendeiner Weise ihrem gewaltigen Eifer und ihrer unerschütterlichen Tatkraft Einhalt zu gebieten; sie wusste, dass sie ein gutes Buch schreiben könnte, wenn sie nur hart genug arbeitete. Es war einfach das Richtige für sie, für Kinder zu schreiben. Es lag an der Sprache, die kam ihr so leicht, so natürlich vor. Sie musste für Kinder schreiben, und die Sprache lag bereits vor, lag fix und fertig in ihrem Kopf. Sie hatte nur so schrecklich lange gebraucht, um das zu begreifen.

Sie schrieb und schrieb und wartete im Grunde auf Rebecca.

An einem Samstagabend hörte sie sie kommen. Cetacea sprang plötzlich auf, stieß ein halbersticktes Bellen aus und lief mitten ins Zimmer, wo sie dann auf steifen Beinen stehen blieb; ihr schien ein kleiner Igel im Nacken zu sitzen.

Synne ging zögernd in die Diele. Da stand Rebecca, die Tür war offen gewesen. Sie sagte nichts. Und Synne kam derselbe Gedanke wie schon so oft: Nichts kann so ausdruckslos sein wie ein asiatisches Gesicht. Oder vielleicht lag es einfach daran, dass Synne den Code nicht kannte. Rebecca war ungeschminkt, ihre Haare waren noch ein wenig feucht, sie zerfielen in schwere, aneinanderklebende Locken, und ihre Wangen glänzten, als käme sie eben erst aus dem Bad. Synne hatte keine Ahnung, wie sie sich verhalten sollte, und deshalb beschloss sie, Rebecca aus dem Mantel zu helfen.

Als Rebecca die Arme aus den Mantelärmeln zog und sich zu Synne umdrehte, streifte ihre linke Hand aus Versehen Synnes Brust.

»Entschuldigung. ENTSCHULDIGUNG!«

Sie riss den Mantel an sich, als habe sie sich da und dort alles anders überlegt und wolle gehen. Synne schüttelte den Kopf, murmelte irgendeine Bemerkung, und ihr fiel nichts Besseres ein, als in der Diele zurückzuweichen und die Arme auszubreiten.

Und so blieben sie stehen. Rebecca, die den grünen Wintermantel wie einen Schild vor sich hielt; Synne wie eine Indianerin, die die Handflächen ausstreckte, zum Zeichen ihrer friedlichen Absichten.

»Ich wollte doch nicht ...«

»Schon gut, schon gut«, murmelte Synne, während ihre Brustwarze brannte.

»Das war wohl keine gute Idee.«

»Wenn du meinst. Ich habe mich jedenfalls schrecklich gefreut. Aber das weißt du ja.«

»Weiß ich das?«

Synne lehnte sich an die Wand und starrte resigniert zur Decke hoch, dann wagte sie, die Hand auszustrecken.

»Ja, das weißt du. Du weißt, dass ich immer mit dir zusammen sein will.«

»Du könntest doch Besuch haben.«

Rebecca wich wieder zurück.

»Hier ist niemand«, sagte Synne.

»Du könntest nicht zu Hause sein. Anderswo.«

»Ich bin nicht anderswo. Ich bin hier. Und du auch. Darüber freue ich mich. Können wir nicht ...«

Wieder trat Synne vor, um Rebecca den Mantel abzunehmen. Rebecca hielt sie mit einem blitzschnellen Schritt rückwärts auf; jetzt war sie bis zur Tür zurückgewichen.

Fünf Monate lang hatte Synne genommen, was sie bekommen konnte. Sie hatte getan, was Rebecca gewollt hatte. Sie war gekommen, wenn Rebecca gewinkt hatte. Jetzt stand Rebecca da und stürzte sie in tiefere Verwirrung denn je.

»Was willst du eigentlich?«, fragte Synne, und es klang schärfer als beabsichtigt.

Sie riss sich zusammen und fragte noch einmal:

»Was willst du eigentlich, Rebecca?«

Die schüttelte nur den Kopf und hob den Mantel noch höher.

»Möchtest du ein Glas Wein?«

Rebecca schüttelte wieder den Kopf, aber das war nur gut so, da Synne keinen Wein im Haus hatte.

»Eine Tasse Tee vielleicht? Kaffee?«

Neues Kopfschütteln.

»Weißt du«, sagte Synne, »jetzt bist du genau wie ein Kind. Mit einigen grauen Haaren vielleicht, aber doch wie ein Kind.«

Sie lachte, sie konnte nicht anders. Rebecca strich sich kurz über das Haar.

Dann hängte sie ihren Mantel auf. Und kam auf Synne zu.

Sie entdeckten es gleichzeitig, diese Eigentümlichkeit, die unverändert blieb, dass ihre Körper perfekt zueinander passten. In den kommenden Jahren wurde das wieder und wieder unter Beweis gestellt; sie waren füreinander geschaffen. Egal, wie sie standen oder lagen oder sich miteinander verflochten, sie waren wie zwei Tonfiguren, die sich im Bruchteil einer Sekunde einander anpassen konnten; niemals schlief ein Glied ein, weil ein anderes darauf drückte, nie musste eine von ihnen sagen: Rück mal ein Stück weiter, Liebes, du bist mir zu schwer. Nie. Als Synne dort in der Diele stand und Rebecca zum ersten Mal wirklich umarmte, hatte sie das Gefühl, das sie von Puzzlespielen her kannte, von solchen mit tausend Stücken, ein Bild der Schweizer Alpen oder vielleicht der Golden Gate Bridge. Wenn sie den Himmel vor sich hatte – Hunderte von fast identischen winzigen blauen Stücken –, dann war es ein ganz eigenes Erlebnis, zwei passende zu finden. Sie glitten ineinander, und nichts wies darauf hin, dass sie zusammengehörten, außer eben diesem reibungslosen stillen Gefühl, mit dem sie sich aneinanderfügten. Dieses Gefühl hatte Synne Nielsen jetzt, und sie hätte die ganze Nacht so stehen bleiben mögen.

Synne hatte Angst, Rebecca könnte zerbrechen. Noch immer, nach all diesen Monaten, wusste sie nicht so recht, woher Rebecca eigentlich kam. Sie hatte diese Frage nie wieder aufgegriffen, und Rebecca hatte sie auch nicht zur Sprache gebracht. Ihre Haut war fremdartig, sie sah aus wie Porzellan, sie war so fein und glatt, fast haarlos und scheinbar auch ohne Poren. Sie hatte eine seltsame Farbe, sie war durchaus nicht gelb, war eigentlich recht bleich, ohne weiß zu sein. Synne glaubte, diese Farbe heiße »oliv«, ohne so recht zu wissen, wie sie auf diese Idee kam. Die Haut duftete leicht und süß, und zwischen Rebeccas Brüsten konnte Synne eine Bewegung ahnen, ein Muskel zitterte und bebte und ließ die Haut leuchten. Abgesehen von dem herzförmigen Leberfleck unter dem Ohr und einer großen, länglichen Narbe auf der Innenseite des linken Oberschenkels war Rebecca makellos und glatt, und das alles veranlasste Synne zu dem Versuch, sich unter der Decke zu verkriechen und sich der spärlichen Beleuchtung zu entziehen.

Sie würden sich noch jahrelang darüber streiten, ob dieser Abend der eigentliche Anfang gewesen war. Rebecca behauptete felsenfest, der sei erst später gewesen, als sie mehr gewagt hatte. Synne ihrerseits kannte keine Zweifel mehr. Das war Leidenschaft, vorsichtig und tastend, na gut, aber sie konnte es unmöglich anders nennen, und es dauerte eine Dreiviertelstunde.

Rebecca weinte. Synne versuchte, ihre Brüste zu streicheln (diese wunderbaren Brüste, heller als der restliche Körper, bestimmt waren sie nie der Sonne ausgesetzt worden, und sie hatten sichtbare Adern, die ein perfektes Muster zeichneten, über einer Form, die sich erhalten hatte, trotz der unfassbaren Tatsache, dass diese Brüste vier Kinder gestillt hatten; die Warzenhöfe waren zum Beispiel noch immer hellbraun, fast wie Sahnekaramell, sie wiesen nicht diese dunkle Kaffeefarbe auf, die sich beim Stillen sonst einzustellen pflegt).

Rebecca drehte sich um und legte den Kopf auf die Arme. Dabei weinte sie noch immer. Sie schluchzte.

Es nahm kein Ende.

»Ich möchte dich heiraten«, flüsterte Synne.

Rebecca schluchzte jetzt immerhin nicht mehr, blieb aber in derselben Haltung liegen.

Da ließ sie sich von Synne den Rücken streicheln. Sie hatte einen langen Rücken, lang und breit über den Schultern, schmal an der Taille.

»Ich möchte dich heiraten. Und mit dir nach Mauritius fahren.«

»Wo liegt Mauritius?«, wurde halberstickt aus den Kissen gefragt.

»In der Südsee.«

Da drehte Rebecca sich um, schwerfällig, langsam, und blieb auf der Seite liegen, den Kopf in die Hand gestützt.

»Wo in aller Welt liegt die Südsee?«, fragte sie leise. »Irgendwo, wo die Sonne scheint.«

»Ich habe noch nie von der Südsee gehört. Vom südlichen Eismeer, das schon, aber nicht von der Südsee.«

»Die liegt jedenfalls hier«, sagte Synne und legte ihre freie Hand auf ihr Herz. »Und in der Südsee liegt Mauritius. Dahin fahren wir. Irgendwann. Vorher heiraten wir.«

»Ich bin verheiratet«, sagte Rebecca.

»Das weiß ich doch«, sagte Synne rasch und erhob sich. »Ich hatte das nicht wortwörtlich gemeint, weißt du.«

»Ich auch nicht. Ich bin verheiratet. Mit dir. Jetzt muss ich gehen.«

Wortlos stand sie aus dem Bett auf, zog sich an, machte sich auf blitzschnelle und weltgewohnte Weise vor dem Spiegel Gesicht und Haare zurecht und winkte ab, als Synne sie zur Tür bringen wollte. »Bleib liegen, Synne. Ich gehe.«

Sie sagte nicht, wann sie wiederkommen wollte, aber immerhin fuhr sie nach Hause, ohne sich vorher die Hände zu waschen.

13

Flach auf dem Rücken, die Arme und Beine leicht auf dem synthetischen Bettbezug gespreizt, habe ich fast das Gefühl zu fallen, leicht und weich, tiefer und tiefer. Das Dach fällt zusammen mit mir, meine Gedanken dagegen bleiben dort, wo ich eben noch war.

Daumendicke blanke Strohhalme, getragen von einem dünnen Holzrahmen. Und darüber, als Schutz vor den heftigen Regengüssen, die hier ab und zu wüten, ab und zu mehrmals am Tag, eine Schicht gewellter Kunststoff. Das Dach ist wasserdicht. Wenn keine Kälte ausgesperrt werden muss, dann reicht diese Konstruktion aus. Und kalt wird er hier nie. Jedenfalls nicht draußen.

Ich falle so rasch und sanft, dass ich fast einschlafe, und Schlaf ist um diese Tageszeit ein Tabu. Ich fahre hoch. Das Kopfende des Bettes bohrt sich in meinen Rücken, und das ist gut so.

Ich friere noch immer, aber nicht mehr so wie früher. Malaria kann es nicht sein, denn ansonsten fühle ich mich gar nicht krank. Abgesehen von den Kopfschmerzen. Ich sitze auf dem Bett und schaue hoch zum Strohdach, um mich davon zu überzeugen, dass es nicht mehr mit mir nach unten sinkt. Der Ventilator dreht und dreht sich. Wenn ich meinen Blick auf seine Mitte richte, sieht er aus wie der Drehflügel eines Hubschraubers; ich sehe die drei Blätter nicht mehr, sondern nur die Bewegung, wie bei einem Rad. Ich kann die Blätter für einen Moment auseinander halten, wenn ich mich auf ihren Rand konzentriere, aber wirklich nur für einen Moment, und ich bekomme Kopfschmerzen davon. Noch stärkere Kopfschmerzen.

Ich habe noch immer den Zettel. Anders als sie habe ich alles aufbewahrt. Absolut alles. Aber es ist so wenig, dass ich es in einem Schuhkarton unterbringen kann. Sie war keine große Briefschreiberin. Keine Frau vieler Worte. Ich hätte Koffer mit meinen Werken füllen können, nur hat sie im Laufe der Zeit ja das meiste verbrannt. Fast alles eigentlich. Bei mir liegt alles in einem italienischen Schuhkarton, mit Wiesenblumen und grünem Deckel. Dieser Schuhkarton ist mir so wichtig, dass ich ihn auf der Reise hierher als Handgepäck mit im Flugzeug hatte.

Jetzt ist der Zettel schmutzig. Im Nachhinein – ich meine, sie kam ja zurück, wie immer – sehe ich, dass es neben dem Schock darüber, dass sie mich so jählings von sich gestoßen hatte, auf dem Gipfel einer Verliebtheit, die Knappheit dieser Mitteilung war, die mir vor allem wehtat.

Dass sie sie nicht einmal unterschreiben mochte. Dass dort nicht mehr stand, als dort eben stand. Dass sie mich einfach so fallen lassen konnte, fast ohne weiteres.

Ich starre den Rotor an der Decke an und fahre mir über die Augenbrauen. Die Narbe ist noch immer sehr deutlich. Ich trage sie wie ein Adelszeichen. Ich liebe diese Wunde. Ich hasse das Zeichen auf der Stirn, das unsichtbare Zeichen, das alle sehen können müssten, aber diese Narbe über meinem Auge liebe ich.

Petter war heute nicht hier. Asha hat meine schmutzige Wäsche geholt, aber sie schien es eilig zu haben. Ihre Hände waren noch schneller als sonst, und sie sagte so gut wie nichts. Sie hat irgend etwas an sich, als könnte sie mir ansehen, dass ich ihre Achtung nicht verdiene.

Ich wünschte, Petter käme. Dann könnten wir das Flugsimulationsspiel spielen. Er könnte mir jedes Mal seinen Rippenstoß versetzen, wenn er seine Landung so perfekt hinlegt, als habe er nie etwas anderes getan.

Seine Nähe schenkt mir Momente von etwas, das Ähnlichkeit mit Glück hat. Nur für kurze Sonnensekunden zwar, aber dennoch: Wenn er einige Tage nicht hier war, spüre ich meine Sehnsucht nach seinem Lachen, nach seinen Balancierkünsten, wenn er auf seinen dünnen Beinen über die abgeknickte Palme vor der Nordwand des Bungalows rennt, ich nehme die Zeit, und er ist in drei Komma vier Sekunden von einem Ende zum anderen gelaufen; er fragt und gräbt und lacht und bildet kleine Höhlen, in denen ich mich verkriechen und einfach nur erwachsen und spannend und seltsam und aus einem fernen Land sein kann, wo ich an nichts anderes zu denken brauche als daran, dass bald der Abend kommt. Obwohl er ein Junge ist und schwarz und nur Shorts und T-Shirts trägt, erinnert er mich an den Winter, der endlich kam, den echten, klirrendkalten Binnenlandwinter, wenn Mama mir eine Socke nach der anderen über die Füße streifte und ich gar keine Stiefel mehr brauchte; diese Freiheit, das Gefühl, alles und alle besiegen zu können, mit Papas Wandersocken, die nicht auf dem Schnee rutschten und am Ende zu riesigen Schneemannsfüßen wurden.

Will Asha nicht, dass Petter mich weiterhin besucht?

14

»Das ist Caroline.«

Caroline war sechs Jahre alt. Abgesehen von ihren Farben war sie ein Klon des Vaters. Natürlich hatte sie nicht diese rotblonden Haare, ihre waren dunkelbraun und struppig (sie hatte auch nicht die Locken des Vaters, von denen Synne ahnen konnte, dass sie noch vor wenigen Jahren sehr üppig gewesen sein mussten), aber ihr Kinn war kantig und breit, und ihre Nase war fast zu groß für ein Kindergesicht. Synne riss sich zusammen und nahm ihre Hand. Die linke, dargeboten, während sie zu Boden starrte und ihren Namen murmelte.

»Und das ist Martin.«

Martin war zehn und hatte auffällige Ähnlichkeit mit seinem Vater. Er lächelte breit, mit neuen und unfertigen Zähnen, und er verbeugte sich brav. Der Vater fuhr ihm durch die Haare, und der Junge schmiegte sich voller Stolz an ihn.

»Und das hier ist unsere Älteste, Benedicte.«

Benedicte hatte keine Chance, als Erwachsene hübsch zu werden, und sie hatte keine Ähnlichkeit mit ihren Eltern. Noch waren ihre schönen braunen Augen ein Anziehungspunkt, aber ihre Nase war zu groß, ihr Kinn zu grob. Ihre Haare waren zu lang, viel zu lang, denn sie waren weder besonders voll noch glänzten sie. Wenn sie ein Junge gewesen wäre, dann hätten die dunklen, dichten Augenbrauen ihr gut gestanden, aber für ein Mädchen von elf Jahren waren sie zu kräftig, und sie waren über ihrer Nasenwurzel fast zusammengewachsen. Ihre Haut war auch nicht so hell wie die von Caroline und Martin. Sie sah eher grau aus, vielleicht lag es daran, dass sie von Ekzemen geplagt wurde; Synne nahm den schwachen Geruch einer Cortisonsalbe wahr, als sie sich ein wenig vorbeugte, um Benedicte zu begrüßen.

»Und das hier«, sagte Rebecca und zog einen Jungen von vielleicht vier Jahren unter dem Esszimmertisch hervor. »Das ist unser Kleinster. Henrik. Sag Synne guten Tag, Henrik.«

Das Kind war so ungefähr das Reizendste, was Synne je gesehen hatte, und es ähnelte seiner Mutter dermaßen, dass sie lachen musste. Er war das dunkelste der vier Kinder, ebenso dunkel wie Rebecca.

»Doch, doch«, sagte Christian Schultz. »Ich bin auch der Vater dieses kleinen Ungeheuers. Er hat bei der Verteilung der Gene nur mehr Glück gehabt. Aber du hast Papas Köpfchen, Benedicte, nicht wahr, Herzchen?«

Synne hätte gern etwas gesagt, um der Kleinen zu Hilfe zu kommen. Papas Köpfchen.

Ein Weihnachtsfest vor hundert Jahren. Die Schwester, klein und niedlich, im rosa Kleid mit wippendem Röckchen; mit Lackstiefelchen, in denen sich die Augen aller spiegeln konnten. Synne selbst daneben, in einer unkleidsamen Tracht, die schon dreimal verlängert worden war, mit Silberschmuck, der zu schwer war und wie ein Klumpen auf dem Mieder über der schon vorhandenen Brust lag.

Aber sie hatte Papas Köpfchen, das sagten alle. Papas Köpfchen. Als könne sich das auch nur im entferntesten mit einem rosa Kleidchen und Lackstiefeln und bewunderndem Tuscheln und dem Parfümduft einer Prinzessin messen.

Benedicte wand sich, aber Synne fiel nichts ein, was sie hätte sagen können. Deshalb starrte sie Henrik an. Er schaute verstohlen zu ihr hoch und lächelte kurz, dann barg er sein Gesicht am Hals seiner Mutter.

»Also bitte«, sagte Rebecca mit honigsüßer Stimme. »Es ist serviert.«

Es war eine sehr schlechte Idee. Rebeccas schlechte Idee.

Synne schaute sich in dem riesigen Wohnzimmer um. Ein gewaltiger Esstisch aus Eichenholz dominierte die eine Hälfte. Über dem Tisch hing ein Leuchter. Es war aber nicht das übliche kunstgewerbliche Modell aus Messing, mit fünf oder sechs Armen, nein, es war ein *Kronleuchter.* Mit vielen klirrenden Kristallstäben und künstlichen Kerzen mit Kunststoffblasen, die herunterlaufendes Wachs darstellen sollten. An der Wand hinter dem Esstisch hing ein Bild von Jacob Weidemann, aber das war ehrlich gesagt auch wirklich das einzig Positive an diesem ganzen Saal. Alles war teuer. Alles war hässlich. *Alles,* vom Couchtisch aus Mahagoni über das Kaminzubehör (Messinggerätschaften, deren Verzierungen eine Mischung aus norwegischer Bauernmalerei und aztekischer Ornamentik darstellen) bis zu den Lampen an den Wänden – sie sahen irgendwie italienisch und imposant aus und hätten sich in ihrem Ursprungsland zweifellos besser gemacht.

Es war eine grauenhafte Idee gewesen. Aber Rebecca hatte darauf bestanden.

»Er muss dich endlich kennen lernen, Synne. Er macht sich schon Gedanken. Er kennt doch alle meine Bekannten. Meine Freundinnen.«

»Ich bin keine Freundin.«

»Das denkt er sich ja gerade.«

Ein Jahr war vergangen. Sie trafen sich fast jeden Tag. Wenn sich die Gelegenheit ergab, liebten sie sich, und keine von ihnen hatte je geahnt, dass es möglich sein könnte, so viel Zeit zu stehlen. Das Telefon klingelte fünf-, sechsmal am Tag. Rebecca tauchte zu den ausgefallensten Zeitpunkten bei Synne auf, stets atemlos, ob sie nun kam oder ging. In letzter Zeit hatte sie angefangen, sich sonntags früh in Synnes Bett zu stehlen. Gegen fünf. Ihrer Familie erzählte sie, sie sei im Büro, niemand fand etwas dabei, dass eine Mutter von kleinen Kindern die Stunden, in denen die Kinder schliefen, in ihre Karriere investierte. Sie kam, sie liebten sich, sie verschwand. Alles, noch ehe die Glocken zum Gottesdienst riefen.

Synne fuhr sie von der Arbeit nach Hause. Und das fast jeden Tag. Auf diese Weise hatten sie eine zusätzliche halbe

Stunde. Es war schrecklich anstrengend. Um zwanzig vor vier jagte Synne nach Hause, holte ihr Auto und war um Viertel nach vier vor Rebeccas neuem Arbeitsplatz zur Stelle. Die Tagesmutter machte um fünf Uhr Feierabend.

Ab und zu wartete sie auf Rebecca, wenn diese morgens zur Arbeit kam. Einen Block weiter, das war ein etwas komplizierter, aber nicht allzu zeitraubender Umweg; dort war wenig Verkehr, sie wurden nicht beobachtet. Rebecca ging jeden Tag durch diese Straße, auch wenn Synne es nur zweimal pro Woche schaffte. Und sei es nur, um ihr ein Gedicht zu geben. Ein Buch. Eine Rose. Ab und zu eine Zeichnung.

Aber sie hatten mehr. Sie hatten legale Zeit. Die allerbeste. So ungefähr einmal im Monat; es waren Treffen, von denen Rebecca ihrer Familie erzählte. Sie konnten hocherhobenen Hauptes durch die Stadt gehen, ein wenig an den Schaufenstern vorbeibummeln, ihre Hände einander zufällig streifen lassen, im Vorübergehen, ohne dass irgendwer irgendetwas ahnte.

Es war eine glückliche Zeit. Es war eine Zeit, die auf Lügen, Heimlichtuerei und Verdrängung aufbaute, und das war ihnen auch klar, aber sie sprachen nicht darüber. Es war jedoch auch eine Zeit der Hoffnung.

»Kartoffeln?«

»Ja, bitte.«

Synne fand diese Idee immer noch unmöglich. Jetzt verzehrte sie Christian Schultzens Essen. Sie trank seinen Wein, sie plauderte mit seinen Kindern, die sie offenbar sympathisch fanden. Sie ging mit Christians Schultzens Frau ins Bett.

»Was machst du eigentlich so?«, fragte er und lächelte.

»Arbeite im Ministerium«, sagte Synne mit vollem Mund.

»Dort haben wir uns kennen gelernt«, fügte Rebecca auskunftsbereit hinzu. »Das habe ich dir doch erzählt.«

»Ach so. Abteilungsleiterin?«

»Mmmnein.«

»Büroleiterin?«

»Nein, ich bin Sachbearbeiterin«, sagte Synne. »Eine schnöde, sterbliche Sachbearbeiterin.«

Benedicte kicherte und sah ihren Vater an.

»Sachbearbeiterin hat keinen Sinn«, sagte sie.

Die Eltern schwiegen beide. Synne lachte.

»Ich frage mich selbst, ob der Job einen Sinn hat. Er kann jedenfalls tödlich langweilig sein.«

Christian Schultz nahm sich noch ein Stück Lammbraten. Der war grau und durchgebraten, und die Soße schmeckte trotz des Schusses Schlagsahne, der diese peinliche Tatsache tarnen sollte, unverkennbar nach Brühwürfel.

»Dann könntest du dir doch etwas anderes suchen«, sagte er, ohne Synne anzusehen.

»Sicher, aber die Zeit hatte ich noch nicht ... es gibt so viel anderes. Ich habe einen Hund.«

»Was ist denn das für ein Hund?«

Das war Martin.

»Ein Bastard.«

»Papa, was ist ein Bastard?«

»Eine Mischrasse. Das heißt Mischrasse.«

»Du kannst es auch Bastard nennen«, erklärte Synne. »Nur auf Englisch ist es ein Schimpfwort. Das bedeutet einfach, dass die Eltern sich freiwillig füreinander entschieden haben und nicht zur selben Rasse gehören. Solche Hunde können ungeheuer niedlich sein. Und sie sind gesunder und klüger als andere.«

»Oma und Opa haben zwei englische Setter«, erklärte Benedicte.

Setter. Nervöse, quengelige Dreckstölen.

»Ach, ja?«, sagte Synne. »Dann seid ihr ja an Hunde gewöhnt.«

»Aber die wohnen draußen«, sagte Caroline.

Damit hatte sie zum ersten Mal den Mund aufgemacht.

»Die dürfen nicht ins Haus, sie machen so viel Dreck. Sie haben ein Hundehaus. Das ist ganz toll, mit Dachrinne und allem. Aber Opa geht mit ihnen auf die Jagd.«

»Eine Woche jeden Herbst, was?«, sagte Synne rasch und starrte ein Stück wässrigen Rosenkohl an. »Mein Hund darf in die Wohnung. Wir gehen fast jeden Tag in den Wald. Ja, und deshalb muss ich ganz schön viel putzen.«

»Können wir nicht einen Hund haben?«

»Iss jetzt auf.«

»Ja, aber Papa ...«

»Iss, hab ich gesagt. Und es gibt keinen Hund.«

Der Rosenkohl war ganz einfach ungenießbar.

»Rebecca erzählt, du schreibst Kinderbücher«, meinte Christian plötzlich mit einem Lächeln, das Synne nicht deuten konnte.

Synne merkte, wie sie rot wurde; sie wehrte sich dagegen und dachte an Eiswürfel und Zitronen und Chlor, meistens half das, diesmal aber nicht.

»Na ja. Schreiben ist zu viel gesagt. Ich weiß ja nicht, ob überhaupt etwas dabei herauskommt.«

Sie schaute Hilfe suchend zu Rebecca hinüber, doch Henrik brauchte Hilfe beim Zerschneiden des Fleisches.

»Was denn für Bücher?«, fragte Christian. »Für welche Altersgruppe, meine ich.«

»Ach, da bin ich mir noch nicht so sicher.«

»Noch nicht sicher? Muss man das nicht ganz klar vor Augen haben? Man sollte immer ein klar umrissenes Ziel haben, ehe man sich an die Arbeit macht.«

Synne gab keine Antwort. Der Rosenkohl hatte nun schon viele Runden auf ihrem Teller gedreht und zeigte jetzt ernsthafte Zerfallstendenzen.

»Ich selber stöhne immer wieder darüber, wie schlecht die meisten Kinderbücher sind«, erklärte Christian Schultz. »Zum Glück interessieren die Kinder sich jetzt langsam mehr für Sachbücher. Sogar Henrik ...«

Er nickte dem Jungen zu, der versuchte, ein Stück Fleisch und eine Kartoffel auf seine Gabel zu spießen, ehe er aufgab und die Finger zu Hilfe nahm.

»Sogar Henrik liest lieber über Dinosaurier.«

Synne war es jetzt egal, wie rot sie war. Sie wusste genau, wie sie jetzt aussah, feuerrot im ganzen Gesicht und mit Schweißtropfen auf der Oberlippe.

»Nichts kann Kinderbücher ersetzen«, sagte sie und ertappte sich dabei, dass sie viel zu laut geworden war. »Literatur ist überhaupt unersetzlich.«

Sie biss sich auf die Lippe, hörte, wie banal das war, wie politisch korrekt sie hier daherredete; und sie konnte sich nichts Schlimmeres vorstellen, als auf Christian Schultz einen oberflächlichen Eindruck zu machen.

»Über Geschmack lässt sich eben streiten.« Er lächelte. »Welche Bücher würdest du denn empfehlen?«

Synne gab keine Antwort und suchte wieder Hilfe, doch Rebecca war jetzt aufgestanden, um die Soße noch einmal aufzuwärmen.

»Na, was empfiehlst du?«

Er sah ganz souverän aus, sonnenbraun und mit einem gewissen Funkeln in den Augen, dem Synne sich nicht stellen wollte.

»Astrid Lindgren«, murmelte sie an die Tischdecke gewandt. »Anne-Cath Vestly.«

Christian Schultz lachte, ein selbstsicheres, reiches und männliches Lachen.

»Originell. *Überaus* originell.«

»Christian!«

Rebecca stand mit einer dampfenden Sauciere mitten im Zimmer. Sie trug jetzt ihre Abteilungsleiterinnentracht, einen weiten Wollrock und eine passende Bluse mit kleinen Applikationen.

»Jetzt hör aber auf.«

Als sie die Sauciere auf den Tisch stellte, schwappte die Soße braun und zäh auf die Tischdecke. Christian Schultz ließ seinen Blick von einer zur anderen wandern. Synne starrte den braunen Fleck an; der breitete sich langsam aus, dann durchtränkte er den dicken Deckenstoff. Sie hob den Blick zu Christian. Sein Gesicht zeigte auf übertriebene Weise, dass er gar nichts mehr begriff, und das wurde noch dadurch betont, dass er Messer und Gabel in der Luft hielt. Dennoch: etwas an seinem Mund – ein winziges Zucken seiner Oberlippe – drückte etwas ganz anderes aus, etwas, das an Unglauben heranreichte.

»Können wir nicht trotzdem einen Hund haben?«, quengelte Henrik.

Um drei Uhr nachts ging das Telefon.

»So kann es nicht weitergehen«, weinte sie. »Ich kann einfach nicht mehr lügen.«

Rebecca hatte ihre erste wirkliche Begegnung mit den schwarzen Löchern. Es sollte noch mehr davon geben, sehr viel mehr, aber gerade jetzt, an diesem Abend, in dieser Nacht, hatte Synne zum ersten Mal eine Ahnung davon, wenn es auch nur der Hauch einer Ahnung war, was sie einem anderen Menschen antat.

Am nächsten Tag stand Synne eine Stunde lang an ihrem festen Treffpunkt. Sie war schon um Viertel vor vier an der Nachhausefahrstelle, und das alles brachte ihr nur Minuszeit auf ihrer Stechkarte ein.

Zu Hause hing ein Zettel am Kühlschrank. Eine handgeschriebene kleine Notiz, abgerissen von einem größeren Bogen. Der Zettel war mit einem Magneten in Schweineform am Kühlschrank befestigt; das Schwein wälzte sich in Leckerbissen, und auf seinem Bauch klebte ein Plakat mit der Aufschrift »Keep out«.

Synne!
Es geht nicht mehr. Ich bringe das nicht. Ich kann das nicht.
Danke für alles Schöne.
Lass mich in Ruhe. R.
PS. Die Schlüssel liegen im Briefkasten. D.S.

Sie lag auf dem Boden und wusste nicht, wie sie dorthin gekommen war. Überall war Blut zu sehen, der Hund hatte zu allem Überfluss eine rote Schnauze. Als sie sich endlich ins Bad geschleppt hatte, ging ihr sehr schnell auf, dass die

Wunde genäht werden musste. Ihre Augenbraue war fast gespalten, und die Wunde klaffte wie eine groteske, fast obszöne Öffnung.

Sie fuhr ins Krankenhaus. Sie bestand darauf, nicht betäubt zu werden.

Rebecca hatte ihr nicht einmal ihren Namen gegönnt.

Nicht einmal ihren Namen.

15

Petter ist wieder da. Nachdem ich ihn anderthalb Wochen nicht gesehen hatte, war ich nicht mehr nur traurig, ich machte mir auch immer größere Sorgen. Ich erkundigte mich bei Asha nach ihm, aber sie schien verlegen zu sein. Endlich ging mir auf, dass sie Angst hatte, er könne mir lästig fallen. Ich brauchte zwei Tage, um sie vom Gegenteil zu überzeugen. Jetzt kommt er immer mit ihr her, und gestern schaute er zu meiner Überraschung sogar allein vorbei. Ich gebe ihm jetzt Norwegischunterricht. Es fällt mir schwer, mir ein unnützeres Wissen für einen armen Jungen auf Mauritius vorzustellen. Aber ihm macht es Spaß. Er lernt gern und ungeheuer schnell. »Heißa, Brüderlein, komm herein«, sagt er und grinst, wenn er mich sieht. Ich lache und versuche, ihm zu erklären, dass nur ich das sagen kann. Er könnte höchstens große Schwester sagen. Heißa, große Schwester mein, hat er heute gesagt.

Jetzt, nach fast vier Monaten auf Mauritius, habe ich den Tag langsam wieder im Griff. Der Rhythmus ist noch nicht ganz wiederhergestellt, das muss ich zugeben, aber ich kann immerhin gegen drei Uhr morgens einschlafen, im Stockfinsteren, todmüde. Wenn ich Glück habe, kann ich das heisere Lachen eines großen hellgrauen, krähenartigen Vogels mit knallgelbem Schnabel überhören, der jeden Tag bei Sonnenaufgang mit seiner Kakophonie loslegt. Tagsüber schlafe ich auch am Strand nicht mehr ein. Hervé hat mich zum nächstgelegenen Bookshop gefahren, wo ich zwanzig neue Taschenbücher erstanden habe. Auf Englisch lese ich nicht so schnell, aber dann habe ich auch länger etwas davon.

In dieser Woche war ich zweimal im Dorf. Es ärgert mich, dass ich dort für eine Südafrikanerin gehalten werde. »Are you from South Africa, Ma'am?« Warum sollte ich? Wirke ich herablassend? Liegt es daran, dass ich Englisch spreche? Die meisten Reisenden, die auf diese Insel kommen, sprechen zwar Französisch oder Deutsch, aber es gibt schließlich noch andere englischsprachige Länder als Südafrika. In Gedanken verfluche ich meine Eltern. Mit fünf Jahren konnte ich fließend Französisch. Jetzt kann ich stockend um Milch und Brot bitten.

»No, God forbid«, wehre ich ab, und dann lachen sie herzlich.

Ein weiterer Brief ist eingetroffen. Er ist umadressiert worden. Ich habe keine Ahnung, wer das gemacht haben kann, was ist zu Hause denn bloß los? Er trägt einen anderen Absenderaufdruck, einen um einiges erschreckenderen; ich würde den Brief gern ungelesen verbrennen, aber das wage ich dann doch nicht. Ich schiebe ihn ungeöffnet zwischen Strohdach und Plastikschicht, und für Momente kann ich sogar vergessen, dass er vorhanden ist.

Außerdem ist Zyklonwarnung gegeben worden. Eigentlich liegt die Regenzeit hinter uns, aber ein Nachzügler von Wirbelwind hat sich nur dreißig Meilen weiter im Norden groß und fett aufgeblasen und kommt in einem Bogen auf uns zu. Ich habe das zuerst daran gesehen, dass die Boote an Land gezogen worden sind. Schnell arbeitende Männer in Shorts und T-Shirt haben die Strandlinie von Booten befreit, so weit das Auge reicht. Dass sie sich so viel Mühe machen, finde ich ein wenig besorgniserregend. Hervé versucht, mich zu beruhigen, aber trotzdem läuft er um das Haus, klopft an Dach und Wände und glaubt, ich merkte das nicht.

»You keep indoor, okay?«

Sagt er. Und lächelt wieder.

Die Sturmwarnung hat mir zu denken gegeben, und jetzt regnet es bereits kräftig. Der Wind ist stärker geworden, und ich weiß nicht, was ich mit dem Wohnzimmerfenster machen soll, das keine Läden hat. Keiner der Bungalows, die ich gesehen habe, hatte Fensterläden. Aus Mangel an besseren Hilfsmitteln verkeile ich einen Stuhlrücken unter dem Fenster, den ich als Treibholz gefunden habe. Ich schaue hinaus, kann aber nicht entscheiden, ob wirklich ein Sturm heraufzieht. Jetzt habe ich immerhin anderes im Kopf. Soll der Brief doch da oben liegen bleiben. Vielleicht nimmt der Zyklon ihn mit, und dann ist es nicht meine Schuld, dass er mich nie erreicht hat.

Doch die Sehnsucht nach ihr will sich nicht legen. Ich frage mich, ob das jemals passieren wird. Ab und zu ertappe ich mich dabei, dass ich ohne Grund auf die Uhr schaue. Das kann natürlich daran liegen, dass sie mir diese Uhr geschenkt hat, eine Sportuhr, die ich mir schon lange gewünscht hatte, mir aber nicht leisten konnte, und die auf meinem Nachttisch lag, als ich einen Verlag für mein erstes Buch gefunden hatte; ich stolperte nach Hause, von einem improvisierten Fest mit Freundinnen, die ich glaubte verloren zu haben, einem Fest, an dem sie nicht teilnehmen konnte, weil sie sich um die Kinder kümmern musste, aber als ich nach Hause kam und ins Bett fiel, lag sie da, auf dem Nachttisch, die Uhr, die ich mir immer schon gewünscht hatte. Mit einer Gravur auf der Rückseite: R + S = 1, gefolgt vom Datum. Ich lege diese Uhr hier unten nur beim Duschen ab, und wenn ich mich danach abtrockne, leuchtet auf meinem dunkelbraunen Arm ein kreideweißer runder Fleck auf und erinnert mich daran, wo ich eigentlich hingehöre.

Aber nicht deshalb schaue ich auf die Uhr. Ich schaue auf die Uhr, um die Zeit im Auge zu behalten. Ich versuche, festzustellen, ob der Schmerz vergeht, weil doch behauptet wird, dass die Zeit dabei helfen kann.

Bisher habe ich nichts davon gemerkt, bestimmt ist das alles gelogen.

16

Diesmal dauerte es länger, und etwas war zwischen ihnen passiert. Rebecca war in ein wirkliches Wellental versunken. Schlimmer als bei den anderen Malen. Viel schlimmer. Deshalb dauerte es so lange. Zwei ganze Wochen.

Synne gab sich alle Mühe, um die absurde Szene am sonntäglichen Esstisch der Familie Schultz zu verdrängen. Christian, mit seinem wachsamen Blick, erfüllt von einer Skepsis, die er vermutlich nicht einmal deuten konnte – vielleicht, weil alles zu schwer wiegend war, vielleicht, weil es unvorstellbar war.

Die Kinder waren das Schlimmste. Die Begegnung mit den Kindern.

Ihr Gedächtnis wurde ihr jetzt zur Qual. Für jeden Gedanken, den sie verdrängen konnte, tauchten alte Erinnerungen auf. Ihr Gehirn kam ihr vor wie ein riesiger Raum, der um alles in der Welt die ganze Zeit voll sein musste. Vollgestopft.

Ein Badezimmer mit schwarzen und weißen Fliesen, wie ein schräg gestelltes Schachbrett aus Linoleum. Ihre allererste Erinnerung. Sie war drei Jahre alt. Vielleicht war es ein Sonntag. Sie hatten Zeit genug. Der Säugling lag auf dem Boden, auf einem Frotteehandtuch. Das Baby war rosa, mit Puder, der wie Puderzucker über den nackten Leib und die strampelnden Beine gestreut worden war. Es lächelte vorsichtig und stieß an allerlei Stellen allerlei Geräusche aus.

Die Mutter lachte, ging in die Hocke und legte die Hand auf den Babymund. Ihre milchschweren Brüste wogten schwer und träge über dem Gesicht des Säuglings, der den Mund aufriss und gurgelte, und dann floss Milch aus der Brustwarze der Mutter, ein paar Tropfen, die auf das Kind fielen. Sie strich sie vorsichtig mit dem Daumen fort und erhob sich.

Das winzige Badezimmer mit den schwarzweißen Fliesen war warm und feucht und stickig. Synne schnupperte an ihrer Schwester, in tiefen, langen Zügen, die den Duft von

Mama und Seife und Zucker bis hinunter in ihren Magen trugen. Sie schmiegte sich an das Baby, doch der blitzschnelle Blick ihrer Mutter hinderte sie an dem absoluten Kontakt, den sie sich so sehr wünschte. Sie hätte ihre Schwester gern hart und fest und wunderschön an sich gedrückt, damit der Duft in ihrer Nase sitzenblieb. Plötzlich drehte sie sich auf den Rücken, strampelte mit den Beinen und ahmte den Säugling nach. Der wandte ihr das Gesicht zu. Das Baby hatte nur ein Lachgrübchen, und das saß nicht an der richtigen Stelle. Nicht in der Wange, sondern fast unten am Kinn. Die Kleine sah aus wie Papa. Und sie roch wie Mama.

Synne blieb ganz ruhig auf dem Rücken liegen. Ihre Eltern putzten sich die Zähne. Sie waren so unterschiedlich. Der Vater war überall behaart, weshalb seine Haut dunkler aussah als die der Mutter, obwohl es doch mitten im Winter war, entsetzlich lange her seit Sommer und Sonne und Oma. Die blasse Haut der Mutter sah glatt aus und so weich; ihre Oberschenkel bebten ein wenig, als der Vater sie mit der Hüfte beiseite schob, mit einer Art Liebkosung, die die Mutter dazu brachte, loszuprusten und den Spiegel mit Zahnpasta zu bespritzen.

»Du, Papa …«

»Mmm … grrr … ptui!«

»Warum hast du so harte Oberschenkel und Mama so weiche?«

Synne kniete jetzt vor ihnen und schlug mit einer Faust gegen den Oberschenkel des Vaters und mit der anderen gegen den der Mutter.

Die Erwachsenen lachten, aber das war nicht schlimm. Im Badezimmer war es warm. Die Tür war geschlossen, das Fenster auch. Auf dem Boden lag die kleine Schwester und gurgelte, und die Eltern sahen einander mit dem besten Blick von allen an. Papa ergriff ihr Handgelenk und hockte sich neben sie. Es war fast nicht genug Platz für ihn, und deshalb klopfte er sich auf den Oberschenkel, und der wurde zum Sitz.

»Verstehst du«, sagte er langsam, »das liegt daran, dass ...«

Die Mutter unterbrach ihn.

»Ich speichere doch alle Milch, weißt du. Die Milch für das Baby.«

Der Vater erhob sich mit Synne auf dem Arm und legte den anderen um die Frau mit den Milchbeinen. Er lachte und schüttelte den Kopf, aber die Mutter befreite sich von seinem Arm und gab beiden einen Kuss.

Synne sah in den Augen der Erwachsenen etwas Schönes und spürte die Hitze aller Körper in dem winzigen Badezimmer, das schwarz und weiß und entsetzlich warm war.

Warum drängten diese Erinnerungen sich dermaßen auf?

Weil die Kinder das Schlimmste waren.

Weil die Kinder einfach schrecklich waren.

Sie musste die Kinder vergessen.

Sie nahm Rebecca mit Freudentränen und Vergebung wieder auf, mit Liebeserklärungen und Versprechungen. Synne zeigte stolz die Wunde über ihrem Auge vor, die noch immer rosa und auffällig war, und schwor, sie sei in Ohnmacht gefallen.

»Woher hätte ich sonst eine dermaßen riesige Wunde haben sollen?«, sagte sie immer wieder, und endlich glaubte Rebecca ihr.

»Wenn du Schluss machen willst, dann musst du mir das sagen, versprich mir das!«, forderte Synne. »Face to face. Keinen Zettelkram. Ich habe schon richtig Angst vor dem Kühlschrank, zum Teufel.«

Sie lachte, laut und exaltiert.

»Wenn ich Schluss machen will, schaffe ich das nie im Leben von Angesicht zu Angesicht«, sagte Rebecca leise. »Die Kinder konnten dich immerhin leiden. Vor allem Henrik.«

»Mit anderen Worten: Christian kann mich nicht ausstehen.«

Ihre Finger wollten sich nicht von ihrer Augenbraue lösen.

»Du darfst ihn nicht zu hart beurteilen, Synne. Er ist ein guter Vater.«

»Ha. Diesen Spruch Benedicte gegenüber hätte er sich sparen können. Als ob eine Elfjährige sich für ihr Köpfchen interessiert! Sie will hübsch sein, das will sie, und sie weiß genau, dass sie das nicht ist.«

Rebecca zog ihre Hand zurück.

»Sie ist wunderbar. Das erfährt sie jeden Tag. Und Christian ist wirklich ein guter Vater. Er liebt seine Kinder!«

»Ja, wer tut das nicht«, murmelte Synne.

Rebecca sprang wütend auf. Sie lief auf Synnes Bettseite und blieb dort stehen, die Hände in die Hüften gestemmt, nackt, ohne Hemmungen.

»Davon hast du keine Ahnung, Synne. Also red nicht darüber. Christian hat seine Fehler ... als Ehemann, meine ich, aber ...«

Synne versuchte es mit einer Art gemurmelter Zustimmung, wurde aber unterbrochen.

»Aber er ist ein sehr treuer Ehemann. Und er ist der beste Vater, den ein Kind sich wünschen kann. Er interessiert sich für sie, ist immer für sie da, liest ihnen vor, redet mit ihnen, bringt ihnen allerlei bei, er ... Weißt du, wovor er jetzt Angst hat? Herrgott, wir haben seit einem Jahr nicht mehr miteinander geschlafen, er glaubt, ich hätte ... Er hat natürlich Angst, mich zu verlieren. Aber er hat schreckliche Angst ... Er hat wirklich schreckliche Angst ...«

Sie hob die Arme und verschränkte die Hände hinter dem Nacken, als versuche sie im wahrsten Sinne des Wortes, sich zusammenzunehmen.

»Er hat schreckliche Angst davor, die Kinder zu verlieren. Davor hat er Angst. Es geht nicht um mich. Jedenfalls nicht in erster Linie.«

Jetzt flüsterte sie fast. Es gab nicht viel zu sagen. Deshalb schlug Synne die Decke beiseite.

»Hast du wirklich ein ganzes Jahr nicht mehr mit ihm geschlafen?«

Natürlich hätte sie das nicht fragen dürfen. Es gab zwischen ihnen so viele verbotene, gefährliche Fragen, und diese hier gehörte zu den bedrohlichsten. Sie hätte Rebeccas Aussage einfach stehen lassen können, sie hätte doch eigentlich ausgereicht. Aber er hatte ihr schon so lange zu schaffen gemacht, der Gedanke, dass Rebecca zu Hause einen Mann hatte, einen, der sie berührte, der sie ebenso anfasste, wie Synne das tat, es tat so weh und war so gefährlich, dass sie nie gewagt hatte, danach zu fragen.

»Seit wir uns zum ersten Mal geliebt haben, habe ich ihn nicht mehr angerührt.«

»Seit *meinem* ersten Mal oder seit *deinem?*«

»Fordere das Glück jetzt nicht heraus«, sagte Rebecca, und Synne hörte, dass sie dabei ein wenig lächelte.

Synne lag mit geschlossenen Augen da. Synne war glücklich. Vor zehn Minuten noch war sie von Schuldgefühlen erfüllt gewesen.

»Ich habe auch schreckliche Angst«, flüsterte Rebecca plötzlich.

Es war jetzt dunkel, und das rosa Licht der Halogenlaterne vor dem Fenster tunkte ihre Körper in ein feminines, unschuldiges Licht; es war fast jungfräulich.

»Ich habe auch schreckliche Angst ... die Kinder zu verlieren.«

Dann weinte sie ein unbekanntes Weinen, ganz anders und fern, weit außerhalb von Synnes Reichweite. Synne tat ihr Bestes, begriff aber, dass das nicht gut genug war.

In dieser Nacht blieb Rebecca bei Synne, zum ersten Mal.

Endlich schlief sie ein, und sie sprach im Schlaf. Das meiste war undeutlich, eher ein Wimmern. Aber ab und zu, und nur, weil Synne es eigentlich nicht hören wollte und deshalb unwillkürlich besonders genau hinhörte, ab und zu hörte sie, wie Rebecca ihren jüngsten Sohn rief.

Synne schloss die Ohren, so gut sie konnte, und sie dachte daran, dass sie dabei war, alle Freundinnen und Freunde zu verlieren.

17

Rebeccas Depressionen waren für beide schrecklich anstrengend. Eben, weil sie auch Synne zerstörten, weil sie ihre Kräfte fraßen, weil sie sie wie ein Alb ritten und das brüchige Fundament wegrissen, das sie nach jedem Sturz unter ihnen errichten konnte, hinderten sie sie ein Stück weit daran, Rebeccas Schmerz zu sehen, jedenfalls in seinem vollen Umfang.

Es begann immer mit einem Rückzug. Anfangs, vielleicht während der ersten anderthalb Jahre, war dieser Rückzug deutlich und oft einfach nur verbal; Rebecca bat um einige Tage Ruhe, ziemlich schroff, sie entzog sich im wahrsten Sinne des Wortes, ohne sich die Mühe zu machen, nach einer Entschuldigung zu suchen. Anfangs klammerte Synne sich an sie, um dann, nach fortgesetzter Abweisung, beleidigt um sich selbst zu kreisen, aufgelöst in Tränen und Verzweiflung und mit der heiligen Überzeugung, dass Rebecca es diesmal, *dieses Mal,* schaffen würde, für ewig und alle Zeit fortzubleiben. Eine zynischere Analyse hätte ihr die Sache leichter gemacht; sie wusste im Grunde, dass Rebecca wieder auftauchen würde, mit hängendem Kopf, nah, körperlich anspruchsvoll und überwältigt von Dankbarkeit, weil Synne durchgehalten hatte. Aber Synne Nielsen besaß diese Art von Zynismus nicht.

Vielleicht lag es daran, dass Rebecca sah, was sie auch Synne antaten, diese schrecklichen Phasen, dass ihre Vorzeichen langsam undeutlicher wurden. Rebecca war nicht mehr so direkt; früher hatte sie zum Beispiel bisweilen Abmachungen gebrochen, feste Verabredungen, die eigentlich heilig waren. Ohne auch nur ein Wort zu sagen. Jetzt war sie höflich, aufgesetzt freundlich, es gab nichts, was Synne hätte greifen und ihr vorhalten können, um Rebecca dann in vorwurfsvollem Ton klar zu machen, was ihr da zugemutet wurde.

Allmählich sehnte Synne sich nach den offenkundigeren Depressionen zurück. Mit denen hatte sie besser umgehen können. Es fiel ihr leichter, sich an Rebeccas *Ungerechtigkeit* zu klammern als an ihre Trauer. Die Wiedervereinigung schmeckte ein wenig süßer, als Rebecca ihr noch mit bedingungslosen Entschuldigungen gegenübertrat; heute gab es aber keinen Grund mehr, um Verzeihung zu bitten – die schwarzen Löcher waren nicht ihre Schuld, Synne fiel und fiel einfach und fand nirgendwo Halt.

Sie war immer erschöpft, wenn Rebecca zurückkehrte.

Sie gingen mit dieser Belastung auf so unterschiedliche Weise um.

Sie waren so unterschiedlich.

Synne hatte sich in eine vierzehn Jahre ältere Frau verliebt. Sie war glücklich und stolz darauf, dass diese über vierzig Jahre alte Frau sie wollte. Rebecca war Mutter. Nicht nur Mutter, sondern Mutter von *vier* Kindern, etwas, das Synne mit hilfloser Bewunderung erfüllte. Die vierzehn Jahre, die einst so abschreckend gewirkt hatten, waren zu einem Triumph geworden. Ab und zu zitterten sie ein wenig bedrohlich zwischen ihnen, wenn sie zu deutlich wurden, wenn Rebecca zum Beispiel nicht wusste, wie in den siebziger Jahren die Schlaghosen in die ungeschnürten Stiefel gestopft worden waren, sich aber – wenn auch nur vage – an den Osloer Rock'n'Roll-Krawall erinnern konnte. Synne wusste es nicht so recht, aber ab und zu hatte sie das Gefühl, dass der Altersunterschied auch noch andere Folgen hatte. Rebeccas Leben war seit ihrem Eintreffen in Norwegen geradlinig und vorhersagbar verlaufen, erfolgreich und engumrissen und mit Verantwortung für Kinder und Haus und Karriere, bis in alle Ewigkeit. Synne hatte sich durch eine Kindheit und dann kopfüber in eine heftige Jugendzeit treiben lassen. Als Erwachsene hatte sie sich ihren eigenen Weg gesucht, in der Gewissheit, jederzeit die Richtung ändern zu können, plötzlich und ohne Vorwarnung und ohne jemand anderem als sich selbst Rechenschaft ablegen zu müssen. Vielleicht lag es daran, dass sie im Abstand von vierzehn Jahren geboren worden waren.

Dennoch fand sie es wunderbar, dass Rebecca älter war als sie. Sie wurde von einer Frau begehrt, von einer wirklichen Frau.

Sie liebte eine zehn Zentimeter lange, breite Narbe oben an Rebeccas Oberschenkel. Natürlich hatte sie die gleich beim allerersten Mal entdeckt, als sie zusammen nackt gewesen waren, die Narbe war sehr deutlich und hatte die Farbe roher Leber. Aber sie fragte erst nach einiger Zeit danach. Rebecca versuchte immer, die Narbe zu verbergen, ihre Hand schien automatisch an ihren Oberschenkel zu wandern und sich dort niederzulassen, wie ein Verband, bis sie für etwas anderes gebraucht wurde.

»Weißt du, dass dort die Milch gespeichert wird?«, flüsterte Synne eines Abends gegen Rebeccas linken Oberschenkel.

»Was?«

»Genau so, wie das Reh die Frau vom Hirsch ist. Das habe ich noch mit neun Jahren geglaubt. Du darfst die Wissbegierde von Kindern nicht mit albernen Geschichten stillen, Rebecca. Nie. Was ist das?«

»Ach, das. Das ist hässlich. Das weiß ich.«

Sie zog mit raschen Händen die Decke über ihre Oberschenkel.

»Das ist überhaupt nicht hässlich«, sagte Synne. »Aber wo hast du es her? Was ist passiert?«

»Ich müsste etwas daran machen lassen. Das weiß ich.«

»Rebecca!«

»Benedicte war ins Wasser gefallen. Sie war erst drei. Ich sprang hinterher.«

»Und dann?«

»Da war eine Eisenstange angebracht, ganz knapp unter dem Wasserspiegel. Es war Flut, deshalb war sie nicht zu sehen. Aber ich habe Benedicte erwischt. Es ist gutgegangen.«

Sie legte wieder die Hand auf die Narbe. Die hatte jetzt etwas Feierliches an sich, wie eine Medaille, und Synne zog die Hand weg.

»Du darfst nichts daran machen lassen! Das ist eine Erinnerung! Und richtig toll!«

Rebecca lachte. Sie lachte ihr leises, reifes, glucksendes Lachen, das Synne liebte, das Lachen, das bedeutete, dass Synne ein Dussel war, aber ein wunderbarer Dussel.

Synne betete Rebeccas linken Oberschenkel an. Dennoch konnte sie Rebecca nie davon abhalten, ihn zu bedecken, mechanisch, wann immer sie sie überraschte, im Badezimmer, auf der Toilette oder wenn Synne sich zu ihr ins Bett stehlen wollte.

»Woher kommst du?«, flüsterte Synne und verbarg ihre Augen, indem sie die Narbe küsste. »Kannst du mir das nicht erzählen, Rebecca?«

Der Oberschenkel bebte, und die Narbe schmeckte nach Salz. »Christian will, dass ich sie wegmachen lasse. Dass ich irgendetwas damit machen lasse, meine ich.«

»Woher kommst du, Rebecca?«

»Aus Korea, das weißt du doch.«

Sie setzte sich im Bett auf, und Synne blieb mit dem Gesicht auf ihren Knien liegen.. Rebecca schob sie fort und wickelte sich fest in die Decke. Im Zwielicht waren ihre Augen zwei schwarze Löcher, in denen ein Lichtstrahl von der Tür her ein leises Funkeln erzeugte. Diamantenaugen.

»Aber ...«

Synne setzte sich ebenfalls auf, ohne Decke, sie stützte sich auf den rechten Arm und strich sich die Haare aus dem Gesicht.

»Du bist doch ...«

»Zu alt?«

»Ja ... nein, wann bist du also hergekommen?«

Rebecca musterte ausgiebig die Vorhänge.

»1950«, sagte sie endlich. »Zwei Wochen nach Kriegsbeginn.«

»Aber ich habe nachgesehen, und die Kinder aus Korea kamen erst nach ...«

»Mein Adoptivvater war selber dort. Er war jung, und zuerst arbeitete er für die USA und dann für die UNO. Er hat mich in Seoul auf der Straße aufgelesen. Ich war vier Jahre alt. Mehr gibt es eigentlich nicht zu erzählen.«

»Von der Straße? Warst du denn nicht in einem Waisenhaus oder so? Und deine Mutter? Weißt du irgendwas über deine Eltern?«

»Ehrlich gesagt, Synne, das ist nicht so schrecklich interessant.«

Sie erhob sich und ging zur Toilette. Als sie zurückkam, begann sie, sich anzuziehen. Sie schob die Arme in den Pullover, blieb aber für einen Moment stehen, ehe sie ihn über ihren Kopf streifte.

»Meine Mutter war tot. Das steht jedenfalls fest.«

»Und dein Vater? Weißt du etwas über den?«

Rebecca war jetzt vollständig angezogen. In der Tür drehte sie sich um, mit der Hand auf der Klinke, und noch einmal suchte sie, was immer es sein mochte, in den Vorhängen.

»Ich rufe dich vor dem Wochenende auf jeden Fall an. In Ordnung?«

»Natürlich ist das in Ordnung«, murmelte Synne. »Alles ist immer völlig in Ordnung.«

Das Letzte sagte sie so spät, dass Rebecca es im Gehen nicht mehr hören konnte.

18

Der Zyklon ist an uns vorbeigezogen. Das wird auf jeden Fall behauptet. Er überlegte es sich gleich um die Ecke noch einmal anders, heißt es, aber nach meiner Einschätzung habe ich nun doch einen Zyklon erlebt. Zwei Palmen vor dem Bungalow sind abgeknickt, und die Stuhllehne, mit der ich das Fenster gesichert hatte, erwies sich als Witz. Sie wurde quer durch das Wohnzimmer geschleudert und traf ein Regal voller Teller, die in tausend Stücke zerbrachen. Aber den Brief hat der Wind ignoriert. Ich habe nachgesehen, ob er noch da oben liegt, er scheint triefnass zu sein, aber ich bringe es noch immer nicht über mich, ihn anzufassen, er kann noch eine Weile unter der Plastikschicht liegen. Es macht mir zu schaffen, dass er nicht verschwunden ist, aber andererseits: Es wäre noch schlimmer, wenn er verschwunden wäre. Die Regenzeit ist jetzt eindeutig vorbei. Ehe ich hergekommen bin, wusste ich vage, dass es eine Regenzeit gibt, aber die Broschüre des Reisebüros enthielt eine Temperaturtabelle, die mich zu der Überzeugung brachte, das sei wohl weiter nicht der Rede wert. Im Dezember, Januar und Februar liegt die Temperatur nämlich am höchsten, eben gerade zur Regenzeit. Und ich hatte eine echte Regenzeit mit Kälte assoziiert. Hier aber ist es einfach heiß. Geregnet hat es trotzdem. Nicht ununterbrochen, natürlich, aber wenn es losgeht, dann öffnen sich die Schleusen zu einem Wettlauf zum Boden, bei dem jeder einzelne Regentropfen zum Sieg entschlossen ist. Immer wieder habe ich mich in strahlendem Sonnenschein auf den schmalen Sandstrand unterhalb des Bungalows gelegt, um dann verwirrt und schlaftrunken von der Hitze von einem Wolkenbruch geweckt zu werden und nicht mehr rechtzeitig ins Haus zu gelangen, ehe das Unwetter richtig losgebrochen war.

Es ist jetzt kühler, jedenfalls ist es nicht mehr ganz so heiß. Die Wolken sind heller, weißer, leichter. Ich bekomme Heimweh, wenn sie über mir dahinziehen, nach Norden, immer nach Norden.

Ich bin seit neun Monaten und vier Tagen hier, und mein Rücken tut weh. Diesmal haben die Schmerzen nichts mit meiner Psyche zu tun. Ich sitze unbequem. Das heißt, ich habe unbequem gesessen, auf einem weißen, gebrechlichen Terrassenstuhl aus Schmiedeeisen mit einer Holzplatte. Ich habe meiner Schwester geschrieben und um einen Stuhl gebeten. Einen Schreibtischstuhl. Einen, auf dem ich behaglich sitzen kann, wenn ich abends und die halbe Nacht hindurch versuche, einige lose Fäden in meinem Leben zusammenzubringen, wie eine verärgerte Norne mit einem schwierigen, verhedderten Gewebe. Zuerst hatte ich natürlich versucht, hier unten einen aufzutreiben. Hervé hat mich nach Port Louis gefahren, und dort zu einem Laden, in dem auch wirklich Büromöbel verkauft wurden. Es gab mehrere Modelle. Aber keiner war gut zum Sitzen, und alle waren mit Kunstleder bezogen. Abgesehen von den teuersten, die waren sicher aus echtem Leder. Bei dieser Hitze! Und da habe ich dann lieber meine Schwester gefragt.

Gestern hat Hervé mich zum Flughafen gefahren, um den Stuhl abzuholen. Nach fünf Stunden in einem überfüllten Raum mit einer Klimaanlage, die zweifellos aus einem technischen Museum entliehen war, gab ich auf. Inzwischen hatte ich schon einem Mann in weißem Hemd und tadellosen Trevirahosen, der die ganze Zeit ein Klemmbrett in der Hand hielt, zweitausend Rupien bezahlt. Ohne eine Quittung zu bekommen. Vom Stuhl ganz zu schweigen.

Heute habe ich Hervé wieder hingeschickt, allein. Er bekam von mir einen Sondertarif und dazu fünfhundert Rupien als Bestechungsgeld. Drei Stunden später kehrte er zurück, mit breitem kreideweißen Lächeln und der Kiste mit dem Rabami-Stuhl, made in Denmark. Ich hätte ihn schon gestern allein hinschicken sollen.

Vor zwei Wochen ist ein Mann aufgetaucht, auch er in weißem Hemd und dunkelblauen Hosen, mit einem Klemmbrett unter dem Arm. Das scheint hier eine Art Dienstausweis für Beamte zu sein; ein Beweis dafür, dass sie keinen Zucker herstellen. Er fragte – sehr freundlich, aber doch mit einem Unterton von schlecht verhohlenem Verdacht –, wie lange ich eigentlich bleiben wolle. Auf mein Einreiseformular, das er bei sich hatte, hatte ich »Vacational purpose« geschrieben, als Antwort auf die Frage, was ich hier wollte. In die Spalte für die Aufenthaltsdauer »app. three months«. Der Mann mit dem Klemmbrett machte mich darauf aufmerksam, dass die drei Monate schon lange um waren. Ich lächelte und versuchte, das Weibchen zu spielen. Das fiel mir nicht leicht einem Mann gegenüber, der fünfzehn Zentimeter kleiner war und nur halb so viel wog wie ich. »I'll be back, ma'am«, sagte er halb bedrohlich, halb flirtend, als er ging.

Sein Besuch machte mir einige Tage lang Sorgen. Jetzt habe ich mich damit beruhigt, dass ich mich dem Problem stellen werde, wenn es akut wird.

Seit fünf Tagen versuche ich Gründe zu ersinnen, um nicht zu schreiben. Ich habe Petter abends eingeladen; er kann jetzt ganze Sätze bilden und scheint auch ihre Bedeutung zu verstehen. »Krieg ich eine Cola«, sagt er immer wieder. In der Kiste lagen, zusammen mit dem Stuhl, Michel von Lönneberg und vier Aurora-Bücher; wie bestellt. Dazu die vier, die ich selbst geschrieben habe; es war seltsam, sie auszupacken, unangenehm, fast widerlich, und ich habe sie unter der Matratze verstaut. Ich lese *Aurora im Block Z* und frage mich, wie viel er in dieser Zeit wohl lernen kann. Ich meine, ich kann ja nicht für immer hier bleiben. Wenn mir der Gedanke kommt, dass ich irgendwann diese Insel verlassen muss, dann denke ich unwillkürlich an Petter. Petter kann mitkommen. Natürlich kann Petter nicht mitkommen. Petter wohnt hier, lebt hier, hat seine Mutter oder Großmutter oder Urgroßmutter hier, oder was immer Asha nun eigentlich ist.

Wenn Petter mit mir nach Hause fahren könnte, wäre fast alles anders. Es hätte eine Bedeutung. Wäre eine Verantwortung, eine Verpflichtung; er wäre eine Medaille, die ich vor mich halten könnte, als Schutz gegen alle stummen Anklagen. Ein goldener Schild. Er wäre ein Grund, in Norwegen zu sein, der beste Grund der Welt zu leben; etwas ganz Neues und anderes, mit dem ich mein Leben kitten könnte. Nicht nur für mich, sondern auch für alle anderen. Der Beweis dafür, dass ich ein Recht zum Leben habe; ich wäre nicht mehr ganz allein. Ich hätte das schönste, klügste Kind, das die Welt je gesehen hat. Er würde sicher Arzt werden. Oder Computerguru. Und ganz bestimmt würde er in der Fußballnationalmannschaft landen, auch wenn er klein für sein Alter ist.

Diese Vorstellung macht mich schläfrig, und ich lächele lange. Aber dann fällt mir der Brief wieder ein, und sofort bin ich wach und klar im Kopf.

19

»Hallo, Synne! Das ist ja ewig her! Wo in aller Welt hast du dich denn rumgetrieben?«

Ehe noch irgendwer etwas unternehmen konnte, hatte Finn schon vom Nachbartisch einen Stuhl geholt.

»Hallo«, sagte er noch einmal und starrte Rebecca an, dann streckte er die Hand aus. »Finn Simonsen.«

»Rebecca«, sagte sie kurz und erhob sich nur halbwegs.

»Was machst du denn so? Du lässt dich ja nie mehr sehen.«

Er versetzte Synne einen Klaps auf den Kopf, und sie duckte sich.

»Finn und ich spielen zusammen Basketball«, erklärte sie und hatte keine Ahnung, wie sie sich verhalten sollte.

»Und gucken uns Videos an und gehen ins Kino und im Sommer zusammen schwimmen«, zählte Finn auf und konnte Rebecca nicht aus den Augen lassen. »Und schauen den Frauen hinterher.«

»Lass das«, sagte Synne, konnte sich ein Lächeln aber nicht verkneifen.

Darauf hatte sie gehofft. Davon hatte sie geträumt. Viele Male. Ab und zu die ganze Zeit. Das Schweigegelöbnis, das sie mit der Hand auf dem Herzen abgelegt hatte – ihrer Familie sollten alle erdenklichen Unglücke widerfahren, wenn sie den Mund aufmachte – hatte sie daran gehindert, sich zu Rebecca zu bekennen. Die kurzen gestohlenen Stunden im Blick der Öffentlichkeit – sogar zum Essen gingen sie in eher abgelegene und wenig besuchte Lokale, wo die Gefahr, Bekannten zu begegnen, minimal war – hatte ihr die Möglichkeit geraubt, sie vorzuzeigen.

Finn kannte sie so lange, dass er die Lage sofort durchschaute. So lange, dass er sofort begriff, dass er nichts begreifen durfte.

»Beschäftigt, ja. Viel zu tun. So geht's!«

Er winkte dem Kellner und bat um ein Bier. Synne hatte keine Lust, ihn wegzuschicken. Sie wollte, dass er dort saß und die Frau mit den schönen schwarzen Augen anstarrte, die Frau mit dem Mund, dessen Amorbogen keinen Konturstift brauchte, um zu zeigen, dass es fast unmöglich war, ihn nicht zu küssen. Sie hätte gern die Hand über den Tisch ausgestreckt, um Rebeccas Arm zu nehmen, ihn zu sich zu ziehen und Finn aufzufordern, die Haut zu berühren. Fühl mal, spürst du das, ist es nicht unglaublich, so fest und trocken und weiblich! Er sollte Rebeccas Duft bemerken, den schwachen, exotischen Duft, der von keinem Parfüm stammte: Riech mal! Fühl mal! Sieh mal!

»Um ehrlich zu sein, Finn, wir müssen etwas besprechen. Kann ich dich bald mal anrufen, ja?«

Er nickte viel sagend.

»Aber sicher«, sagte er. »Klar. Aber kann ich noch schnell mein Bier austrinken?«

Trink fünf, dachte Synne. Trink die ganze Bude leer.

»Ehrlich gesagt«, sagte der ungeschickte, magere Mann. »Warum kommst du nicht mehr zum Training?«

Er ließ sich auf dem Stuhl zurücksinken und musterte sie, er lehnte sich zur Seite und betrachtete sie von Kopf bis Fuß.

»Du hast zugenommen. Ha! Komm doch einfach am Freitag mal wieder vorbei.«

»Mal sehen.«

»Und du?«, wandte er sich an Rebecca. »Was machst du so? Kennen wir uns nicht irgendwoher?«

»Das glaube ich nicht«, sagte Rebecca.

Eine seltsame Metamorphose hatte sich ereignet. Rebecca war eine Fremde. Sie gehörte nicht mehr Synne. Sie war die kühle, aber freundliche Abteilungsleiterin, die Synne am allerersten Tag gesehen hatte, am Johannistag, die, vor der sich alle ein wenig fürchteten. Ein unsichtbares Sperrgebiet aus Distanziertheit umgab sie jetzt, und ihre lässige Kleidung wirkte fehl am Platze. Synne war zuerst verwirrt von dieser Veränderung, dann wurde sie ungeheuer erregt. Ihr Herz raste los, und sie musste sich darauf konzentrieren, nicht zu schnell zu atmen. Sie leckte sich die Lippen und machte sich alles andere als diskret an ihren Hemdknöpfen zu schaffen. Ihre Röte war schon deutlich spürbar, und als sie aufblickte, konnte sie in Rebeccas Gesicht ein Lächeln ahnen, aber wirklich nur ahnen.

»Ich bin sicher, dass wir uns irgendwoher kennen«, sagte Finn beharrlich und starrte Rebecca an, während er ein Auge zukniff. »Kennst du Lise und Fredrik?«

»Nein. Und ich habe dich jedenfalls noch nie gesehen.«

Er saß weiterhin da und ließ Rebecca nicht aus den Augen. Beide schwiegen, und Synne kämpfte mit einer lähmenden Mischung aus Triumph und Niederlage; sie konnte Rebecca nicht vor dem beschützen, wovor sie vor allem beschützt werden wollte, während zugleich die ganze, fast zwei Meter lange Gestalt ihres Bekannten verriet, wie beeindruckt er war.

»Na gut«, sagte er schließlich und leerte sein Glas auf einen Zug. »Ich muss weiter. Nett, dich kennen zu lernen.«

Er nickte Rebecca zu und beugte sich über Synne, um sie zu umarmen. Er flüsterte ihr eine kurze, begeisterte Bemerkung ins Ohr, die sie jedoch nicht verstand.

Rebecca blieb den ganzen Abend fremd. Sie wollte nicht mit Synne nach Hause kommen. Aber hier in der Kneipe war das eigentlich nicht schlimm.

20

»Why are you so afraid all the time?«

Sie steht vor mir, obwohl gar nichts gereinigt werden muss.

Weich und selbstverständlich lehnt sie sich an den Türrahmen, sie steht dort als dunkle Silhouette im weißen Sonnenlicht, das mich daran hindert, ihr in die Augen zu sehen. Ich liege noch im Bett, obwohl ich schon seit mehreren Stunden wach bin.

»Angst? Ich habe doch keine Angst!«

Sie gibt keine Antwort, und obwohl ich ihr Gesicht nicht sehen kann, höre ich ein Lächeln, das den Raum füllt, das die Wände auseinander schiebt und mich dazu bringt, aufzustehen, um es fortzufegen, um sie wegzuwischen, aus meinem Bungalow, in dem sie nichts zu suchen hat. Jetzt nicht. Nicht, solange es hier sauber und ordentlich ist und meine schmutzige Wäsche noch in eine kleine Plastiktüte passt.

Doch sie geht nicht. Sie kommt weiter ins Zimmer, langsam, aber nicht zögernd, und sie schaut den einen der beiden Korbsessel an.

»Darf ich mich einen Moment setzen?«

Was ist passiert? Sie spricht ein wunderschönes, korrektes Englisch; sie ist höflich, und ihre Sprachmelodie klingt ein wenig exotisch. Meine Verblüffung hindert mich daran, höflich zu sagen, nein, das geht jetzt nicht, ich habe so entsetzlich viel zu tun, verstehst du.

»Natürlich. Möchtest du ... Kaffee? Möchtest du eine Tasse Kaffee?«

»Ja, bitte.«

Der Stuhl ächzt nur ganz leicht, als sie sich setzt; unter meinem Gewicht droht er immer lautstark mit einem Zusammenbruch.

Das Klappern der Kaffeetassen und das Zischen des Gasherdes sorgen dafür, dass die jetzt folgende Pause nicht peinlich wird. Außerdem sind wir daran gewöhnt, zusammenzusein, ohne zu kommunizieren. Ich schinde Zeit. Suche den Kaffee. Suche Filtertüten. Kann die Milch nicht finden. Aber der Kühlschrank ist nicht groß genug, und endlich muss ich mich dann doch setzen. Ich schlürfe laut und schaue in meine Tasse. Noch immer bin ich nur mit T-Shirt und Unterhose bekleidet, aber aus irgendeinem Grund macht es mir nichts aus.

»Warum bist du eigentlich hier?«

Wieder singt ihre Stimme.

»Urlaub, natürlich. Ich bin hier im ... Urlaub. Natürlich.«

Ihre Hände umschließen die Tasse, aber sie scheint sich nicht zu verbrennen.

»Ich halte dich nicht für eine typische Touristin.«

»Halte dich nicht für ...« Die Frau hat mich an der Nase herumgeführt. Einfach an der Nase herumgeführt. Ein heiliger Zorn wächst in mir, das tut gut und sorgt für Distanz.

»Warum willst du nicht nach Hause?«

»Weil ich Urlaub mache. Das habe ich doch schon gesagt.« »Aber du kannst nicht ewig hier bleiben. Oder hast du das vor?« Ihre Fragen sind unverschämt. Und ungeheuer unpassend. Sie ist meine Putzfrau. Sie geht zu weit.

»Jetzt gehst du zu weit.«

»Natürlich tue ich das. Ich bin ja nur deine Putzfrau.«

Diese Spitze kommt so leise und feingeschliffen, dass mir glühend heiß wird. Sie lebt in diesem Land. Ich bin hier zu Besuch. Sie ist eine alte Frau.

»So war das nicht gemeint«, murmele ich. »Ich möchte nur meine Ruhe haben.«

Asha erhebt sich, elegant und schnell, und mit etwas, das mir wie eine einzige Bewegung vorkommt, steht sie plötzlich in der Tür und kehrt mir den Rücken.

»Sei vorsichtig mit Pierrot.«

Pierrot? Jetzt spricht sie diesen Namen ganz deutlich aus, es fällt mir absolut nicht schwer, ihn zu verstehen. Es hört sich nicht einmal entfernt nach Petter an, ich kann nicht verstehen, wie ich mich so verhören konnte.

»Du kannst ihn nicht mitnehmen«, sagt sie zum Tag draußen. »Er weint jetzt abends, weil er ein kluger Junge ist. Er sieht, dass du nicht hierher gehörst.«

Wie in einer unvollendeten Pirouette dreht sie sich in Zeitlupe wieder zu mir um.

»Pierrot ist ein ungewöhnliches Kind. Er versteht sehr viel. Er trauert schon um dich, aber er mag dich zu sehr, um dir aus dem Weg zu gehen. Nimm darauf Rücksicht. Nur darum wollte ich dich bitten.«

Wieder steht sie so, dass ich ihr Gesicht nicht sehen kann, sie zeichnet sich nur schwarz und mager und mit einem hellen Glorienschein in der Tür ab.

»Willst du mir den Umgang mit ihm verbieten?«

»Das nun wirklich nicht. Es tut ihm gut, mit dir zusammen zu sein, und er findet es wunderbar. Wie alle anderen muss er den traurigsten Aspekt des menschlichen Daseins kennen lernen: Wir müssen es wagen, zu lieben, auch wenn wir wissen, dass wir die Liebe nicht bewahren können. Sogar dann, wenn wir wissen, dass wir sie verlieren werden.«

Asha kommt auf mich zu und bleibt erst dicht vor meinem Sessel stehen. Langsam fährt sie mir über den Arm; ihre Haut ist rau und warm, von einer seltsamen, trockenen Konsistenz, die beruhigend auf mich wirkt.

»Vergiss nicht, dass das Leben so ist, Synne. Auch für dich. Ich bitte dich nicht, ihn abzuweisen. Ich bitte dich, daran zu denken, dass das hier vorübergeht. Das ist alles.«

Als sie mich verlässt, dreht sie sich noch einmal kurz um.

»Pierrot hat eine abenteuerliche Geschichte. Ich werde sie dir irgendwann erzählen. Ehe du diese Insel verlässt. Ich weiß nicht, ob sie dir etwas nützen wird, aber vermutlich wird sie dich interessieren.«

Als sie gegangen ist, duftet der Raum nach Zitrone, und ich schaffe es nicht, aufzustehen.

Asha hat meinen Namen perfekt ausgesprochen.

21

»Du bist einfach verrückt. Total.«

»Durch und durch vollkommen verrückt, und ich liebe dich.«

Die Nylonplane hat bedrohlich gewirkt, als sie in heftigen Bewegungen hin- und hergewogt ist und dabei immer größer wurde; der Flammenwerfer spie den Ballonbauch in tiefen, wütenden Zügen voll mit Heißluft. Der ästhetische Eindruck wurde zwar zum Teil von dem riesigen und jede Minute deutlicher werdenden Telenor-Emblem beeinträchtigt, doch an diesem Tag konnte nichts ruiniert werden.

»Ich trau mich nicht.«

Rebecca fuhr nach einem plötzlichen Fauchen des Brenners zusammen und lief mit kleinen schnellen Schritten rückwärts über die Ekebergsletta.

»Aber sicher traust du dich«, beharrte Synne. »Das wird einfach phantastisch.«

Zwei Tage waren seit Rebeccas Geburtstag vergangen. Und sie hatten sich seit einer ganzen Woche nicht mehr gesehen.

»Das ist mein Geschenk. Etwas, das du nicht verstecken musst. Oder wegwerfen.«

»Ich werfe nicht alles weg, Synne«, protestierte Rebecca.

Die Resignation in ihrer Stimme brachte Synne dazu, auf und ab zu springen und mit den Armen zu fuchteln.

»Vergiss es! Das macht nichts. Das hier wird phantastisch!«

Plötzlich machte sie auf dem Absatz kehrt und lief zum Auto zurück. Sie kam mit einem riesigen Weidenkorb und einem Ghettoblaster unter dem Arm zurück.

»Picknick, Rebecca. Wir machen ein Ballonpicknick. Wir werden über Oslo dahinsegeln, wir werden unter dem Himmel schweben und ganz allein sein und Geburtstag feiern und glücklich sein!«

»Und was ist mit dem da ...?«

Rebecca wies auf einen jungen Mann, der vollauf damit beschäftigt war, das Monstrum aufzurichten.

»Ach, der. Den müssen wir leider mitnehmen. Sonst kommen wir weder hoch noch runter. Aber das macht doch sicher nichts. Er ist sozusagen ein Angestellter. Er wird dafür bezahlt, dass er den Mund hält.«

Sie blieben schweigend stehen, während der Ballon immer mehr anschwoll, und als er sich dann zu seiner vollen Höhe aufgerichtet hatte, versuchte Rebecca nicht einmal zu protestieren, als der junge Mann ihnen mit geübtem Zugriff an Bord half.

»Es ist ja gar kein Wind.«

Rebecca staunte, und jetzt hatte sie sich ganz an den Rand gewagt, um nach unten zu schauen.

»Reling. Das heißt Reling. Das hier ist eine Gondel. Und natürlich weht kein Wind, wir fahren doch in Windrichtung und haben deshalb dieselbe Geschwindigkeit. Sieh nur!«

Synne beugte sich über die Reling. Die Gondel schlingerte ein wenig, aber Synne hatte den Arm um Rebecca gelegt und hinderte sie daran, sich zurückzuziehen.

»Mein Haus! Siehst du das? Das unten beim Fußballplatz!«

Rebecca nippte an ihrem Champagner und starrte zum Brenner hoch, der in unregelmäßigen Abständen ein wütendes Fauchen ausstieß. Dann schaute sie nach unten.

Und am besten war, dass sie Synnes Arm dort ließ, wo er war. Beiden wurde schwindlig.

Oslo klebte unter ihnen an seinen Hängen. Der Fjord glitzerte, als habe irgendwer alle Edelsteine der Welt an einer Stelle abgeworfen; es tat weh und war doch ein schöner Anblick, und keine hatte eine Sonnenbrille mitgebracht. Die Häuser waren klein, aber deutlicher als vom Flugzeug aus; Oslo war zu Legoland geworden. Der Ballon war gerade so hoch oben, dass sie die Menschen dort unten noch gut erkennen konnten, die meisten mit trägen, spärlich bekleideten Ferienbewegungen, unterwegs zum Park oder zum Kiosk, um Eis zu kaufen, andere stiegen in Autos ein und aus, die sogar zu hören waren, jedenfalls dann, wenn der Brenner schwieg. Ab und zu sahen sie, wie jemand dort unten die Hand an die Stirn legte, wie zum Salut, und zu ihnen hochschaute, während sie nach Nordwesten trieben.

Synne trank mehr Champagner, ihr Kopf war wunderbar leer und ihr Herz voll. Sie hielten sich im Schutz ihrer Körper an den Händen, der Ballonführer war jedoch ohnehin zu beschäftigt, um das zu bemerken, und streng genommen schien er sich auch nur dafür zu interessieren, den Ballon zu anständigem Benehmen zu bewegen.

Synne bückte sich für einen Moment. Auf dem Boden stand der Kassettenrekorder, und sie hatte schon alles vorbereitet.

»Ab und zu«, sagte Rebecca leise, aber nicht mehr flüsternd, die Musik beschützte ihre Stimmen. »Ab und zu begreife ich …«

Sie hielt inne. Statt ihren Satz zu vollenden, drückte sie Synnes Hand und wechselte das Thema.

»Schau mal! Der ist ja ganz nackt!«

Sie zeigte in Richtung Toyenpark, und der Mann hatte wirklich keinen Faden am Leib, die weiße Hand leuchtete auf dem roten Handtuch, das er als Unterlage benutzte; frech und kess starrte er zu ihnen hoch; er winkte! Um ihn hatte sich ein großer, menschenleerer Kreis gebildet; auf dem Rest der großen grünen Rasenfläche lagen die Menschen dicht an dicht.

Synne lachte und zeigte ebenfalls auf ihn.

»Und da!«

Zwei uniformierte Polizisten liefen im Gleichschritt von der Finnmarksgate auf den FKK-Anhänger zu; sie befanden sich in Begleitung eines Mannes, der ein Kind auf dem Arm trug und offenbar wie ein Wasserfall redete.

»Er hat nicht einmal Kleider bei sich! Wollen die denn einen splitternackten Typen verhaften?«

»Er kann sich ja in sein Handtuch wickeln«, sagte Synne und starrte in die Sonne. »Ich habe Hummer.«

»*Hummer?* Wo in aller Welt hast du den denn aufgetrieben? Es ist doch noch gar keine Saison!«

»Darüber brauchst du dir nicht dein hübsches Köpfchen zu zerbrechen.«

Synne bückte sich wieder, machte sich lange an ihrem Korb zu schaffen, richtete sich endlich wieder auf und bot Rebecca einen Teller an. Hummerschwanz, frisch und groß und eindeutig nicht aus Kanada. Zitronenscheiben und Dillzweig. Weißbrot mit guter Butter. Eine halbe Tomate mit Salz und Pfeffer.

»Prost!«

Sie tranken und aßen, zeigten sich gegenseitig spannende Dinge und lachten, redeten und summten. Synne sang. Ab und zu stand der Ballon in der Luft fast still, dann schlossen sie die Augen, hielten die Gesichter in die Sonne und spürten die wunderbare Wärme. Allmählich und fast unmerklich ließen sie Oslo und den Tag hinter sich zurück. Der Ballon näherte sich einer schwachen Dämmerung und dem Landeplatz, und sie konnten bereits den Wagen sehen, von dem sie erwartet wurden. Der Fahrer lehnte an der Motorhaube und las Zeitung.

Auf der Ballonfahrt hatten sie Schloss und Parlament gesehen. Im Markvei wohnte eine Freundin von Synne. Und dort, in dem grünen Haus, hatte Rebecca vor einer Ewigkeit ihren ersten Sommerjob gehabt. Die grüne Grasmatte des Stadions Bislett war leicht zu finden, und in der Storgata waren fast nur Ausländer zu sehen. Sie hatten nach allem Möglichen Ausschau gehalten und es auch gefunden.

Aber kein einziges Mal hatte eine von ihnen auch nur den Versuch gemacht, die Villa oben am Holmenkollåsen zu finden.

Die schmutzigen Teller lagen ordentlich im Korb, zusammen mit den Sektgläsern und einer nur halb geleerten Schale mit Erdbeeren.

»Irgendwann ziehen wir zusammen«, flüsterte Synne Rebecca ins Ohr.

»Ohne eine einzige John-Denver-Platte.«

»Das meinst du doch nicht im Ernst.«

»Doch, das ist mir tödlich ernst.«

»Meinst du, wir können vielleicht zusammenziehen?«

Rebecca schaute nach unten. Nur fünfzig Meter unter ihnen grasten vierzehn Schafe.

»Wenn du den da rausschmeißt«, sagte sie.

Ihr Fuß tippte den Cassettenrekorder an.

»Wenn wir zusammenziehen, schmeiße ich alles raus, was ich habe«, flüsterte Synne. »Meinst du das wirklich?«

Als sie landeten, hatte Rebecca diese Frage noch nicht beantwortet.

22

Im Laufe der Zeit hatte Synne sich an dieses Leben gewöhnt, dieses hektische und rasche Leben, in dem Rebecca zeitweilig fehlte und in dem immer die Voraussetzung herrschte, dass sie erreichbar sein musste, wenn Rebecca eine Nische für sie fand. Zwei lange Jahre waren vergangen, seit die Sonne fast vom Himmel gefallen wäre, und Synne war zur Büroleiterin befördert worden; das hatte sich nicht vermeiden lassen, sie war jetzt eine Veteranin mit fünf Jahren Fahrtzeit, und sie schrieb weniger. Es brachte ja doch nicht so viel, meistens saß sie nur hilflos vor dem Computer und zerbrach sich den Kopf. Sie drehte ihre Runden mit Cetacea und fing an, Selbstgespräche zu führen. Da sie nie wusste, wann Rebecca auftauchen würde, war sie fast immer zu Hause. Jetzt riefen fast nur noch ihre Eltern und ihre Schwester sie an. Und sie hatte keiner Menschenseele von Rebecca erzählt. Selbst Finn hatte sich geschlagen geben müssen.

Es tat gut und zugleich weh. In gewisser Hinsicht waren Rebecca und Synne sich selbst genug, und dem Ganzen haftete eine gewisse Würde an, der Geheimhaltung, der Verstellung, des Privaten ihrer Beziehung. Synne kam sich so anständig vor; sie hielt Rebeccas Leben in ihren Händen und fand eine Art ruhiger Zufriedenheit darin, dass sie schweigend alles aufgegeben hatte, was einmal gewesen war. Zugleich war die Sache eine entsetzliche Lüge, die jederzeit auffliegen konnte.

Schon von Anfang an hatte sie wegen Mauritius gequengelt. Das war natürlich ausgeschlossen und nur ein Traum, aber auf einer realistischeren Ebene hatte sie Ziele wie Kreta, Rhodos oder sogar Las Palmas in die Debatte geworfen. Einen Ort, wo sie mehr als nur einige Stunden am Stück zusammen sein könnten. Sie wusste, dass das unmöglich war.

An dem Tag, an dem Rebecca kam und erzählte, dass sie zusammen verreisen würden, sah sie aus wie ein Teenager. Ihr Gesicht glühte, und sie lächelte, als gäbe es auf der ganzen Welt keine Probleme. Sie trug ein T-Shirt – bei ihrer ersten Begegnung hatte sie so ein Kleidungsstück nicht besessen. Sie gestikulierte, als sie von ihren Reiseplänen erzählte, spontan und ungewohnt. Synne konnte das alles erst glauben, als sie im Flugzeug saßen.

Ein idiotisches, ein wahrhaft idiotisches Frauenzimmer am Check-in hatte sie zu beiden Seiten des Mittelgangs platziert. Synne geriet in Panik. Zu ihrer Linken saß eine Frau mit einem kleinen Kind, dort war also nichts zu machen. Rechts von Rebecca saßen zwei Frauen in den Sechzigern. Sie hatten sich schon in den Katalog der Waren vertieft, die an Bord angeboten wurden.

Synne beugte sich zu ihnen hinüber und fragte, sehr höflich, ob es wohl möglich sei, die Plätze zu tauschen. Die Damen verzogen verärgert den Mund und sagten, leider nein, sie verreisten zusammen und hätten diese Plätze zugewiesen bekommen. Und sie wollten sie auch behalten.

Noch ehe das Flugzeug die Türen geschlossen hatte, rief Synne per Knopfdruck eine Stewardess. Die kam sofort angerannt.

»Ich habe ein Problem«, setzte Synne an und zerbrach sich dabei verzweifelt den Kopf darüber, wie dieses Problem denn wohl aussehen könnte. »Ich leide unter entsetzlicher Flugangst.«

Sie flüsterte. Es war ihr peinlich, solche Lügen aufzutischen, aber die Stewardess glaubte zu verstehen, zwinkerte viel sagend und streichelte dann beruhigend Synnes Arm. Synne traten angesichts dieses unverdienten Mitgefühls Tränen in die Augen.

»Eigentlich kann ich damit umgehen«, sagte sie jetzt leise. »Aber vor allem beim Start und bei der Landung macht sie mir zu schaffen. Es wäre mir eine ungeheuer große Erleichterung, wenn ich neben meiner Freundin sitzen könnte.«

Sie zeigte auf Rebecca auf der anderen Seite des Mittelgangs. Die verdrehte die Augen.

Die Stewardess wusste, was sie zu tun hatte. Sie beugte sich über die beiden Damen und erklärte kurz – sehr freundlich, aber doch energisch –, dass eine von ihnen aus sicherheitstechnischen Gründen die Güte besitzen müsste, ihren Platz mit dem der jungen Dame zu tauschen.

Widerspruch war da nicht möglich. Sicherheitstechnische Gründe!

Auf diese Weise erschwindelte Synne sich nicht nur einen Platz neben ihrer Geliebten, nicht nur einen Fensterplatz, nein, die Lüge lieferte ihr auch noch einen legitimen Grund, während des gesamten Fluges Rebeccas Hand zu halten, offen und ehrlich und zur beruhigenden Anerkennung durch die Stewardess, wann immer die an ihnen vorbeikam.

Das Peinlichste war dann aber die Einladung ins Cockpit.

»Meistens hilft das«, sagte die uniformierte Frau, als sie darauf bestand, dass Synne sie begleitete. »Dann sehen Sie, wie tüchtig die sind.«

Auf diesem Flug durften drei Personen das Cockpit besuchen. Ein Junge von sieben, ein Mädchen von neun und Synne Nielsen, dreißigeinhalb.

23

Wir lügen die ganze Zeit. Jeden Tag. Viele Male. Und wenn ich »wir« sage, dann ist das kein Versuch, mich besser zu machen, indem ich mich mit dem Rest der Menschheit in einen Topf werfe. Es ist einfach eine klare Tatsache, etwas, dessen ich mir ganz sicher bin. Wir lügen über Bücher, die wir gelesen, über Filme, die wir gesehen haben, darüber, was und wen wir mögen. Über Orte, die wir besucht haben. Über uns selbst. Vermutlich muss das so sein. Ehrlichkeit kann fatale Folgen haben. Wenn sie absolut ist, meine ich. Als Kinder werden wir zur Wahrheit angehalten, aber wenn wir der Nachbarin sagen, dass ihr neues Auto eine schreckliche Farbe hat, werden wir gerügt. Die Lüge ist Trägerin allen menschlichen Lebens. Ich habe ein ganzes Leben auf Lügen aufgebaut.

Petter (ich habe mich noch nicht so ganz daran gewöhnt, dass er Pierrot heißt) hält mich für eine Rennfahrerin. Er bildet sich ein, ich führe in den USA Indy-Car, und als Beweis habe ich ihm einen Artikel in der *National Geographic* gezeigt. Und wer steht da wohl in hellgrüner Fahrkluft mit dem Helm unter dem Arm, an ein rotes Auto gelehnt, wenn nicht ich? Nicht ganz ich, meine ich, aber doch eine Frau, die mir so ähnlich sieht, dass ich beim Anblick dieses Fotos wirklich gestutzt habe, und so kam ich auf die Idee zu dieser wilden Geschichte über mein Leben als umherschweifendes Tempophantom auf den zahlreichen und lebensgefährlichen Rennstrecken Amerikas.

Inzwischen finde ich das übrigens anstrengend. Immer wieder versuche ich, die Sache herunterzuspielen; ich sei ausgestiegen, sei niemals in der ersten Liga gefahren (gibt es bei diesem Sport überhaupt Ligen? wohl kaum!), es sei schon eine ziemliche Zeit her, und außerdem hätte ich mir den Rücken ruiniert und könne mich nie wieder hinter ein Lenkrad setzen. Aber es hilft alles nichts. Die eine Lüge frisst sich an der anderen dick und fett, und alles wird immer nur schlimmer. Er hat es auch anderen erzählt, und ich habe schreckliche Angst davor, dass Asha mich fragen könnte, ob es stimmt.

»Vroooom, vrooooom«, sagt Petter (ich habe Pierrot aufgegeben, und außerdem runzelt er die Stirn und sagt Petter, Petter, wenn ich ihn bei seinem wahren Namen nenne) und reißt energisch ein imaginäres Lenkrad herum, als er zur Tür hereingestürmt kommt. »Ich will hier übernachten!«

Er ist so eifrig, dass er Französisch spricht, aber einiges von dem, was ich als Kind gelernt habe, fällt mir wieder ein.

»Bist du sicher?«, frage ich skeptisch. »Hast du deine Mama gefragt?«

Dann steht Asha in der Tür. Sie kann nur vermuten, was ich da gefragt habe, denn jetzt spreche ich fast nur noch Norwegisch mit dem Jungen.

»Ja, das ist in Ordnung«, sagt sie und hält mir mit beiden Händen etwas hin.

Es ist in eine Plastiktüte gehüllt und riecht gut. Es ist eine Schüssel mit Nudeln und allerlei seltsamen Dingen in der

Soße, ich erkenne Kammuscheln und Tomaten, und der Duft wird himmlisch, als die Plastikfolie entfernt worden ist.

»Iss mit uns«, sage ich.

Ich habe keine zueinander passenden Teller, da der Zyklon meine provisorische Fensterverdichtung gegen das Geschirr-Regal geschleudert hat, aber das macht nichts. Es schmeckt wunderbar, nach Fisch und fremden Kräutern, und wir essen Brot dazu und trinken Wasser aus der Leitung, obwohl das lauwarm ist. Petter redet ununterbrochen, Asha und ich nicken nur und sagen ja, ja.

Vermutlich aus alter Gewohnheit erledigt dann Asha den Abwasch. Mir ist das erst peinlich, als es schon zu spät ist, und sie vertreibt mich von dem kleinen Spülstein, der zu eng für zwei ist. Sie wischt Tisch und Küchengeräte ab und gibt dem Jungen einen raschen Kuss.

»Er muss morgen vor zehn Uhr zu Hause sein«, sagt sie und packt die Nudelschüssel ein.

»Vor zwölf«, ruft Petter hinter ihr her.

Die Nacht ist ganz anders, jetzt, wo neben mir ein Mensch liegt. Wir riechen nach Salz und Sonne, und das Bettzeug ist ein wenig klamm. Er lacht weiß in der Dunkelheit und streift die Decke ab. Er trägt nur eine frischgewaschene Schlafanzughose, so alt, dass sie ihm gerade bis zu den Knien reicht.

»Ich komme mit nach Amerika«, sagt er. »Ich will auch Auto fahren.«

Er hat das Norwegische jetzt wirklich schon im Griff.

Ich starre den Ventilator unter der Decke an.

»Du, Petter«, sage ich auf Englisch, er muss das jetzt wirklich genau verstehen. »Das da mit den Indy-Car-Rennen ... Das stimmt eigentlich überhaupt nicht.«

Der Ventilator bleibt stehen.

Niemand hat den Knopf an der Wand beim Badezimmer berührt. Der Rotor bleibt auch nicht auf die übliche Weise stehen, zögernd und widerwillig, eine Minute lang immer langsamer werdend, ehe er sich mit einem leisen Seufzen geschlagen gibt. Nein, er bleibt einfach stehen; innerhalb von drei, vier Sekunden ist den Drehblättern keine Bewegung mehr anzusehen, und irgendwoher ertönt ein unheil verkündendes Summen. Der Sicherungskasten? Gibt es hier so etwas?

»Der Strom«, heult der Junge.

Er rennt schon zur Haustür, noch ehe ich zu Ende überlegt habe.

Draußen? Befindet sich der Sicherungskasten draußen?

Ich trotte hinterher, in einem riesigen T-Shirt, das fast als Nachthemd durchgehen könnte.

Petter liegt bäuchlings vor einem kleinen grauen Kasten, der fast auf dem Boden angebracht ist. Es gibt keinen Schlüssel, aber Petter hat aus der Küche ein Messer mitgebracht und kann den Kasten im Handumdrehen öffnen, was eine fast schon besorgniserregende Einbrecherroutine verrät. Was er dort unten treibt, kann ich im Dunkeln nicht so recht sehen, aber schon nach wenigen Minuten höre ich, wie der Ventilator sich wieder in Bewegung setzt. Vielleicht liegen dort unten im Schrank unbenutzte Sicherungen, so wie zu Hause. Das Mysterium eines im Freien angebrachten Sicherungskastens in einem Land, in dem es große Teile des Jahres in Strömen gießt, beschäftigt mich nur am Rande. Ich bin müde, muss aber eine Lüge aus der Welt schaffen, ehe ich schlafen darf.

»Hör mal«, sage ich energisch, als wir wieder im Bett liegen. »Ich muss mit dir über diese Indy-Car-Sache reden. Es ist nämlich sozusagen so … Es stimmt ganz einfach nicht.«

Es ist still im Zimmer, ich kann nicht einmal seinen Atem hören, nur die Grillen, die ewigen Grillen, fiedeln draußen ihr Klagelied.

»Es tut mir Leid, dass ich … dass ich so aufgeschnitten habe. Ich wollte nicht lügen, und ich bin wirklich einmal mit einem Rennwagen gefahren. Keinem Indy natürlich, sondern einem echten Rennwagen. Aber das war in Norwegen. Ich war noch nie in den USA, um ehrlich zu sein. Aber in Norwegen hören wir so viel von dort, weißt du, wir sehen Filme und Fernsehsendungen und …«

Ein Schnarchen, leise und kindlich süß, lässt meinen Bekenntnisstrom und meine Erörterung des Kniefalls der norwegischen Kultur vor der der US-amerikanischen versiegen. Ich erreiche ihn nicht mit meinem Bedauern. Ich habe auch sie nicht erreicht, sie hat mir keine Gelegenheit dazu gegeben, und ich denke an sie und daran, wie oft im Leben alles zu spät ist.

Ich stütze mich auf den einen Arm und beuge mich vorsichtig über ihn. Mit halboffenem Mund und einem Speichelfaden im einen Mundwinkel, mit halbgeschlossenen Augen und verfilzten Wimpern – ich kann es deutlich im schwachen Licht sehen, das durch den Spalt der Badezimmertür fällt – mit seiner ganzen schlafenden, schmächtigen, siebenjährigen Gewichtigkeit ist er der Inbegriff der totalen Unschuld, und das kann ich nicht ertragen. Ich stehe leise auf, nehme mein Kissen und die eine Decke, und ehe ich gehe und mich auf das gebrechliche Sofa lege, bleibe ich für einen kurzen Moment stehen und betrachte diesen Inbegriff kindlicher Schönheit; sein Bein hängt aus dem Bett, nackt und knabenhaft, ganz schwarz vor dem weißen Bettzeug, er liegt mit schräg gehaltenem Kopf auf dem Rücken, seine Haare sind zu lang, und er riecht nach Salz und ein wenig nach Öl, merke ich, als ich es wage, mich über ihn zu beugen, um ihn besser sehen zu können; er hat die Arme über dem Kopf verschränkt, die Fäuste sind locker geballt, und ich ahne eine leichte Bewegung des Mundes, ein Murmeln, ehe er die Decke wegtritt und sich auf den Bauch dreht; sein Fuß hängt noch immer über die Kante, er könnte aus dem Bett fallen, aber ich wage es nicht, ihn anders hinzulegen oder ihn wieder zuzudecken; ich lege mich aufs Sofa und weine, wie ich es seit meiner Ankunft auf diesem Flecken im Indischen Ozean noch nicht getan habe; ich weine in ein Kissen, das fremd riecht und das mir nichts im Tausch gegen den Schmerz geben kann, der mich irgendwann ganz und gar zerbrechen wird.

24

Die Katastrophe holte sie schon nach drei Tagen in Form eines Telefonanrufes ein. Das, worauf Synne eigentlich gewartet hatte, von dem sie jeden Tag geträumt hatte, über das sie beide nur nicht sprechen konnten, es war zu gefährlich für Rebecca und zu wünschenswert für Synne, jetzt kam es.

Als sie vom Strand zurückkehrten, wurden sie an die Rezeption gerufen.

»Señora Schultz, please. Señora Schultz!«

Synnes instinktive Angst verstärkte sich noch, als sie hörte, wie der Mann hinter dem Tresen mit öligglattem Gesicht etwas über einen Anruf aus Norway sagte.

Es kommt ja vor, dass wir aus dem Ausland zu Hause anrufen, zumeist, um mitzuteilen, dass alles in Ordnung ist, *wishing you were here* und so (Synne hatte es sich zum Beispiel zur Gewohnheit gemacht, Rebecca anzurufen, egal wo auf der Welt sie sich gerade aufhielt – ihre Durchwahlnummer im Büro natürlich, niemals zu Hause –, und auch wenn sie in den letzten zwei Jahren kaum verreist war, höchstens nach Alesund oder Kragero oder so, hatte sie es doch auch geschafft, ausgerechnet von Moskau aus durchzukommen, wo sie im Vorjahr, als das Land noch Sowjetunion hieß, eine überflüssige, vom Ministerium veranstaltete Konferenz besucht hatte). Aber es war etwas ganz anderes, selbst unterwegs angerufen zu werden. Das war ein Verstoß gegen alle Regeln, gegen das, was fast schon als Vertrag zwischen allen Reisenden und ihren Angehörigen bezeichnet werden konnte. Man ruft zu Hause an. Wer zu Hause ist, ruft dich nicht an. Es sei denn, es ist etwas Schlimmes passiert.

Rebecca führte ein leises Gespräch mit dem noch immer lächelnden Mann hinter dem Resopaltresen, kritzelte etwas auf einen Zettel, den sie ihm dann reichte, vermutlich eine Telefonnummer, und wurde danach höflich zu einem kleinen Kasten an der Wand einige Meter weiter gewiesen, einem altmodischen Telefonapparat ohne Drehscheibe auf einem kleinen Regalfach aus Lochblech.

»Das ist Christian. Er hat angerufen!«

Der Rezeptionist hob den Daumen, als Zeichen dafür, dass er Norwegen an der Strippe hatte, und das Telefon vor Rebecca klingelte. Rebecca war bleich unter der leichten Sonnenröte der drei Tage. Doch ihre Hände waren ruhig, als sie zum Hörer griff und ihr deutliches »Hallo« über Tausende Kilometer Luft nach Hause zu dem Mann schickte, den sie so eindeutig betrog.

Der Ausdruck »das Herz schlägt im Hals« gewann für Synne in diesem Moment eine neue und konkrete Bedeutung. Es hämmerte wie besessen irgendwo unter ihrem Kehlkopf; sie schluckte und schluckte, aber irgend etwas drängte durch ihre Speiseröhre nach oben, das Herz selbst schien jeden Moment aus ihrem Mund fliegen und vor ihr landen zu können, auf dem Boden mit den grob behauenen Steinfliesen. Aus alter Gewohnheit überließ sie Rebecca sich selbst, man muss ungestört telefonieren können, das hatte sie schon als Kind gelernt, aber sie konnte sich fast nicht beherrschen, sie trat von einem Fuß auf den anderen und sah vermutlich so aus, als müsse sie dringend aufs Klo.

Das Gespräch dauerte nicht lange. Rebecca sagte fast nichts, und wenn sie etwas sagte, dann kehrte sie Synne den Rücken zu und sprach zu dem schwarzen Apparat, als sei der ihr eigentlicher Gesprächspartner. Nur ein leichtes Beben ihrer Schulter verriet, dass sie hier wirklich ein Gespräch führte.

Synne musste sich setzen.

Plötzlich legte Rebecca den Hörer auf, und Synne sprang auf. Sie schwankte. Rebecca bezahlte das Gespräch und kam auf sie zu. Ein schwaches, freudloses Lächeln verriet eine Form von Erleichterung, und Synne konnte wieder atmen.

»Den Kindern geht es gut«, sagte Rebecca leise.

»Aber was ist denn dann los?«, fragte Synne und wollte Rebecca aufhalten, doch die verließ schon die Rezeption.

»Rebecca! Was ist denn, zum Teufel? Was wollte er?«

»*Gott sei Dank* geht es den Kindern gut«, flüsterte Rebecca. »Ich hatte solche Angst.«

Für einen kurzen Moment blieb sie stehen, senkte den Kopf, legte Daumen und Zeigefinger an ihre Augen und drückte zu. Dann schüttelte sie sich, blitzschnell, wie ein Hund nach einem raschen Bad, und ging weiter.

»*Aber was ist denn los?*«

Rebecca gab noch immer keine Antwort, sondern machte sich mit ihrem Schlüssel an der Tür zu schaffen, um sie aufzuschließen, und schließlich fiel er ihr auf den Boden. Da schlug sie die Hände vors Gesicht, und Synne las den verdammten Schlüssel auf – mit seinem hässlichen Messinggriff wog er mindestens ein Kilo – und öffnete die Zimmertür. Rebecca setzte sich auf die Bettkante, auf den äußersten Rand, mit zusammengehaltenen Beinen, wie eine Königin oder ein Mannequin, und ihr Rücken war gerade wie ein Lineal, ihr Kopf dagegen gesenkt, das Gesicht noch immer von ihren Händen verdeckt.

Rebecca weinte fast nie. Synne sah sie erst zum vierten Mal weinen, sie merkte sich solche Zahlen, und es war ein Mittwoch. Es war fünf vor vier am Nachmittag, und auf dem Nachbarbalkon waren drei sternhagelvolle Schweden zu hören, für die der Zeitpunkt wenig Bedeutung zu haben schien.

»Kannst du denn nicht sagen, was los ist?«

Synne ging vor ihr in die Hocke und versuchte, ihr die Hände vom Gesicht zu ziehen.

Das war unmöglich.

»Ich hatte so entsetzliche Angst«, schluchzte Rebecca. »Hier bin ich, und ... die Kinder ...«

Sie schluchzte jetzt wirklich. Doch endlich ließ sie die Hände sinken und sah Synne an.

Sie sah sie *wirklich* an. Synne merkte, wie sich ihr auf den Armen und im Nacken die Haare sträubten, und auch auf dem Kopf richteten sie sich im wahrsten Sinne des Wortes auf.

»Er weiß von uns«, sagte Rebecca, fast unhörbar, wie ein leiser Windhauch, ganz unmerklich. »Er weiß, dass wir ein Verhältnis haben.«

Synne kippte nach hinten um.

»Aber woher in aller Welt …?«

»Er hat meine Sachen durchsucht. Da gibt es jedoch nichts. Ich habe jeden einzelnen Brief verbrannt, jeden Zettel, nichts, *nichts* habe ich behalten.«

»Aber dann … wie … es kann doch nicht …«

»Eines der Sonette. Das achtzehnte. Du hattest es so schön abgeschrieben, noch dazu mit verschiedenen Farben. Es war so prachtvoll, du hattest dir solche Mühe gegeben, das konnte ich sehen, und ich … ich habe es eingerahmt. Einfach in so einen billigen Rahmen, weißt du. Ich habe gesagt, ich hätte es auf der Straße gekauft. Er hat den Rahmen auseinander genommen.«

Synnes Kopf schmerzte nach der Begegnung mit der Wand.

»Zwischen Sonett und Pappe lag der Brief, den ich zum Geburtstag bekommen habe.«

Der Geburtstagsbrief. Der Brief, den Synne ihr zum vierundvierzigsten Geburtstag geschrieben hatte. Rebecca hatte sich so darüber gefreut, er war eines Morgens vor der Arbeit überreicht worden; die Straßen waren frisch gewaschen gewesen, und Synne hatte fünf Kilo abgenommen gehabt. Rebecca hatte sich ungeheuer gefreut, es hatte aber auch eine Woche Arbeit darin gesteckt.

Wenn Christian Schultz den Brief kannte, den Synne Rebecca zu ihrem vierundvierzigsten Geburtstag geschrieben hatte, dann wusste er alles. In der Regel hatte Synne sich recht vage ausgedrückt, sie hatte die Codes verwandt, die Liebende in aller Welt benutzen, die nur für die verständlich sind, die den Schlüssel besitzen. Aber bei diesem Brief hier war alles anders. Er war so direkt, wie das überhaupt nur möglich war. Streng genommen war er außerdem – und für sie ganz untypisch – erotisch, und als Synne das gedacht hatte, errötete sie.

»Was zum Teufel ist das für ein Kerl, mit dem du da verheiratet bist?«

Jetzt fluchte sie schon zum zweiten Mal innerhalb von fünf Minuten. Ehe sie Rebecca kennen gelernt hatte, hatte sie mit Schimpfwörtern nur so um sich geworfen. Rebecca hatte Synne langsam, und mit einem unmerklichen mütterlichen Gespür für Erziehung, die schlimmsten sprachlichen Unsitten abgewöhnt.

»Was zum Henker ist das für ein Wichser, der seine eigene Frau bespitzelt? Das ist doch, das ist doch …«

Synne gab sich alle Mühe, herauszufinden, was das war, alles zu durchsuchen, was einem anderen Menschen gehörte, alle Kleider, alle Taschen und sogar den armen kleinen Rahmen, der über dem Bett hing, ohne auch nur einer Fliege etwas zu Leide zu tun.

»Das ist eine verdammte Verletzung der Privatsphäre, jawohl. Eine Scheißkränkung der Privatsphäre. Deiner persönlichen Privatsphäre!«

Etwas Besseres wollte ihr einfach nicht einfallen.

»Und was hast du gesagt?«

Synne stand verloren im Zimmer, kratzte sich am Kopf und fuchtelte mit der anderen Hand in der Luft herum.

»Was hast du denn zu all dem gesagt?«

»Ich habe alles bestätigt. Ich habe die Wahrheit gesagt. Ich …«

»Du hast *was* getan?«

Synne ließ sich auf ihren Koffer fallen – der lag auf einem Hocker und war gefüllt mit einem seligen Chaos aus Kleidungsstücken (Rebecca hatte ihren Koffer natürlich sofort nach ihrem Eintreffen ausgepackt; alles hing ordentlich in den Schränken, und der Koffer war unter ihrer Hälfte des Doppelbettes verstaut) – und stieß ihn dabei herunter. Der Hocker zerbrach, und der Koffer krachte zu Boden. Die Schweden verstummten, und Rebecca – die immer vernünftige Rebecca – ging ruhig zur Balkontür und zog sie zu.

»Wie bist du nur auf diese Idee gekommen? Und dann auch noch, wo wir gerade hier sind!«

Darauf hatte sie doch nur gewartet. Das war die endgültige Bestätigung, von der sie phantasiert hatte: dass Christian alles erfuhr, dass der Sturm losbrach, der Große Orkan, der

Wind, der alle Geheimnisse und alle Lügen davontragen und Rebecca für immer zu Synne wehen sollte. Darauf hatte sie gewartet, hatte darauf gehofft, hatte zwei lange Jahre darum gebetet. Alles, was gewesen war, und alles, was war, alles in Synnes ganzer Welt baute auf der Gewissheit auf, dass dieser Augenblick irgendwann kommen müsste. Aber jetzt, wo es passiert war, erkannte sie, dass alles zerbrechen würde. Alles. Das war nicht das, worauf sie gehofft hatte. Sie hatte das Gefühl, dass ihre Haut schrumpfte.

Rebecca ergriff ihr Handgelenk und zog sie vom Boden hoch. Dann setzte sie sich neben Synne aufs Bett, das ächzte und quietschte, und legte die Hände in den Schoß. Ihre Schultern waren endlose fünfzehn Zentimeter voneinander entfernt. Rebecca hatte die Heimreise schon angetreten.

»Als ich begriff, was passiert war, habe ich einen Entschluss gefasst«, flüsterte sie. »Ich darf nicht mehr lügen.«

Sie setzte sich noch ein wenig aufrechter und hob das Kinn. Ihre Augen waren schwärzer denn je, das Weiße war beim Weinen verschwunden, ihre Augen schienen in ihren Kopf gesunken zu sein und nur einen Leerraum hinterlassen zu haben.

»Ich habe keine Ahnung, was nun passieren wird. Aber auf jeden Fall weiß ich jetzt, dass ich nie wieder lügen werde. Nie wieder. Ich habe für den Rest meines Lebens mehr als genug gelogen.«

»Aber … aber was machen wir denn nun? Ich meine, jetzt?«

»Ich kann Christian verstehen.«

Sie schien mit sich selbst zu sprechen, als sei Synne nur die zufällige Zeugin eines Monologs.

»Ich kann verstehen, dass er meine Sachen durchsucht hat. Ich kann verstehen, dass er am Telefon wütend war. Er hat entsetzliche Dinge gesagt. Hat mich eine … Ich kann es verstehen. Alles. Kann es verstehen. Er hat mich eine Nutte genannt.«

Pause. Die fünfzehn Zentimeter wuchsen und wuchsen.

»Was machen wir jetzt, Rebecca?«

Sie holte heftig Luft, wie nach einer gewaltigen Anstrengung, dann richtete sie ihren Blick auf ein geschmackloses Bild von fünf ranken Zypressen, das schief und mutterseelenallein an der breiten Mauer hing. Es roch ein wenig nach Reinigungsmitteln, und hinter der Balkontür sangen die Schweden jetzt wieder.

»Was ich nicht verstehe ... Was ich ihm niemals verzeihen kann ...«

Sie rang wieder um Atem, krümmte für einen Moment den Rücken, ließ ihn aber sofort wieder in den rechten Winkel zurückschnappen, als sei ihr soeben ihre Würde wieder eingefallen, deren Bedeutung, die Notwendigkeit, an irgend etwas festzuhalten, und sei es auch nur eine Art zu sitzen.

»Ich glaube, die Kinder waren in der Nähe ...«

»Wir müssen nach Hause«, wechselte sie dann abrupt das Thema. »Ich muss nach Hause zu meinen Kindern.«

Dann fing sie an zu packen.

Und verschwand vor Synnes Augen. Ohne ihr etwas zu geben, wovon sie leben konnte. Das war Rebeccas Gewohnheit, war Sitte und Brauch für sie, niemals etwas zu versprechen, von dem sie wusste, dass sie es nicht würde halten können. Aber Synne wollte das nicht so. Synne wollte mit verlogenen Beteuerungen überschüttet werden, dass sie einander noch immer hatten; sie wollte mit Lügen gefüttert werden, mit Garantien, von denen sie beide wussten, dass es sie nicht gab. Sie flehte darum, ehe Rebecca verschwand, bettelte um einen Rettungsring, flehte um einen kleinen Zipfel von irgendetwas, das zumindest Ähnlichkeit mit einem Versprechen haben könnte.

»Wann sehen wir uns wieder, Rebecca? Wir sehen uns doch wieder, oder? Wann?«

Aber es kam kein tröstendes Wort. Während des Rückflugs entglitt Rebecca ihr, vielleicht auch schon am Abend davor, einem so abgrundtiefen und von Angst erfüllten Abend, dass sie keine Möglichkeit fanden, einander zu erreichen. Als sie sich Norwegen näherten, versuchte Synne, Rebeccas Hand zu nehmen; sie lag tot auf ihrem Schoß und hatte alle Zauberkraft eingebüßt, aber nun zog sie sie zurück; blitzschnell, Rebecca wandte sich dem Fenster zu und blieb so sitzen, ohne Synne auch nur ein einziges Mal anzusehen. Auch das war Synnes Schicksal: Während sie in der Verzweiflung Nähe suchte, suchte Rebecca stets Distanz. Immer.

Sie musste ihre Kinder sehen. Synne glaubte, Rebecca müsse sich davon überzeugen, dass sie noch immer vorhanden waren. Sie waren im Ferienhaus, wie sich dann herausstellte, in der Nähe der schwedischen Grenze, und Rebecca fuhr einfach los. Es war Donnerstagabend, spät, als sie in Norwegen landeten.

Synne Nielsen hatte einen Blackout. Später konnte sie sich nicht mehr erinnern, wie sie dieses Wochenende verbracht hatte. Vermutlich hatte sie sich voll laufen lassen. Vermutlich war sie mit Cetacea hinausgegangen, wenn das nötig geworden war, denn sie hatte den Hund auf dem Weg vom Flughafen abgeholt. Vermutlich drehte sie sich um sich selbst. Vermutlich schlief sie die meiste Zeit. Am Sonntagabend war eine Schachtel Paralgin-forte-Kopfschmerztabletten fast leer. Dennoch fühlte sie sich plötzlich und auf beunruhigende Weise kristallklar, als Christian Schultz anrief.

Er wirkte reichlich überdreht, behielt aber doch einen seltsam geschäftsmäßigen Stil bei; er konnte unmöglich sonst in diesem hohen Tonfall reden, aber er fand doch die richtigen Worte. Er rief aus einer Telefonzelle an, und es piepte, die Kronenstücke tickten und klirrten heftig und störend. Synne überraschte sich selbst, als sie ziemlich ruhig um die Nummer der Zelle bat, damit sie unter würdigeren Bedingungen weitersprechen könnten.

Er nannte ihr die Nummer! In diesem Moment wirkte das nur logisch, und Synne reagierte nicht weiter, sie notierte einfach die Nummer, dann rief sie zurück und ließ ihn das Gespräch (oder eher den Monolog) fortsetzen. Im Nachhinein erschien diese belanglose Episode ihr als seltsamer kleiner Sieg. Er brachte es wirklich über sich, Synne die Kosten für diesen Anruf tragen zu lassen, der nur einem einzigen

Zweck diente: sie zu beschimpfen. Zweimal versuchte sie, ihn zu unterbrechen, aber sie sah rasch ein, dass es hier nicht um sie ging. Sie saß einfach da, auf ihrem Bett, und hörte länger als eine halbe Stunde diesem Mann zu, der sie dermaßen innig hasste, und während sie dort saß, aufmerksam und ruhig und ohne auch nur auf die Idee zu kommen, einfach den Hörer auf die Gabel zu knallen, diese Tirade zu unterbrechen, ihn auszuschließen, ihn seinen Hass anderswo ergießen zu lassen, nicht in ihr Ohr, nicht in ihr Bett – während sie das alles zuließ, wusste sie schon, dass das zwei Gründe hatte: Er war in diesem Moment die einzige Verbindung zu Rebecca, und außerdem hatte er Recht.

Sie wurde nicht einmal böse. Sie empfand eher eine Art Trauer. Oder vielleicht wäre *Ohnmacht* der passendere Begriff für ihren Zustand in diesem Moment gewesen. Als sie dort in ihrem ungemachten Bett saß, mit fusselnden Wollpantoffeln und einem wehen, blutig genagten Daumennagel, suchte sie nach Worten für das Gefühl, das sie erfüllte. Sie suchte nach Schuldgefühl. Sie wusste, dass es vorhanden sein musste, und sie ließ ihn diesen grotesken Tanz um seinen eigenen Hass aufführen, weil sie wusste, dass das sein Recht war. Verstandesmäßig wusste sie das. Doch sie verspürte keine Schuld, und der Mann tat ihr nicht einmal Leid. Als ihr diese entsetzliche Tatsache endlich aufgegangen war, überwältigte sie die Scham. Aber jetzt war er fertig.

Er atmete schwer und lange. Synne machte keinen Versuch, diese peinliche Pause zu füllen. Schließlich redete er weiter, doch jetzt war die Zeit für Fragen gekommen. Für harte, im Stakkato abgefeuerte Fragen.

»Was hast du jetzt vor?«

»Das weiß ich ehrlich gesagt nicht.«

»Wirst du Rebecca weiterhin ... sehen?«

»Das muss Rebecca entscheiden. So, wie sie sich in den letzten Tagen verhalten hat, scheint sie keinen Kontakt zu mir zu wünschen.«

»Ich sag dir eins. Ich sag dir nur *eins!* Wenn du dich weiter mit meiner Frau triffst, dann werde ich dafür sorgen, dass sie ihre Kinder kaum jemals wieder sieht. Kaum jemals! Ist das klar? Ist das *klar?*«

»Ich höre jedenfalls, was du sagst.«

Dann knallte er den Hörer auf die Gabel.

Synne blieb sitzen und starrte das Telefon an, bis sie die Türklingel hörte. Das muss viel später gewesen sein, sehr viel später. Plötzlich stand sie da. Eine Rebecca, die Synne kaum wiedererkannte.

Sie sah entsetzlich aus. Ihre Augen waren geschwollen, klebten fast zusammen, ihr Mund bebte, ihre Hände ebenfalls, die ganze Frau zitterte, wie eine Greisin, und sie sah auch unendlich alt aus. Synne streckte die Arme aus, hilflos, einladend, *flehend,* das hier konnte sie nicht mit ansehen, es musste doch etwas zu machen sein, und sie wollte sie berühren, ihren Kopf streicheln, sie an sich drücken und liebe Worte flüstern, aber Rebecca wich zurück.

»Ich wollte nur das hier abliefern«, sagte sie, und ihre Stimme stammte aus einer ganz anderen Welt.

Von einem ganz anderen Planeten.

Dann reichte sie Synne einen Brief, einen großen weißen Briefumschlag, und auf dem Umschlag lagen die Wohnungsschlüssel, in dem teuren Futteral aus Schweinsleder, das Synne vor mehr als einer Ewigkeit gekauft hatte.

Synne konnte den Brief nur annehmen, wie etwas, das offiziell überreicht wurde, eine Vorladung zum Prozess über ihr eigenes Leben. Und dann ging Rebecca wieder.

Der Brief war der längste, den Rebecca ihr jemals geschrieben hatte, obwohl er ziemlich kurz war:

Liebe Synne. (Nicht »geliebte« oder auch nur »liebste«, nur dieses neutrale, nichts sagende »liebe«, was für alle benutzt wird, für Fremde wie auch für Menschen, die wir eigentlich gar nicht leiden können ...) *Es war ein schreckliches Wochenende. Ich kann dir nicht alle Einzelheiten erzählen. Die Kinder waren außer sich, abgesehen von Henrik, der das alles nicht begreift und nur glücklich war, als ich auftauchte. Ich weiß nicht, wie viel Caroline und Martin mitbekommen haben, aber Benedicte weint nur, und sie behauptet, mich zu hassen. Ich habe versucht, die Wogen zu glätten, aber das ist mir nicht gelungen. Bisher jedenfalls noch nicht. Als ich die Kinder mitnehmen wollte, hat Christian das verweigert. Er hat mich daran gehindert, sie mitzunehmen. Als ich sie ins Auto setzen wollte, hat er mich mit Gewalt daran gehindert. Also ging das nicht. Seither bin ich ganz allein zu Hause.*

Du hast dich immer gefragt, was ich in dir sehe. Du begreifst nicht, dass ich die bedingungslose Art liebe, in der du mich in die Arme nimmst. Ich bin immer an meinen Leistungen gemessen worden. Jeder Schritt, den ich mache, ist durchdacht, alles ist kreuz und quer vermessen worden, und ich habe Liebe erfahren, wenn ich sie verdient hatte. Du hast mir das Gefühl gegeben, bedingungslos zu lieben. Sogar wenn die großen schwarzen Löcher gekommen sind und mich mitgerissen haben. Du hast mich im Sturm erobert, Synne, und im Sturm hast du mich festgehalten. Du bist romantisch, wenn ich zynisch bin, und suchst Nähe, wenn ich fern bin. Du bestrafst mich nie, während ich ansonsten mein Leben lang bestraft worden bin.

Ich habe nie sagen können, dass ich dich liebe. Ich weiß, dass das hart für dich war. Aber das liegt nicht daran, dass ich es nicht empfunden hätte. Ich habe es nur nicht zugeben können. Ich betrachte mich nicht als Frau, die andere Frauen liebt. Ich habe nur dich geliebt. Es war so schwer. Aber auch unmöglich, es nicht zu tun. Doch ich schäme mich deshalb, und ich schäme mich, weil ich mich schäme.

Ich werde es niemals schaffen, dir zu begegnen. Es kommt mir unmöglich vor, ohne dich zu leben, aber das muss ich versuchen. Ich muss es wirklich versuchen.

Es ist möglich, dass es auch dieses Mal nicht geht. Aber ich kann es nicht riskieren, meine Kinder zu verlieren. So sehr ich dich auch liebe, die Kinder kommen an erster Stelle. Das hast du immer gewusst. Du bist mit offenen Augen in diese Sache hineingegangen. Ich nicht. Du hast mir den festen Boden unter den Füßen weggezogen. Und im Moment weiß ich nicht, was oben ist und was unten.

Ich sage nicht, dass ich es schaffen werde, dich zu verlassen. Ich sage nur, dass ich den ernsten Versuch machen muss. Wenn du mir das verweigerst, dann fürchte ich, dass ich dich hassen werde. Im Moment brauche ich Zeit und Raum, um um meine Kinder zu kämpfen. Ich kann vielleicht nicht ohne dich leben, aber ohne sie sterbe ich.

Du wirst das hier überleben, Synne. Du bist eine Steherin. Du überlebst alles. Wenn das, was wir gehabt haben, dir überhaupt etwas bedeutet, und ich weiß, dass das der Fall ist, dann musst du mich in Ruhe lassen. Bitte.

Rebecca

Teil 2

25

Ich habe angefangen, mich zu bewegen. Fünf Monate lang habe ich mich in einem Radius von fünfhundert Metern um den Bungalow aufgehalten, mit Ausnahme der absolut notwendigen Ausflüge in das Dorf mit seinen »Supermarkets« und Gemüseständen, seinen zerlumpten Straßenhökern, die alles von geschälter Ananas zu T-Shirts feilbieten, von billigem (und erbärmlich schlechtem) »homemade« Schmuck bis zu polierten Meeresmuscheln mit der verschnörkelten Aufschrift »Memories of Mauritius«. Und ich bin nie zu Fuß gegangen, auch wenn es unmöglich mehr als zehn Minuten oder höchstens eine Viertelstunde dauern kann. Hervé fährt mich und wartet geduldig unter einer Palme, mit einer Zigarette und einer Ruhe, um die ich ihn beneide, bis er mich dann mit meinen Einkäufen nach Hause fährt und dafür fünfzig Rupien erhält.

Die Götter mögen wissen, wo er diesen Computer her hat. Er war nicht eingepackt und eindeutig gebraucht. Der Bildschirm war zwar mit einer Art Plastikfolie überzogen, aber die Tastatur weist braune Flecken auf und ist alles andere als neu.

Ich werde ganz nervös bei der Vorstellung, dass ich möglicherweise Diebesgut gekauft habe (der Preis legt diesen Gedanken durchaus nahe), aber andererseits: Hervé kommt mir vor wie ein ehrlicher Mann, und er hat mir in die Augen geschaut, als er das Geld angenommen hat. Zu allem Überfluss hat er mir eine handgeschriebene Quittung überreicht. Ob das Finanzamt die gelten lässt, ist jedoch eine andere Frage, vor allem, wenn ich dazu erzähle, dass mein vorheriger Computer, der kleine praktische Laptop, auf dem Grund des Indischen Ozeans liegt und dass ich ihn selbst hineingeworfen habe.

Ich hatte nämlich versucht, mich selbst zu betrügen. Wie so oft. Ich wollte mir einreden, dass ich nie wieder schreiben würde. Ha! Ich warf den Computer mit dramatischer Geste ins Meer, ich weinte, und es war stockdunkel, und ich wäre sicher gleich hinterhergesprungen, in der Hoffnung, dann zu ertrinken, nur bin ich eine sehr gute Schwimmerin, und bei einer Wassertemperatur von dreißig Grad könnte ich auch nicht erfrieren. Aber es war der pure Betrug. Ich hatte von allem Sicherheitskopien erstellt. Ich habe sogar Petters Flugsimulator kopiert.

Es ist Abend. Ich weiß, dass die Dunkelheit genau um sieben einsetzt, sie bricht jetzt früher an als zuvor, es geht auf den Winter zu, wir haben Mai, und ich bin seit einer Ewigkeit hier. Die Dunkelheit macht mir noch immer Angst. Ich gehe nun schon seit einiger Zeit immer barfuß. Meine Fußsohlen sind nicht härter geworden, sie sind nur weniger empfindlich. Dennoch spüre ich, dass der Sand nicht so warm ist wie mitten am Tag, er ist in gewisser Hinsicht schwerer, er saugt sich stärker fest, erschwert das Gehen und erinnert mich daran, dass ich mich fürchte und mich nicht zu weit vom Bungalow entfernen sollte. Ich muss vor sieben zurück sein. Der Computer, das Einzige, vor dessen Verlust ich mich fürchte, neben dem italienischen Schuhkarton (doch wer könnte an dem Interesse haben?), lässt sich nicht wie der Laptop unter der Matratze verstecken. Ich habe hundert Rupien in der Hosentasche und den Schlüssel um den Hals.

Die Strände sind weiß und klein; nicht endlos und beeindruckend, wie ich vor meinem Eintreffen hier geglaubt habe. Sie werden von kohlschwarzen Steinmassen eingerahmt, von faszinierenden dunklen, fast porösen Steinen. Hier und dort sind Bootsanleger errichtet worden, manche in Beton gegossen, andere eher zusammengeschustert, aus Holzstücken und Tauen.

Von den Anlegern aus wird geangelt. Nur von Männern, nur von Einheimischen, sie alle tragen T-Shirt und Shorts. Alle tragen Sandalen und alle haben Angelruten aus Bambus (ich nehme jedenfalls an, dass es sich um Bambus handelt, die Angeln sehen aus wie die Skistöcke meiner Kindheit, nur sind sie länger, viele Meter lang, biegsam und federnd). Keine Spule, nur eine dünne Sehne, die an der Spitze angebracht ist, fünf, sechs Meter lang mit, vermute ich, einem Tannenzapfen als Schwimmer und einen winzigen Haken mit einem Köder, den ich nicht identifizieren kann, auch nicht, als ich mich vorsichtig neben einen Jungen von vielleicht zwölf Jahren setze und ihm beim Angeln zusehe. Er achtet nicht auf mich, schwer zu sagen, ob er meine Anwesenheit überhaupt registriert hat. Oder vielleicht ist er daran gewöhnt. Ist an neugierige Gäste gewöhnt, an dunkelrote Deutsche mit teuren ABU-Spulen und Bierbauch und Teleskopstangen aus Glasfaser und genug Geld, um an den Einheimischen vorbei an Bord von phantastischen Hochseeyachten zu stolzieren, die sie weit hinaus aufs Meer bringen, wo die großen Fische ihr Unwesen treiben.

Die Menschen hier fangen kleine Fische. Winzige, fast weiße Dinger, von der Größe einer Sardine, die die Angler alle fünf Minuten hochziehen, ohne Begeisterung, ohne ein Wort, sie haben einfach diese zappelnden, minimalen Wesen am Haken, befestigen mit erfahrener Hand neue Köder und werfen die Angeln wieder aus. Einige haben kleine Fischkörbe, geflochten aus Rinde oder Hobelspänen, die meisten aber stecken ihren Fang in eine Plastiktüte, wo er noch einige wenige Minuten krampfhaft kämpft, um dann zu sterben, einen grausamen Erstickungstod; sie sind so klein, dass ihnen nicht das Genick gebrochen werden kann.

Ich weiß nicht, ob sie eigentlich auf etwas anderes hoffen. Auf einen größeren Fisch, einen besseren Fang. Vielleicht zeigt die fehlende Begeisterung schon der ganz Kleinen, der Vier-, Fünfjährigen, dass sie eigentlich enttäuscht sind. Sie wollen keine Sardinen, sie wollen etwas Größeres, Besseres, etwas, das keiner von ihnen jemals bekommen wird. Aber sie werfen die Sardinen nicht wieder ins Wasser, also verwenden sie sie wohl doch. Zu irgendetwas.

Jetzt, so spät, weht der Wind nicht mehr ganz so heftig. Dennoch verirrt sich eine Locke in meinen Mund. Ich sauge daran, sie schmeckt nach Fisch; ich müsste mir die Haare schneiden lassen. Das Meer ist nicht so grün wie sonst. Es strahlt Ruhe aus, es scheint nach dem vergangenen Tag aufzuatmen, Kräfte für den kommenden zu sammeln, um dann das viele Patinagrün auszuspucken, das es im Laufe einer pechschwarzen Nacht ansammelt. Ich hole auch tief Atem und empfinde ein überraschendes Gefühl der Erwartung.

Das Licht verschwindet jetzt, und ich springe auf. Die Sonne ist schon untergegangen, aber die Wolkendecke fängt irgendwo hinter dem Horizont die letzten Strahlen auf und reflektiert sie wie einen Abschiedsgruß, so lange, dass ich es bis nach Hause schaffe.

Ich dusche. Ich will ins Restaurant. Bisher habe ich mich selbst verpflegt, bis auf das eine Mal, als Asha Nudeln mit Meeresfrüchten serviert hat. Eine hoffnungslose Ernährung, in den fünf Monaten habe ich vielleicht dreimal gekocht. Und in meiner ewigen Angst vor Krankheiten habe ich es nicht gewagt, Gemüse anzurühren.

Ich habe ein Kleid mitgebracht. Ein einziges. Bisher habe ich es noch nicht angehabt. Ich habe es vor meiner Abreise gekauft, ein ärmelloses, hellblau kariertes Baumwollkleid. Es hängt lose, ich habe arg abgenommen. Vor dem Spiegel bleibe ich lange stehen. Ich bin es nicht, die dort steht. Der Mensch, der mich aus einem spiegelverkehrten Zimmer anstarrt, macht mir Angst. Alles ist ins Gegenteil verkehrt. Die Haut sollte hell sein, ist aber dunkel. Meine Haare sind ruiniert und blond. Meine Finger berühren die Glasfläche, die Hand, die sich mir entgegenstreckt, ist kühl und hart. Vorsichtig trage ich ein wenig Wimperntusche auf, meine Wimpern sind jetzt hell, fast weiß. Ich schmiere, komme mir ungeschickt vor und entscheide mich dagegen.

Petter kommt. Er ist sieben Jahre alt und trägt ein frischgebügeltes kreideweißes Hemd.

»Neu, neu«, sagt er begeistert und zieht an seiner Hemdbrust.

Er hat Blumen mitgebracht. Rote und gelbe Blumen, groß und mit Staubgefäßen, die die Zunge herauszustrecken scheinen. Seine Hose ist blau und weist eine eingenähte Bügelfalte auf. Seine Füße stecken wie immer in Sandalen.

Ich würde ihn gern umarmen, aber das ist zwischen uns nicht üblich. Also stelle ich die Blumen in eine Vase, genauer gesagt, in eine Wasserflasche aus Kunststoff, die zweimal umkippt, dann bringt der Junge eine Handvoll Kieselsteine und verteilt sie geschickt in der Flasche, ehe er die Blumen wieder hineinsteckt. Jetzt steht sie gut.

Hervé holt uns nach zwei Stunden wieder ab. Er bringt Essen und Cola mit, und wir haben das fremde Gefühl, dass alles gut ist. Es ist ebenso fremd wie die Frau im Spiegel, und ich ertappe mich dabei, wie ich auf die Uhr schaue. Die Sportuhr. Als ich aus dem Wagen steige, springt der Junge heraus, reißt die Tür für mich auf und streckt die Hand aus. Er macht eine tiefe Verbeugung.

»Tausend Dank«, sagt er. »Tausend, tausend Dank.«

Dann lächelt er strahlend und springt wieder ins Auto.

26

Von allen Sinnen, die zusammen mit Rebecca befriedigt wurden, war der *Geschmack* der wichtigste. Zwar war Rebecca schön, so wunderschön, dass es Synne ab und zu in den Augen kitzelte, woraufhin sie sich kratzen musste, um nicht loszulachen. Rebeccas Haut fühlte sich an wie Alabaster oder Elfenbein, das wusste Synne genau, auch wenn sie – so weit sie sich erinnerte – beides noch nie berührt hatte, aber die Worte hatten diesen himmlischen Klang: *Alabaster ...El-fen-bein ...* Rebecca war ein schwingender Walzer, für Auge, Ohr, Nase und Finger, doch das Allerwichtigste war: Sie schmeckte so wunderbar. Synne glaubte in ihrer Haut die Gewürze von Generationen zu ahnen, salzig und süß, sauer und süß, kräftig und mild, exotisch und poetisch und unbegreiflich leicht zu verehren.

»Also wirklich. Ich lebe doch von Kabeljau und Hammeleintopf und Tomatensuppe mit Makkaroni.«

»Dann hast du es geerbt. Von deinen Ahnen. Du schmeckst nach Ingwer. Hier.«

Die Zunge glitt über die Innenseite der Venuslippen, glatt – glatt und potent weich, und Synne malte kleine, schnelle Achten um die Öffnung in der Mitte, es strömte und flutete; Ingwersoße, und die eine Lippe war etwas größer als die andere, sie hielt die Zunge bei jeder Kreisbewegung für einen Moment fest, als habe sie aufgrund ihrer Größe einen Anspruch auf besondere Pflege. Ihre Hüften, Rebeccas Hüften, in einem Rhythmus, den Synne irgendwo im Rückenmark gespeichert hatte, und der so perfekt passte; ungeduldig, aber dennoch zögernd, langsam beschleunigend, vor dem, wovon sie beide wussten, dass es kommen würde, das aber Zeit brauchte, die unerträglichen Bewegungen der Zunge auf die absolute Mitte der Seele hin, ein Stoß, es war so, wie an einem Batteriepol zu lecken (war das hier wirklich Strom? war das ganz einfach echte Elektrizität?), und die Zunge tanzte im Kreis, leichter und leichter, während ihre Finger den offenen Abgrund füllten, der saugte und saugte wie ein frisch geborenes Kalb, während alles in heftigen Geräuschen verschwand, doch Synne wollte nicht, konnte nicht aufhören und wusste, dass die Rufe nicht das bedeuteten, was sie besagten, und sie machte weiter, und nichts schien jemals ein Ende nehmen zu können.

»Du bist wieder da.«

Synne hockte vor Rebeccas Hüften auf allen vieren und ließ sich langsam sinken, wobei ihre Brustwarzen auf Rebeccas zielten. Das war eine ziemliche Leistung, sie war breiter als Rebecca und musste die Hände zu Hilfe nehmen, musste die Brüste zusammendrücken, damit die Begegnung stattfinden konnte, Spitze an Spitze, die Knospen streckten sich zueinander hin und küssten sich so energisch, dass die Strahlen bis in die Fingerspitzen jagten. Sie spürte Rebeccas Hand an ihrem Rückgrat, diese heilende, warme Hand, trocken, selbst jetzt, wo alles andere feucht und wunderschön klebrig war. Synne schauderte und spürte, wie die Gänsehaut vom Berührungspunkt loswogte, der sich immer weiter nach unten bewegte, und Synne spreizte alles, was sich spreizen ließ, und keuchte noch einmal: »Du bist wieder da, Rebecca!«, aber eine Antwort kam nur von der Hand, die Feuchtigkeit dort holte, wo sie für einen Finger zu holen war, den Zauberfinger, die Verlängerung von Rebeccas magischer rechter Hand, und er stahl sich in das enge, pulsierende Loch dort, wo der Rücken endlich einen kleinen Bogen nach innen beschreibt, dort, wo alles überaus willkommen ist, und Synne konnte nicht mehr stillliegen.

»Ich komme immer zurück, Synne. Ich schaffe es nie, mich davon fern zu halten.«

Sie war fünf Monate stumm geblieben. Kein Anruf, kein kurzer Brief, keine Postkarte mit ein paar Zeilen, mit nur ein paar Worten, um mitzuteilen, dass es sie noch immer gab. Fünf Monate und noch ein wenig länger. Dennoch sagte sie jetzt dasselbe wie nach den schwarzen Löchern, von denen manche nur einige Tage vorgehalten hatten. Sie konnte sich nicht davon fern halten. Davon.

Das tat Synne weh und machte sie glücklich.

Einerseits war es eine Bestätigung, die sie gern zur allgemeinen Betrachtung an die Wand gehängt hätte, ein Diplom mit Goldrand und prangendem Siegel hinter Glas und Rahmen, das sie ungeheuer erregte; es war an sich bereits ein Aphrodisiakum: dass Rebecca *davon* so begeistert und bisweilen beängstigend abhängig war. Immer war es so: eine aufsteigende Spirale aus Lust, ein Ping-Pong-Spiel der sexuellen Energie, die immer stärker wurde: Rebeccas und Synnes Begehren nacheinander und danach, das Begehren der anderen zu erleben.

»Ist es wirklich nur das, wozu du zurückkommst?«

»Fast.«

Das wurde mit einem Kuss auf die Nase gesagt, der einen Schlusspunkt darstellen sollte, aber es brannte trotzdem.

Es fiel Rebecca nie schwer, über Sex zu sprechen. Nicht, nachdem sie sich als Geliebte etabliert hatten, um zu diesem Ausdruck zu greifen, obwohl er Synne missfiel, er war in vieler Hinsicht *reduzierend,* sie waren doch keine Geliebte, sondern Liebende. Es überraschte sie; um die Wahrheit zu sagen, schockierte es sie auch in nicht geringem Maße – diese Offenheit, diese Frische in Rebeccas körperlichem und sprachlichem Umgang mit den intimsten Aspekten des Lebens. Es stimmte nicht mit dem Bild überein, das man von ihr hatte, Synne brachte es nicht mit Rebeccas Erziehung zusammen, ihrer Herkunft; dieser bürgerlichen, leicht vornehmen, überaus reichen Außenseiterinnenherkunft, dieser Herkunft, die sie in vieler Hinsicht so attraktiv machte, ihrem Sprachgebrauch, ihrer Rücksichtnahme und auch der Tatsache, dass sie einen Tisch perfekt decken konnte, kein Glas stand falsch, sie konnte sogar Servietten auf äußerst kunstvolle Weise falten, mit anderen Worten: Sie hatte Manieren und dürfte sich deshalb nicht so aufführen.

Nicht nur, dass sie über Sex sprechen konnte, sie sprach außerdem gern über Sex. Vielleicht war das Provozierende daran so erregend; sie konnte in fast jede Art von Gespräch einbrechen, mit einem Lächeln, einer Assoziation, sie ließ solche Assoziationen nie ungenutzt, wenn sie sich einstellten. Sie redete Synne in der Regel ins Bett. Nicht so, dass sie schweinische Redensarten geführt hätte, Gossensprache, das nun gar nicht; wenn sie über Sex sprach, war sie in ihrer Wortwahl ebenso gebildet, ebenso geschliffen und beredt wie sonst. Sie war nur so geradeheraus, so … so *direkt!*

Synne ihrerseits – und das, obwohl sie das Gefühl wunderbar fand, verbal auf ein Schäferinnenstündchen zu manövriert zu werden – konnte damit nur schwer umgehen. Bei zwei seltenen Gelegenheiten hatte sie es in Briefen an Rebecca gewagt, in der Hoffnung, dass es schriftlich leichter sein würde, aber in der Regel war ihr auch das peinlich; sie wurde bei dem Versuch rot, sogar, wenn sie allein war. Vielleicht lag hier eine Form von Hemmung vor. Vermutlich aber entsprach eine solche ungenierte Offenheit einfach nicht ihrer Natur. Sie sah ein, wie paradox das alles war:

Sie, Synne, war diejenige, die die Liebe, das Große, Gewaltige zwischen ihnen, mit Worten benennen konnte, das, was sie zusammenhielt, was Rebecca zurückgebracht hatte, obwohl Rebecca noch immer nicht »ich liebe dich« sagen konnte, jedenfalls nicht ohne Umschreibungen und Gequengel und Heulen und Zähneknirschen, aber nie aus eigener Initiative, niemals unvermittelt und wunderbar unerwartet, so, wie es gesagt werden sollte, über einem Waffelteig zum Beispiel, mit Mehl an der Wange und Zucker an den Fingern und mitten in einer Radiodiskussion über die Lage im Mittleren Osten. Was Rebecca dagegen schaffte, war, den Rührlöffel wegzulegen, langsam das Hemd aus Synnes Hose zu ziehen, mit der Zunge ein Herz um ihre Brustwarzen zu malen und Zucker darüber zu streuen, ein süßes Herz, das weggeleckt werden musste, und deshalb gab es dann doch keine Waffeln. Aber niemals sagte sie: »Ich liebe dich.«

»Ich liebe dich«, keuchte Synne schwer und nass, im Takt der Finger, die ziemlich energisch in Rebecca ein- und auswanderten.

Zwei Finger. Drei Finger. Härter und fester.

»Ich liebe dich. *Ich liebe dich.*«

Betonung auf »liebe«. Ausatmen bei »liebe«, Eindringen bei »liebe«, bei jeder Berührung der Fingerspitzen auf dem geschwollenen Kissen irgendwo dort drinnen, vorher, vor jeder Berührung: liebe!

Und endlich die Antwort, die ersehnte Antwort – ein Strom von Flüssigkeiten, eine plötzliche Veränderung der Konsistenz. Vom ölglatten, sickernden, verführerischen zu einem heftigen Strom lebendigen Wassers, die reine Zauberkunst! Die Finger mussten sofort innehalten, die Schleimhäute schlossen sich um sie und waren nicht mehr glatt, sie waren nur hart und saugend und fühlten sich an wie nichts anderes auf der ganzen Welt; oder vielleicht wie kalkreiches Wasser auf einem kostbaren Stoff, auf Damast oder grober, dicker Seide.

Ohne die Hand zu entfernen, beugte sie sich tiefer über Rebeccas Gesicht. Vorsichtig legte sie sich neben sie, mit dem Kopf in der Höhe der Brust, einer sich ausdehnenden Brust, die die Augen geschlossen hatte und zu schlafen schien.

Synne stützte sich auf ihren freien Ellbogen.

»Du bist wieder da«, flüsterte sie.

Rebecca öffnete die Augen nicht, aber ihr einer Mundwinkel bewegte sich ein wenig, es war der Anfang eines Lächelns.

»Es war alles schrecklich«, sagte Synne jetzt, während sie die Hand Millimeter um Millimeter herauszog.

Kleine Grimassen jagten über Rebeccas Gesicht, und sie atmete schwer, als die Hand endlich frei war. Es hörte sich an wie ein Keuchen.

»Ich bin schrecklich froh, dass du wieder da bist«, flüsterte Synne. »Warum bist du zurückgekommen?«

Rebecca Dorothea Faber Lange Schultz gab keine Antwort.

Sie schlief.

27

Synnes Großmutter starb in der Nacht auf einen Sonntag, gleich nachdem der Samstag zu Ende war und der Feiertag begonnen hatte. Synne erschien das als gutes Zeichen, der Sonntag war ein schöner Tag zum Sterben. Sie war an einem Sonntag geboren.

Sie musste zugeben, dass der Tod eines achtzigjährigen Menschen nicht so tragisch war wie der eines fünfjährigen. Dennoch war es herzzerreißend traurig, im wahrsten Sinne des Wortes; wenn sie tief atmete, verspürte sie Messerstiche in der Brust. Die Großmutter war etwas Festes, etwas Greifbares gewesen, in einer Kindheit mit dauernden Umzügen, neuen Umgebungen, fremden Menschen. Die Großeltern waren beständig. Sie waren da, winzige Menschen, munter, großzügig, gastfreundlich und einfach immer begeistert von ihren vielen Nachkömmlingen.

Am Freitag hatte Synnes Mutter angerufen.

»Jetzt geht es dem Ende zu«, sagte sie tonlos.

Synne flehte Rebecca an, mitzukommen, sie fiel im wahrsten Sinne des Wortes auf die Knie und faltete die Hände.

»Bitte, Rebecca, bitte!«

Aber Rebecca hatte die Kinder bei sich. Eine zivilisierte Abmachung hatte Rebecca genug Geld für ein ausreichend großes Haus eingebracht. Auch die Kinder wurden gerecht geteilt. Eine Woche bei jedem Elternteil. Sehr modern. Überaus bewusst. Sie würden erst am folgenden Freitag bei ihrem Vater abgeliefert werden. Und dann würde Synnes Großmutter schon tot sein.

Synne fuhr allein und traf am späten Freitagabend im Krankenhaus in Porsgrunn ein. Das Zimmer der Großmutter war gefüllt mit Menschen und Krankenhausgeruch. Drei Tanten und Onkel waren da, die Mutter und der Großvater; er saß in einem Sessel und döste und sah so verletzlich aus, dass Synne seinetwegen in Tränen ausbrach, nachdem sie das Zimmer betreten hatte.

Die weißen Haare der Großmutter waren so schön gekämmt, nach hinten, sie umwogten das magere Gesicht, es war von Natur aus schmal und jetzt von drei Krankheitsjahren gezeichnet. Die Haut war bleich, aber nicht beängstigend, und sie war trocken und warm, obwohl die Großmutter um Atem rang und sich offenbar nur mit großer Mühe am Leben erhielt.

Die Großmutter hatte kleine, blassblaue Augen, die liebsten Augen auf der Welt. Sie waren geschlossen, als Synne an ihr Bett trat. Die Mutter beugte sich über sie, streichelte ihre Stirn, berührte eine Locke, die immer hineinfiel, und flüsterte:

»Jetzt ist Synne hier, Mutter. Synne ist gekommen.«

Es dauerte eine Weile, dann schaute die Großmutter durch einen Spalt zwischen ihren Lidern zu ihr hoch. Synne beugte sich vor, und obwohl die Großmutter im Sterben lag, obwohl ihre Lunge mit Wasser bis zum Bersten gefüllt war und fast keinen Sauerstoff mehr ans Gehirn weiterleiten konnte, wusste Synne doch, dass sie gesehen wurde. Die Augen der Großmutter hafteten an ihren, nicht lange, aber sie hafteten an ihren, und die Ahnung eines Lächelns huschte über das Gesicht, ehe die Großmutter wieder in sich versank.

Für Synne wurde Platz gemacht, oben, bei der Schulter der Großmutter, damit sie ihre Hand halten konnte; sie war trocken und knotig und vertraut.

»Warum haben sie ihr die Zähne nicht rausgenommen?«, flüsterte Synne.

Das Gebiss, das der Großmutter so seltsam peinlich gewesen war – es war schrecklich für sie, dass sie in jungen Jahren schon die Zähne verloren hatte –, saß noch immer in ihrem Mund, wenn auch locker, so, dass es sich im Takt ihres keuchenden Atems bewegte. Es sah nicht hässlich aus (genau diese Erkenntnis, dass es weder hässlich noch abstoßend war, es war nicht einmal peinlich, überraschte Synne). Aber es sah unbequem aus, es schien sie daran zu hindern, das bisschen Luft einzuziehen, die sie trotz allem brauchte, um die wenigen Stunden durchzuhalten, die ihr vom Leben noch blieben.

»Opa will das so«, flüsterte die Mutter zurück.

»Aber das muss sie doch stören?«

»Nein, der Arzt hat gesagt, das sei kein Problem. Sie spürt es gar nicht.«

Synne saß fast dreißig Stunden bei ihrer Großmutter, nur unterbrochen von einer Mahlzeit und ab und zu einer Tasse Kaffee. Irgendwann, nicht lange, nur für einige Minuten, war sie mit ihr allein.

Mehr als alles andere hätte sie ihr gern gesagt, wie lieb sie sie hatte. Es tat Synne weh, es war eine schreckliche Last; sie wollte, dass die Großmutter die Augen öffnete und sie ansah, die Tochter ihrer Tochter, das erste Enkelkind, aber Blickkontakt war nicht nötig, war absolut nicht nötig, sie wollte es trotzdem sagen, sie war überzeugt davon, dass die Großmutter sie hören konnte, Synne wollte so schrecklich gern etwas sagen, das all die schönen Sommer umfasste, die

Ferien, die ganze Geborgenheit, die sie in dem kleinen Haus in Kragero immer gefunden hatte, wenn alles andere schwierig und unüberwindbar gewesen war, und die vielleicht nicht im Haus gelegen hatte, sondern im Herzen der Großmutter.

Aber sie konnte nichts sagen. Synne weinte und weinte, das gute Weinen, das nur von blauer Trauer erfüllt ist und keine Spur von Reue oder von dem Wunsch enthält, etwas anderes getan zu haben. Aber nicht das Weinen hinderte sie am Sprechen. Sie traute sich einfach nicht. Die Angst überkam sie, dass das zum Tod führen könnte. Wenn Synne sagte, dass sie sie liebte, würde die Großmutter sterben. Sie war wie besessen von dieser Vorstellung: Die Großmutter warte nur auf die verbale Bestätigung dessen, was sie schon wusste; wenn die Bestätigung käme, würde sie lächeln und vielleicht die Augen öffnen und wieder schließen, um sich dann in die Ewigkeit führen zu lassen, an die sie nie geglaubt hatte.

Synne nahm ihre Hand mit noch festerem Griff und führte sie an ihr Gesicht. Sie schmiegte die Stirn in die Handfläche und dachte wieder und wieder:

»Ich habe dich so lieb, Oma.«

Vielleicht strömte der Gedanke in die Hand der Großmutter und durch ihren Arm in deren eigene Wirklichkeit hinter dem immer angestrengteren Atem und den geschlossenen Augen. Jedenfalls bewegte sie die Finger. Zwar nur ganz wenig, eine winzige Bewegung, aber Synne spürte sie, sie brannte an ihrer Stirn.

Dann starb Synnes Großmutter, in der frühen Nacht zum Sonntag, würdevoll und ruhig, so, wie sie gelebt hatte, umgeben von den Ihren.

Als sie nach Kragern zurückkehrten, war der Fahnenmast gebrochen. Er hatte zwar schon lange gekränkelt, aber sie waren doch alle davon überzeugt gewesen, dass er den Winter noch überleben würde.

Auch das Haus schien zu trauern, als sie angefahren kamen, mit mehreren Wagen, langsam über das letzte Stück des Weges; sie hätten für einen Trauerzug gehalten werden können, wäre da nicht der Zeitpunkt gewesen, Sonntag, in aller Frühe. Hinter keinem Fenster brannte Licht, die Vorhänge waren geschlossen. Das Haus schlief.

Das Morgengrauen kroch langsam über den Schärengürtel, der grau und winterlich übellaunig hinter dem Fjord lag, als Synne in den Anbau hinüberging. Im Haus wimmelte es nur so von Menschen, und die meisten wollten nicht schlafen. Synne wollte das auch nicht. Sie wollte allein sein.

Es konnten unmöglich mehr als zwei oder drei Stunden vergangen sein, als die Mutter in der Tür stand:

»Besuch für dich«, sagte sie und verschwand wieder.

Es war Rebecca.

28

Im Winter wirkte der Schärengürtel wie ein anderes Land.

Im Sommer lag er goldbraun und einladend da, mit Felsrücken und Schären und wunderschönen Bögen in der Landschaft, dazwischen wuchsen Grasbüschel und rosa Strandnelken; er war warm und großzügig, wie eine Frau im besten Alter, die nicht weiß, was sie den anderen alles Gutes tun soll.

Wie war es möglich, sich dermaßen zu ändern?

Als Rebecca, Synne und Synnes Mutter die kleine Landzunge erreicht hatten, den letzten Vorposten des Festlandes vor dem Skagerrak, auf der Halbinsel der Großeltern, außerhalb von Kragero, sah der Schärengürtel aus wie eine Hexe. Das Braunrote, Einladende aus allen Sommern in Synnes Leben war grau. Und nass. Das Meer ließ fauchend seinen schmutzigweißen Geifer über die Felsen spritzen, überall war es glitschig. Der Himmel verschmolz mit dem Meer an einem Horizont, der nur schwarz war.

»Was machen wir mit Opa?«, fragte Synne und wischte sich das Gesicht ab; die Luft war durchtränkt von wütendem Salzwasser.

»Bis auf weiteres werden wir abwechselnd hier bei ihm wohnen«, sagte die Mutter. »Er muss erst zur Ruhe kommen, ehe wir drastische Änderungen einführen. Danach sehen wir weiter.«

Sie holte tief Luft, wie um sich zusammenzunehmen, und richtete sich im Wind auf. Der Regenmantel schlug um ihre Beine und machte kleine Knattergeräusche, wütend, fast wie Gewehrschüsse. Sie war barhäuptig, ihre Haare wurden vom Wind nach hinten geweht, und ihr Gesicht wirkte nackter, als Synne es jemals gesehen hatte. Die Mutter bog den Rücken nach hinten, um dem Wind zu widerstehen, und als Synne sie von der Seite musterte, kam sie ihr vor wie eine dort aufgestellte Statue.

Rebecca hatte auf dem ganzen Weg nichts gesagt. Aber sie war da. Sie versuchte nicht, sich unsichtbar zu machen, im Gegenteil, sie packte sogar Synnes Arm, wenn sie über besonders nasse Steine stiegen. Einmal streckte sie, fast aus einem Reflex heraus, die Hand nach Synnes Mutter aus, als die ältere Frau nach einem heftigen Windstoß zu fallen drohte. Das war nicht durchdacht gewesen, und Synne wusste auch nicht, wie sie die Tatsache deuten sollte, dass die Mutter zögerte, nicht lange, nur den Bruchteil einer Sekunde, ehe sie die Hilfe annahm. Sie ließen einander los, sowie sie ihr Gleichgewicht wieder gefunden hatten; oder eigentlich unmittelbar davor.

Die beiden waren nur zehn Jahre auseinander. Synne wusste nicht, was sie voneinander hielten, sie trafen sich hier zum ersten Mal, aufgrund des geheimen Abkommens, dass die Verwandtschaft nicht einbezogen werden sollte, aber Mama wusste es, auf die uralte Weise der Mütter. Aus einem seltsamen Grund kam Synne sich wie das fünfte Rad am Wagen vor; sie war nicht die Brückenbauerin, die sie hätte sein sollen; sie wusste nicht, wie sie vorgehen sollte. Die beiden Frauen waren so verschieden, auch aussehensmäßig; die Mutter viel kleiner, schmächtiger als Rebecca, aber dennoch besaßen sie eine undefinierbare *Ähnlichkeit,* etwas in den Augen, oder vielleicht im Blick. Sie maßen einander, und das schon seit Stunden, auf eine Weise, die Synne ausschloss. Gleichzeitig ging hier alles um Synne, und sie hatte das Gefühl, vor Hilflosigkeit zu zittern.

»Was hast du mit deinen Kindern gemacht?«, fragte die Mutter plötzlich und sah Rebecca zum ersten Mal ins Gesicht.

Rebecca lächelte schwach und strich sich vergeblich die Haare aus der Stirn, ehe sie den Blick erwiderte.

»Ich habe meinen Ältesten bestochen. Er ist fast sechzehn, und ich habe versprochen, bis elf Uhr heute Abend zurück zu sein.«

Synnes Mutter schaute auf die Uhr.

»Dann müssten wir uns eigentlich beeilen«, sagte sie. »Jedenfalls, wenn du vor dem Aufbruch noch essen willst.«

Essen!

Zwischen ihnen lagen nur zehn Jahre, aber zugleich ein Meer an Zeit und Erfahrung. Rebecca hätte in einem solchen Moment niemals an Essen gedacht. Aber für Synnes Mutter galt die Devise, dass Essen niemals schadet, eher im Gegenteil: Essen hält Leib und Seele zusammen, vor allem in harten Zeiten. Vielleicht hing es mit dem Krieg zusammen, mit Muckefuck und Waffeln aus Fischmehl. Andererseits hatte ja wohl auf Seouls Straßen auch nicht gerade Überfluss geherrscht.

»Kinder«, sagte die Mutter plötzlich und blieb stehen, auch wenn Rebecca und Synne keinerlei Anzeichen machten, sich umzudrehen. »Die können seltsam sein. Vor allem in dem Alter.«

Wieder lächelte sie, jetzt etwas breiter, fast neckend, aber an keine von beiden gerichtet; sie starrte aufs Meer hinaus.

»Sie verlangen so viel. Sie tun so viel, was schwer zu verstehen ist.«

Synne hielt den Atem an und konnte – hinter dem Toben von Meer und Luft, die sich miteinander verfeindet hatten – ihren eigenen Herzschlag hören.

»Man glaubt, sie zu kennen, man glaubt, alles getan zu haben, damit sie … ein gutes Leben haben. Oder vielleicht, damit sie uns so ähnlich wie möglich werden. Das wäre in vieler Hinsicht das Beruhigendste. Ich glaube, wir müssen das einfach zugeben: Wir erschaffen sie nach unserem eigenen Bild. Aber sie werden nicht so. Sie leben ihr Leben, auf ihre Weise. Wir merken das schon sehr früh. Vom ersten Tag an, eigentlich, sind sie nicht wir, sie sind etwas Neues und Selbstständiges, schon von Geburt an, auch wenn sie uns so schmerzlich nahe sind. Dann kämpfen wir viele Jahre dagegen an. Und wir können nichts tun, um ...«

Jetzt wandte sie sich vom Meer ab, sie kehrte dem Wind den Rücken zu, und die Haare peitschten ihr Gesicht. Wieder schaute sie Rebecca in die Augen.

»Dann verzweifeln wir. Anfangs. Bis wir die Zeit finden, um nachzuhorchen, und feststellen, dass sie trotz allem niemals etwas anderes sein können als unsere Kinder. Komme, was wolle. Egal, was sie auch anstellen. So ist die Liebe. Wir können ab und zu gegen sie ankämpfen, und ab und zu möchten wir sie am liebsten zurückholen. Sie einziehen. Sie wegstecken und die Kinder ihrem Schicksal überlassen. Aber das geht nicht.«

Über ihnen klaffte die Wolkendecke plötzlich weit auseinander. Heftiges Sonnenlicht strahlte für kurze Zeit durch den Regen und zeichnete einen so runden und vollkommenen und farbenprächtigen Regenbogen, dass er unecht wirkte, dort, wo er weit draußen im Meer endete.

»Aber das weißt du ja«, sagte sie lächelnd zu Rebecca. »Du hast ja selbst Kinder.«

Dann ging sie weiter. Rebecca ging dicht hinter ihr. Zuletzt kam Synne, wie ein riesiges Kleinkind, stolpernd und unsicher, in roter Regenhose und blauer Jacke.

»Meine Schwester hat einen Eintopf gekocht«, rief die Frau, die vor ihnen her durch den Wind ging. »Der schmeckt immer sehr gut!«

29

Asha hat ein Geheimnis.

Etwas an ihr sagt es mir. Anfangs hielt ich es für ein Fantasieprodukt, ich schlafe so schlecht, denke so chaotisch; die Grenze zwischen Phantasie und Wirklichkeit kommt mir ab und zu verschwommen vor, und ich muss mich zusammenreißen und mir klar machen, wo ich bin und was ich hier mache. Aber jetzt bin ich sicher. Die Vermutung liegt natürlich nahe, es könne mit Petters Geschichte zu tun haben, sie hat ja versprochen, sie mir zu erzählen. Vielleicht ist es nicht nur Petters Geschichte, möglicherweise, oder, ja, wahrscheinlich hängt es auch mit ihr selbst zusammen.

Ashas Geheimnis ist das erste, was hier unten meine Neugier geweckt hat. Alles andere habe ich nur registriert. Aber ihr Verhalten, vielleicht auch die Art, wie sie sich verändert hat, seit sie hier angefangen hat, als meine Dienerin sozusagen (ich finde den Gedanken schrecklich, dass ich eine Dienerin habe, aber das ist sie nun einmal), diese Veränderung sagt mir, dass sie etwas zu verbergen hat. Sie hat eine Art Zugriff auf mich, den ich nicht durchschaue, der aber dafür sorgt, dass ich mich manchmal unwohl in meiner Haut fühle und mich dann wieder einer Art Geborgenheit nähere. Sieht sie mich? Ihre Augen sind schwer zu deuten, und ich ertappe mich dabei, dass ich ihren Blicken ausweiche.

Anfangs hat sie viel gelächelt. Yes, ma'am, yes, ma'am. Sehr viel mehr schien sie nicht sagen zu können. Aber das war nun also ein Irrtum. Sie spricht sehr gut Englisch, fast elegant. Sie lächelt nicht mehr so viel, und wenn, dann dämmert mir die Erkenntnis, dass sie mir überlegen ist.

Sie sieht mich an, wenn sie glaubt, dass ich es nicht merke. Das erzeugt durchaus kein Unbehagen, es ist kein böser, kein von Hass oder Verachtung erfüllter Blick, es liegt eher eine Art Frage darin, eine Bewertung vielleicht, sie scheint mich forschend zu mustern.

Es muss mit dem Jungen zu tun haben, auch wenn ich

glaube, dass unser seltsames Gespräch sie beruhigt hat. Sie muss nicht so häufig herkommen. Ich habe es oft gesagt, Aufräumen zum Beispiel kann ich selbst, ich ziehe es sogar vor, mein eigenes Chaos zu beseitigen. Kochen ist nicht nötig, ich habe keinen Hunger. Sie winkt ab und kommt trotzdem. Ich glaube, sie will sich vergewissern, dass es dem Jungen gut geht.

Petter kommt jeden Tag her, und ich schicke ihn nie wieder fort. Geht er zur Schule, dann kommt er gegen zwei. Am liebsten spielt er mit dem Flugsimulator, aber er findet es auch schön, wenn ich ihm vorlese. Wenn ich keine Zeit habe, um mit ihm zusammen zu sein (ich habe jetzt angefangen, auch tagsüber zu schreiben), dann schaut er mir von der Fensterbank aus zu, auf der er stundenlang hocken kann. Seltsamerweise stört mich das nicht. Es tut gut, ihn dort zu wissen, es tut gut, dass in dem Zimmer, in dem ich bei der Arbeit sitze, noch ein weiteres Menschenherz schlägt. Er begreift, dass er mich nicht unterbrechen darf, seine Geduld ist unbegreiflich, wenn ich an sein Alter denke.

Asha findet es gut, dass Petter hier ist. Sie freut sich darüber, dass ich ihm alles Mögliche beibringe. Sie will nur wissen, dass es ihm gut geht. Das sehe ich ihren Augen an, ihren Bewegungen. Aber das ist nicht alles.

Ich bin sicher, dass Asha ein Geheimnis hat.

Das hindert mich daran, die Nähe zu erleben, die ich suche, vor der ich mich aber fürchte. Ich will mehr mit ihr reden. Sie soll kein Ersatz für die Freundinnen und Freunde werden, die ich verlassen habe, für die Familie; und niemand kann sie ersetzen. Aber ich sitze hier in der Dunkelheit und wünsche mir einen anderen erwachsenen Menschen; Petter, der in meinem Bett schläft, was er jetzt einmal die Woche und manchmal auch häufiger macht, ist nicht genug. Er ist ein lebendiges Wesen, ja gut, aber ich muss auf ihn aufpassen; er ist eine Verantwortung, von der ich nicht weiß, ob ich sie auf die Dauer haben will und deren Verschwinden ich fürchte.

Ein anderer erwachsener Mensch.

Es ist dunkel, und der Sicherungskasten vor der Tür summt.

Der Junge ist warm. Er schmiegt sich an mich, wenn ich ins Bett komme, ohne es selbst zu wissen.

Ich schiebe ihn behutsam fort und drehe ihm den Rücken zu.

30

Noch hatte kein Schneepflug etwas zerstören können. Der Schnee atmete leicht und frisch, kein Auspuffrohr bespuckte alles mit graubraunem Dreck und erstickte die kleinen Flocken, die vor Freude tanzten, weil sie die Osloer Innenstadt für sich hatten. Es war die Nacht zwischen dem Heiligen Abend und dem ersten Weihnachtstag, es war drei Uhr morgens.

Rebecca und Synne gingen auf Oslos Prachtstraße Karl Johan spazieren. Es war schwer, fast so, wie barfuß über einen einsamen Sandstrand zu gehen, der Schnee reichte ihnen bis zu den Knöcheln und war blauweiß.

»Ich habe gewusst, dass du kommen würdest«, sagte Synne.

Sie nahm Rebeccas Hand, die Lederhandschuhe waren neu, ein Weihnachtsgeschenk; Synne trug wollene Fäustlinge, an denen der Schnee klebte. Rebecca lächelte; sie schwenkten die Arme zwischen sich und waren ganz allein unterwegs.

»Ist alles gut gegangen?«

»Erträglich. Er hat sie gegen Mitternacht geholt. Sie waren zum Umfallen müde; wie er für eine zweite Feier noch etwas von ihnen haben will, ist mir ein Rätsel. Aber die Kinder waren zufrieden. Mehr kann ich nicht verlangen. Und du?«

Synne gab keine Antwort, sie ließ ihre Tasche fallen und rannte los, vorbei an der Buchhandlung Tanum und hinaus auf die Kreuzung, wo vier Ampeln mit blinkenden gelben

Augen sinnlose Befehle in die Nacht hinaussandten. Sie ließ sich in den Schnee fallen, drehte sich auf den Rücken und wurde zum Engel.

»Wunderschön. Hast du so was schon mal gesehen?«

»Das war wirklich eine gute Idee, Synne. Eine sehr gute Idee.«

Synne sollte es nicht sehen, und die wachsamen Blicke, die sie in alle Himmelsrichtungen aussandte, waren so blitzschnell, dass Synne nur lachte und sie zu sich hinunterzog, als Rebecca die Hand ausstreckte, um ihr beim Aufstehen zu helfen.

»Jetzt gehört Oslo uns. Nur uns.«

Sie lagen auf dem Rücken, hatten die Beine ausgestreckt und die Köpfe dicht beieinander, und sie schauten zu den schwachen Sternen hoch, die sie durch das leichte Schneetreiben ahnen konnten. Ihr Atem zeichnete sich ebenso blau ab wie die Reklameschilder des Kinogebäudes, und zu hören war nur ein fernes, schwaches Stadtrauschen, dessen Ursprung sie sich nicht erklären konnten.

»Warum rauscht die Stadt, wenn niemand unterwegs ist? Keine Menschen, keine Autos. Woher kommt dieses Geräusch?«

»Vielleicht lebt die Stadt selbst«, antwortete Synne und drehte sich auf den Bauch.

Die Gesichter dicht, dicht beieinander, jedes in seine Richtung gewandt: Synne küsste Rebecca auf die Stirn, sie schmeckte kalt und nach Hautcreme.

»Vielleicht lebt eine Stadt ja wirklich? Vielleicht atmet sie, und das hören wir jetzt«, sagte sie und gab Rebecca noch einen Kuss.

»Ja, vielleicht. Nur wir können das hören.«

»Wir machen sonst so schrecklichen Krach, aber jetzt können alle, die das wollen, mit Oslo sprechen. Nur wollen sie das nicht. Sie liegen zu Hause und schlafen ihren Aquavitrausch aus.«

»Hallo, Oslo«, sagte Rebecca und klopfte neben sich auf den Schnee.

»Hallo, Oslo«, brüllte Synne und legte ihre Fäustlinge wie einen Lautsprecher vor ihren Mund. »Hörst du uns?«

In der Ferne zerriss ein Martinshorn die Nacht, und Rebecca fuhr auf.

Synne wälzte sich im Schnee und lachte.

»Er hat geantwortet! Zum Teufel, er hat geantwortet!«

Das Martinshorn wurde immer leiser, und Rebecca wurde wieder nach unten gezogen. Sie saßen auf der Kreuzung von Karl Johan und Roald Amundsens gate, mitten in Norwegens Hauptstadt, so zentral, wie das überhaupt nur möglich war, und sie waren durch die Stadt gewandert, ohne einer Menschenseele zu begegnen.

»Er? Glaubst du, Oslo ist ein Mann?«

»Aber sicher«, erklärte Synne und zog Rebecca zwischen ihre Beine.

Sie blickten zum Schloss hinüber. Der Schnee bedeckte jetzt den ganzen Schlossplatz, eine weiße Decke, die fürsorglich und eifrig versuchte, auch Karl Johan selbst einzupacken, der stolz und trotzig auf seinem Ross thronte. Er wollte nichts davon wissen; nur über seinen Schultern und auf Mähne und Flanken des Pferdes hatte der Schnee sich niederlassen dürfen.

»Wie war es denn bei dir?«, fragte Rebecca, die beim Reden leicht nach Glühwein und Rosinen duftete; Synne hatte eine Thermosflasche bei sich.

»Schön. Heiligabend ... nichts ist wie Heiligabend. Silje hatte alles so schön gemacht, wir waren zum ersten Mal alle bei ihnen.

Sie waren ein bisschen sauer, als ich gegangen bin. Oder vielleicht eher traurig.«

»Glaubst du, dass sie im Schloss sind?«

»Kaum«, sagte Synne. »Sind die zu Weihnachten nicht immer auf Kongsseteren? Oder ... Es wäre doch traurig, in so einer Nacht in diesem riesigen Haus zu sein.«

»Es ist so schön«, flüsterte Rebecca und schmiegte sich noch enger an Synne. »Du kommst auf so viele seltsame Ideen.«

»Seltsam? Das ist doch ganz normal. Das mache ich jedes Jahr zu Weihnachten.«

»Dussel. Du machst das meinetwegen. Du bist doch sonst zu Weihnachten gar nicht in Oslo. Warum hat deine Schwester gerade in diesem Jahr die ganze Familie eingeladen?«

Synne lächelte ein wenig und zog Rebecca fester an sich.

»Was wäre denn aus dir geworden, nachdem die Kinder weg waren, wenn ich nicht in der Stadt gewesen wäre?«, flüsterte sie. »Silje ist toll. Sie hat alles begriffen, ohne dass ich viel zu sagen brauchte. Das ist ... das ist Weihnachten.«

Motorgeräusche hinter ihnen veranlassten Synne, sich umzudrehen. Ohne darüber nachzudenken, hielt sie Rebecca fest, als diese aufstehen wollte. Der Pakistani im Maxi-Taxi starrte sie an, als er langsam vorüberfuhr; er schüttelte resigniert den Kopf und tippte sich an die Schläfe.

»Jetzt gehen wir nach Hause, Synne«, sagte Rebecca, als sie den roten Hecklichtern hinterherschauten, die sich dem Drammensvei näherten. »Jetzt gehen wir nach Hause und ... essen was!«

»Ja«, sagte Synne und lief los, um die Tasche mit Thermoskanne und Pfefferkuchen zu holen, die verlassen und halb eingeschneit vor dem Haus Paleet lag. »Ich habe jede Menge kalte Schweinerippe!«

Rebecca sagte nie: »Zu dir nach Hause«.

31

Fast jeden Tag sehe ich einen Katamaran vorüberfahren. Er ist mit Touristen in allen Farben voll beladen. Manche sind weiß, manche sind rot oder rosa, andere ziemlich braun, aber niemand ist so dunkel wie die vier Männer in den tiefrosa Shorts und den weißen T-Shirts, die herumhüpfen, während die Touristen breitbeinig schwanken, falls sie überhaupt wagen, aufzustehen. Der Katamaran ist groß, schön und fast immer unter vollen Segeln. Er heißt *Ocean Murmur.* Meeresgemurmel?

Die *Ocean Murmur* segelt nach Norden, auf das gute Wetter zu. Sie legt morgens gegen halb zehn ab und kehrt mit ihrer Ladung – die jetzt rosa, dunkelrot und braun ist – zurück, wenn es auf den Abend zugeht, ungefähr eine Stunde vor Einbruch der Dunkelheit.

Sie waren auf der Ilot Gabriel. Die habe ich auf der Karte und auf einem verschossenen Plakat in der Stadt gesehen. Es ist eine Insel. Eine kleine, unbewohnte Insel.

Ich würde gern einen Ausflug mit der *Ocean Murmur* machen.

Hervé sagt, es kostet zwölfhundert Rupien. Fast fünfhundert Kronen. Ich wage nicht zu fragen, ob im Preis eine Mahlzeit inbegriffen ist. Sie müssen doch etwas essen, diese Fremden, und auf dem verschossenen Bild kann ich kein Haus entdecken, kein Café oder Restaurant.

Ich muss vorsichtig mit meinem Geld umgehen. Ich bin schon zu lange hier. Aber ich möchte den Ilot Gabriel sehen. Mit gefällt das mattfarbige Plakat mit den Eselsohren, das Bild zieht mich an, und ich fühle mich von so wenigem angezogen. Nur von der Vorstellung, nach Hause zu fahren.

Ich kaufe für den Jungen und mich eine Fahrkarte.

Ich denke nicht an die Möglichkeit, jemandem zu begegnen. Jemandem aus Norwegen, meine ich.

Hervé führt uns zum Ausgangspunkt, einem Anleger bei einer Bungalowanlage für Touristen, für Reichere als mich, für Menschen, die voller Freude herkommen, die Essen und Sonne und Wasser und einander genießen, die auf Deutsch und Französisch und Englisch kommunizieren.

Ich dachte, hier gebe es keine anderen Norweger. Ich wusste, dass es möglich sein könnte. Aber ich hatte nicht darüber nachgedacht.

Petter ist außer sich vor Freude. Er springt an Bord, seegewohnt, wie er ist, ein Wasserjunge, er scheint in einem Boot geboren worden zu sein. Wir kommen vor den anderen an Bord; die Männer in den rosa Shorts grinsen und scherzen mit Petter, einem von ihnen, der die Fahrkarte schwenkt und der einzige unter allen seinen Freunden ist, der jemals mit der *Ocean Murmur* gefahren ist; dort stehen sie, die anderen, schlaksige, gerade aufgerichtete kleine Jungen mit ihren Bambusstangen und ihren grünen Blicken, gerichtet auf Petter, der noch immer mit der rechten Hand den Papierschnipsel schwenkt. Die übrigen Fahrgäste müssen auf dem Anleger warten, eine kleine Schlange, ungeduldig und ruhelos und nicht daran gewöhnt, dass alles seine Zeit braucht und dass die Uhrzeit hier nicht dasselbe ist wie in ihren besser organisierten Heimatländern. Sie tragen Golfhüte und Nylontaschen, sie sind das Stehen nicht gewohnt, können sich aber nirgendwo hinsetzen, ohne ihre Kleidung zu ruinieren.

Ich sehe sie unmittelbar, bevor sie an Bord kommen.

Zwei Frauen aus Norwegen, meinem Norwegen. Es sind nicht irgendwelche Frauen, sondern zwei, die ich kenne. Das heißt, ich kenne sie nicht persönlich, aber sie sind bekannt. Sie sind blond, kräftig, dominierend, elegant; sie fallen auf durch eine Selbstsicherheit, wie sie ohne einen Mann an ihrer Seite nur Skandinavierinnen aufbringen können.

Das ganze Boot wogt, als sie vom Anleger herabsteigen. Nicht, weil sie dick und schwer wären – denn das sind sie nicht –, ihr Ego ist so schwer, dass sie keine Hilfe brauchen; sie greifen nicht nach den ausgestreckten Bootsmannshänden, sondern lassen sich aus eigener Kraft ins Boot fallen, sodass das Wasser um die beiden schmalen Schiffsrümpfe aufspritzt, und sie lachen laut, und alle anderen mustern sie befremdet, was sie nicht bemerken oder sich nicht anmerken lassen.

In Norwegen gibt es keine Filmstars, aber die eine ist trotzdem einer. Ich habe über sie gelesen, habe Bilder von ihr gesehen, habe über Jahre hinweg ihre beiden Ehen und vier Geburten und ihre Scheidungen verfolgt, und ich weiß sogar, dass sie unter Magersucht gelitten hat. Das weiß ganz Norwegen. Aber jetzt ist sie offenbar geheilt.

Wieso sie mit einer Prominentenanwältin zusammen hier ist, weiß ich nicht. Die Anwältin ist größer, schlanker, hat frivole Brüste und bleichblonde Strähnen in den Haaren, die sie von ihrem Friseur in Norwegen mitgebracht hat, die jetzt aber von der Sonne fast weiß geworden sind.

Ich packe Petter am Arm und zerre ihn auf den anderen Schiffsteil, den äußeren.

»Hier wird heute kein Norwegisch geredet«, flüstere ich so laut wie möglich, um den Ernst der Lage zu betonen – ich fauche fast. »Kein Norwegisch, alles klar«, lacht Petter. »We'll speak English.« Petter ist ein kluger Junge.

Ich begreife nicht, warum, aber ich kann nicht mit diesen beiden Frauen sprechen. Ich sehe sie, ich höre sie, sie sind laut, sie reden ungeniert und aufdringlich, in der sicheren und reichlich arroganten Überzeugung, dass niemand hier sie versteht. Ich will so sein wie sie, früher einmal war ich wie sie, das versetzt mir einen Stich, aber ich traue mich einfach nicht.

Ich schleiche mich über das Boot. Ich will wissen, woher die anderen stammen. Ich muss mir ein Land suchen, in das ich gehöre. Drei Paare sprechen Französisch. Vier Paare Englisch. Alle an Bord sind in Paaren. Sogar der Star und ihre Anwältin, sogar Petter und ich.

Die Englischsprachigen kommen aus Südafrika. Ihre Sprache ist eng und spitz und fremdartig, und sie haben eine seltsame, leicht erkennbare Ausstrahlung; nach fast einem halben Jahr erkenne ich Weiße aus Südafrika schon aus der Ferne. Und das macht es noch schlimmer, von den Einheimischen mit ihnen in einen Topf geworfen zu werden.

Die USA. Ich kann aus den USA kommen. Damit komme ich wohl durch, wenn ich so wenig wie möglich sage.

Das Meer ändert seine Farbe. Es ist nicht mehr patinagrün, es ist von tiefem, tiefem Türkis mit viel Blau. Zwei Delphine spielen vor dem einen Schiffsrumpf, sie drehen und wenden sich, sie springen im Bogen durch die Luft, und alle Touristen wiehern begeistert auf. Petter wäre fast ins Wasser gefallen.

Warum ich solche Angst vor den beiden Frauen habe, weiß ich nicht. Ich fühle mich zu ihnen hingezogen und setze mich so weit von ihnen entfernt hin, dass ich nicht zu einem Gespräch einlade, während ich doch hören kann, was sie sagen. Ich sauge ihre Worte in mich auf, ich horche, ich hüstele und wende mich ab, wenn sie witzig sind, manchmal sind sie wirklich ungeheuer amüsant, scharfzüngige, selbstbewusste, blonde Norwegerinnen, auf Reisen, ohne Männer. Sie kommentieren Männerkörper und Behaarung. Eine andere Frau, eine Deutsche mit schlankem, femininem Oberkörper, hat Beine, die jeden Mann neidisch machen könnten, sie sind ganz einfach faszinierend behaart, nicht nur zieht sich ein dichter Haarwald die Innenseite der Oberschenkel hinunter, sondern die Behaarung geht noch weiter bis unten, wenn auch etwas heller und etwas spärlicher, aber doch wie ein Bart, und in diesem Fell befinden sich extrem muskulöse Beine, wie die einer durchtrainierten Athletin, sie sieht aus wie eine Frau, die von einem Zauberkünstler zersägt und durch ein fatales Missverständnis falsch wieder zusammengesetzt worden ist; und der Star und die Anwältin lachen und kichern, und der Weißwein bleibt ihnen im Hals stecken, und sie versuchen, nicht die Deutsche anzusehen, die es bestimmt sehr schwer gehabt hat, seit die Pubertät ihr diesen überaus gemeinen Streich gespielt hat. Ich verberge mein Gesicht hinter dem metallenen Trinkbecher. Sie sind gemein, diese Norwegerinnen. Aber ich würde am liebsten lachen. Mit ihnen zusammen. Ich habe so lange nicht mehr gelacht. Auf Norwegisch, meine ich, nicht über Petters Streiche, über Spitzfindigkeiten und grobe Andeutungen; ich will in meiner eigenen Sprache lachen, ich will mich zu ihnen setzen, die Hand ausstrecken und mit ihnen reden. Über Deutsche aus dem Kuriositätenkabinett und Schiffsknaben mit feschen Hintern in engen Shorts.

Der schmale, seichte Sund zwischen dem Ilot Gabriel und der Ile Plate ist nicht von dieser Welt. Es ist so schön, dass der Anblick weh tut, und ich muss schlucken, um schweigen zu können. Ich starre ins Wasser, ohne zu wissen, ob es tief oder seicht ist. Unter uns können zehn Meter Wasser sein, es mag mir auch nur bis zur Taille reichen, ich kann es nicht sagen, das Wasser weist nicht einmal eine Andeutung von Farbe auf. Der Grund ist rosa und braun und gelb und weist eigentlich alle Farbtöne auf, und die Fische scheinen aus einem Aquarium entflohen zu sein: schwarz mit weißen Streifen, grün mit gelben Streifen, blau mit roten Flecken; eine Unendlichkeit von Kombinationen, die mich in alle Richtungen starren und fragen lässt, wo wir hier sind. Wir werfen Anker.

Wir haben ein Beiboot hinter uns hergezogen, über diesen kleinen Teil des Indischen Ozeans, wie ein Badeentchen an einer Schnur. Wir wollen an Land, und es gibt keinen Anleger, und die Norwegerinnen drängen sich an den ersten Platz in der Schlange. Sie wollen noch immer keine Hilfe. Sie lachen und hören nicht auf den Mann, der ihnen sagen will, wo sie die Füße hinsetzen sollen, und dann tritt die Anwältin zu hart aufs Dollbord, das unter den Wasserspiegel gedrückt wird, blitzschnell füllt das Boot sich mit Wasser, und die Frau bleibt verwirrt mit ihrem ganzen Gewicht auf der falschen Bootsseite stehen, sie verliert die Balance, fällt ins Wasser, das ganze Boot kippt um, und zwei Rucksäcke rutschen heraus und versinken langsam im wahnwitzig klaren Meer über dem Korallenriff, das wir unter uns sehen.

Der Filmstar lacht sich tot. Sie heult die Sonne und das Wasser und die anderen Fahrgäste an und ist so norwegisch und fuchtelt dermaßen mit den Armen, dass sie ihre Sonnenbrille verliert, schwupp, und die folgt nun den Rucksäcken, die schon halb auf dem Grund sind. Dann setzt der Star sich auf die Badetreppe am Heck und bepisst sich vor Lachen. Ich stehe gleich hinter ihr, ich sehe eine schwach gelbliche Flüssigkeit zwischen ihren Beinen versickern, weißweinfarben.

Wer nun noch an Land will, muss schwimmen. Die Shortsjungs geben sich alle Mühe, das Beiboot wieder flottzumachen. Endlich schaffen sie es. Aber inzwischen ist es Zeit zum Mittagessen. Und für mehr Weißwein.

Die Blondinen haben die ganze Zeit gepichelt. Jetzt greifen sie mit beiden Händen zu. Sie sind nicht betrunken.

Aber sie reden lauter, lachen heftiger und schwitzen im Gesicht. Die anderen Paare haben resigniert. Sie schielen zu den beiden hinüber, und ihre Gespräche – sofern sie überhaupt etwas sagen – sind leise, fast flüsternd, als ob die beiden Norwegerinnen die für das Boot erlaubte Geräuschmenge unter sich aufbrauchen.

Die Besatzung amüsiert sich über diese Pichelei. Sie sind fasziniert. Ich stelle mir vor, dass sie unter sich Wetten abgeschlossen haben. Wie viel können diese Damen wohl schaffen? Neue, kühle Flaschen werden gebracht, noch ehe die letzte ganz leer ist. Ich komme beim Zählen durcheinander. Aber die Frauen werden immer witziger, sie ziehen über alle an Bord her, doch aus irgendeinem Grund fällt kein einziger Kommentar über mich. Einmal kann ich mich nicht beherrschen und lache ganz offen.

Sie schauen mich nicht einmal an.

Auf dem ganzen Ausflug rede ich so gut wie nicht mit Petter. Er hängt sich an die großen Jungs und hilft. Bei den Segeln, am Ruder und beim Servieren.

Es ist fast ganz dunkel, als wir zurückkommen. Die *Ocean Murmur* legt das letzte Stück mit Hilfe des Motors zurück. An Bord wird es friedlicher, die Blonden bekommen Probleme. Aber sie schaffen es an Land. Ohne noch mehr umzuwerfen.

Ich laufe hinter ihnen her, habe nun doch beschlossen, mich zu erkennen zu geben; ich steuere sie jetzt an. Doch als ich die eine anstupsen will, die Größere, habe ich doch Hemmungen und renne vorbei.

Ich drehe mich nicht einmal um, aber ich höre und fühle, dass sie mich nicht bemerkt haben; blind nehme ich Petter an der Hand (was er jetzt erlaubt, er ist müde und erschöpft und sehr glücklich) und laufe zur Straße weiter, wo Hervé schon wartet, er hat den Katamaran kommen sehen.

32

»Du bist ein verhasster Mensch, Synne Nielsen. Ein *verhasster Mensch!* Ist dir das klar?«

Diese Worte wurden ausgespuckt. Synne ertappte sich dabei, wie sie den Kopf einzog.

Warum saß diese Frau in Synnes Wohnung? Was war passiert?

»Tiefer als du kann einfach niemand sinken. Du bist das Böse in Person, Synne Nielsen! Das Böse in Person, und eines Tages wirst du dafür bezahlen.«

Cetacea fiepte jämmerlich, wie sie da mit dem Kopf zwischen den Vorderpfoten neben der Badezimmertür lag.

Synne erhob sich zögernd; vielleicht war es das Aussehen der Frau, das es ihr verboten hatte, sie abzuweisen, aber das hier war unmöglich; das würde sie sich keinesfalls bieten lassen. Wortlos wies sie auf die Wohnungstür, vielleicht ein wenig zu zögerlich, zu unentschlossen, jedenfalls zeigte diese Geste keinerlei Wirkung, die Frau blieb sitzen, verkniffen, mit geradem Rücken und einer schwarzen Handtasche aus Lackleder auf dem Schoß; eine symmetrische Frau, das war sie, sie saß ganz gerade da, mit geschlossenen Beinen, wie Rebecca das auch manchmal tat, wenn sie wütend war oder Angst hatte, oder vielleicht auch beides.

»Rebecca hat immer Freundinnen gehabt. *Nette, NORMALE Freundinnen.* Nicht solche wie du, du gerissene, gemeine …«

Jetzt hatte sie ihr Pulver fast verschossen, auf jeden Fall musste sie neu laden.

»Eines musst du wissen, Synne Nielsen: Ich habe meinem Arzt erzählt, wie grausam du in unsere Familie eingebrochen bist, du hast sie *zerstört,* nicht nur für uns Erwachsene, wir kommen immer zurecht, auch wenn mein Leben in Trümmern liegt, aber hier geht es um die Kinder! Um meine *Enkelkinder!*«

Ihre Stimme brach, und sie machte sich am Schloss ihrer geräumigen Tasche zu schaffen und zog ein Taschentuch hervor, frisch gebügelt und mit scharfen Kanten und einer kleinen Blumenstickerei in der einen Ecke. Geübt betupfte sie damit abwechselnd das rechte und das linke Auge, sie rieb nicht, sie tupfte nur, sodass ihr diskret aufgetragenes Make-up keinerlei Schaden nahm.

Sie hatte stahlgraues, sorgfältig frisiertes Haar. Sie hatte keine Dauerwelle und auch keine natürlichen Locken, die Haare waren *frisiert,* Synne konnte deutlich den Geruch eines anderen Menschen wahrnehmen, den ihrer Großmutter, und ihr schauderte, sie sah sich verzweifelt und ratlos im Zimmer um und ließ sich wieder auf das Sofa fallen.

»Das Ganze ist so gemein, so *schmutzig,* so ... so vulgär, dass ich kaum Worte finde. Und mein Mann... mein Mann ist da ganz meiner Meinung. Die Vorstellung, dass ihr beide, meine Rebecca und du ...«

Von dieser Vorstellung war sie offenbar überwältigt, denn sie konnte nicht weitersprechen, aber ihr Gesicht, das nichts sagend hübsche und gepflegte Gesicht, verzog sich zu einer Grimasse, die ihre Gedanken deutlich verriet. Jetzt weinte sie wirklich. Ihr Taschentuch war nicht mehr frisch gebügelt.

»Es ist sicher nicht klug, dass du es anderen erzählst, wenn ich darüber schweige«, murmelte Synne.

Damit hatte sie zum ersten Mal überhaupt etwas gesagt. Warum hatte sie diese Frau in ihre Wohnung gelassen?

»Das Leben, das du da führst«, schnaubte die Frau. »Dieses so genannte Leben ohne Verantwortung, ohne Verpflichtungen ... nur mit diesem ...«

Für einen Moment gestattete sie es sich, die Symmetrie zu brechen, sie drehte sich zur weiterhin fiependen Cetacea um.

» ... diesem *Hund.* Wie konntest du das nur über dich bringen?«

Eine Antwort wurde offenbar nicht erwartet.

»*Gewissen,* Synne Nielsen. Gewissen! Weißt du überhaupt, was das ist? Offenbar nicht. Eine Schlange im Paradies, das bist du. Und eins musst du wissen!«

Jetzt brüllte sie geradezu.

»Christian hat Rebecca verlassen, nicht umgekehrt. Und wir können ihn sehr gut verstehen, mein Mann und ich. *Sehr gut!* Niemals, niemals hätten wir gedacht, dass unsere Tochter in so etwas hineingezogen werden könnte, in etwas so …«

Ihre Knie zitterten, obwohl Synne doch saß. Ihr Herz hämmerte so heftig, dass die Brust ihres T-Shirts bebte. Kopf hoch. Hoch. Nicht nach unten schauen.

Sie hob den Blick, konnte ihn aber noch immer nicht auf die Frau richten, die ihr da gegenübersaß.

Natürlich hatte sie die Ausmaße der massiven Abweisung geahnt, mit der Rebecca konfrontiert worden war, aber weil ihr selbst das niemals passiert war, weil es ihr niemals passieren *könnte,* weil es unmöglich schien, dass ihr jemals dermaßen der Rücken zugekehrt werden könnte, so kompromisslos und brutal, weil diese Vorstellung ihr vollständig fremd war, hatte sie sich diese Intensität doch nicht ausmalen können. Oder vielleicht hatte sie das auch nicht über sich gebracht.

»Was willst du eigentlich von mir hören?«

Synne versuchte, ihren Körper unter Kontrolle zu bekommen, die Beine zu schließen, die Hände in den Schoß zu legen; am Ende saß auch sie fast symmetrisch da, aber das kam ihr so unnatürlich vor, dass sie einen krummen Rücken davon bekam.

»Hören? *Hören???* Findest du nicht, dass ich in dieser Angelegenheit genug von dir und über dich gehört habe?«

Zum zweiten Mal bewegte die Frau sich; sie beugte sich vor und schlug mit der Hand auf den Couchtisch.

»Wir haben Rebecca zu uns genommen. Als unser eigenes Kind. Wir haben sie geliebt wie unser eigen Fleisch und Blut. Wir haben ihr alles geboten, alle Möglichkeiten. Und dann das. Nach all diesen Jahren, in denen mein Mann und ich uns aufgeopfert haben. Das ist nun der Dank. Und das alles verdanken wir dir, *Synne Nielsen!* Rebecca ist … sie ist *verführt* worden. Das hier ist einfach nicht natürlich für sie.

Das weiß ich! Ich bin ihre Mutter, Synne Nielsen, und du, du bist nur eine *zufällige Passantin in ihrem Leben!*«

»Das reicht jetzt.«

Synne begriff nicht, woher es kam. Aber es kam mit hartem Klang, und die Frau fuhr zusammen.

»Das reicht jetzt«, wiederholte Synne. »Geh jetzt.«

Vielleicht hatte sich Frau Lange verausgabt. Vielleicht kam Synne ihr gefährlich vor, mit ihren hundertachtzig Zentimetern und dem fiependen, aber großen und nicht angeleinten Hund. Auf jeden Fall machte sie sich erneut an ihrer Tasche zu schaffen, stopfte das feuchte Taschentuch hinein und ließ blitzschnelle, wütende Schritte über das Parkett hämmern.

Frau Lange knallte die Tür zu. Ohne darüber nachzudenken, riss Synne die Tür auf und knallte sie noch einmal zu, diesmal viel energischer. Dann rief sie Rebecca an.

Die kam an diesem Abend zu Synne. Ohne Vorankündigung, sie hatte die Verantwortung für die Kinder, aber sie hatte wohl irgendwen zur Betreuung gefunden. Ihre Augen zeigten einen neuen Ausdruck, nackt und verängstigt, und Synne bereute bitterlich, ihr überhaupt vom Besuch ihrer Mutter erzählt zu haben. Rebecca kroch und flehte um Vergebung, die sie doch überhaupt nicht brauchte. Es war unerträglich, und Synne versprach ihr, die Erinnerung an Rebeccas Mutter aus ihrem Gedächtnis zu tilgen und nie mehr an diesen Zwischenfall zu denken.

In diesem Jahr kam Frau Lange noch zweimal bei Synne zu Besuch.

Rebecca gegenüber erwähnte sie das nie.

33

»Das lag draußen. Und es ist fast aufgeweicht.«

Asha reicht mir den Briefumschlag, der wirklich beinahe schon in Auflösung übergegangen ist, die Kanten sind nicht mehr scharf, sie sehen fast wie Fell aus, aber die Schrift ist weiterhin gerade noch lesbar. Ich will diesen Brief nicht, ich höre nicht einmal auf, auf die Tasten einzuhämmern. Hart und wie auf eine Trommel, ich hatte fast – aber nicht absolut und vollständig – vergessen, dass dieser Brief überhaupt existiert.

»Der ist aus dem Ausland«, sagt sie leise und hält den Umschlag mit ausgestrecktem Arm von sich ab, um ihn zu lesen. »Oslo ist die Hauptstadt von Norwegen ...«

»Leg ihn weg«, sage ich hart und schreibe weiter. »Auf den Küchentisch. Er ist für mich.«

»Warum hast du ihn nicht aufgemacht?«

Sie dreht den Brief um, nimmt ihn in Augenschein, es ist deutlich zu sehen, dass er noch ungeöffnet ist.

Ich fahre zu ihr herum.

»Leg ihn weg, habe ich gesagt! – Jetzt. Sofort.«

Dann reiße ich den verdammten Brief an mich, den der Zyklon nicht zerstören konnte und der offenbar aus dem Dach gerutscht ist. Den Brief von der Osloer Polizei. Asha lehnt sich an die Wand und starrt mich an. Ich will nicht gesehen werden und verlasse das Haus. Aber es hilft nichts. Sie geht das alles nichts an. Sie macht bei mir sauber, zum Henker. Ihre Sandalen klick-klacken hinter mir bis zum Strand hinunter.

»Der ist von der Polizei, nicht wahr? Das ist ein Brief von der Osloer Polizei!«

Mit raschen, wütenden Bewegungen ziehe ich mein Hemd aus und streife meine Shorts ab. Mein Badeanzug ist nach dem letzten Bad noch immer feucht. Der Brief wird unter das kleine Kleiderbündel geschoben, und als zusätzliches deutliches Signal lege ich einen mittelgroßen Stein darauf.

»Finger weg!«, sage ich mit harter Stimme und laufe ins Wasser.

Es ist zu warm. Es ist absolut nicht erfrischend. Heute ist es außerdem ziemlich trüb, grün und kalkig, und ich muss weit hinausschwimmen, ehe ich das klare Wasser finde, von dem ich doch weiß, dass es irgendwo vorhanden ist. Bald bin ich weiter draußen als je zuvor, selbst als bei dem Wettschwimmen, das Petter jedes Mal initiiert, wenn wir zusammen hier sind. Hai, denke ich plötzlich, und ich halte vor Schreck inne und trete Wasser. Niemand hat Haie erwähnt. In den Reisebroschüren steht kein Wort über solche Ungeheuer. Am Strand ist kein Warnschild aufgestellt. Mein Blut braust, und das Wasser ist weiterhin undurchsichtig. Ich mache kehrt. Wenn Petter hier wäre, hätten wir zusammen einen neuen Rekord aufgestellt.

Sie sitzt auf einem Stein im Schatten und wartet.

»Hast du nichts anderes zu tun?«, murmele ich, ohne in ihre Richtung zu blicken.

»Egal, wie weit du schwimmst, der Brief wird doch auf dich warten, wenn du zurückkommst«, erwidert sie. »Und da kannst du ihn auch gleich öffnen.«

Ich bleibe stehen.

»Das geht dich *rein gar nichts an,* Asha. Nichts! Meinst du, ich hätte Angst davor, ihn zu öffnen? Meinst du das? Ha?«

Der Brief flattert blitzschnell und bedrohlich unter ihrer Nase vorbei. Mit wütenden Bewegungen reiße ich ihn auf, ziehe einen zweifach gefalteten A 4-Bogen heraus, schleudere den Umschlag vor Asha auf den Boden und brülle:

»So! Siehst du! Ich hab keine Angst vor diesem Brief. Aber das ist verdammt noch mal nicht deine Angelegenheit! Du bist entlassen! Hörst du? Ich brauche weder dich noch deinen Drecksbengel. Mach, dass du wegkommst!«

Asha sieht mich nicht mehr an. Langsam erhebt sie sich von ihrem Stein, sie verliert das Gleichgewicht und muss sich mit einer Hand an einem Baum festhalten, und plötzlich sieht sie viel älter aus, so wie zu Anfang, uralt, ausdruckslos und mit Rosinenrunzeln im Gesicht. Die Ballerina ist verschwunden, und sie bückt sich steif, um ihre Tasche aufzuheben, einen unförmigen Sack aus Nylonstoff mit Aluminiumgriffen. Wortlos geht sie zum Wasser, um über die Abkürzung den Strand entlang nach Hause zu gehen.

Ich hebe die Arme und atme schwer.

»Asha! Asha! Komm zurück!«

Aber die alte Frau, Asha, hört nicht, und bald ist sie nicht mehr zu sehen, verschwunden hinter Bootshäusern und Gestrüpp und einem alten, ramponierten Tretboot.

Der Brief ist weiterhin ungelesen. Er liegt im Schuhkarton, ganz unten, und als ich ihn hineingelegt habe, habe ich die Augen zusammengekniffen, um nichts von seinem Inhalt mitzubekommen.

Petter ist heute nicht gekommen, obwohl wir doch Fußball spielen wollten. Jetzt ist es zehn, und in der Dunkelheit trinke ich eine ganze Flasche Wein, ehe ich ins Bett gehe. Ich schlafe sofort ein.

34

»Ich find dich toll, Synne.«

Henrik war neun Jahre alt und Rebecca noch immer aus dem Gesicht geschnitten. Die heraufziehende Vorpubertät hatte sein Kinn zwar ein wenig breiter werden lassen als ihres, und die neuen Zähne hatten sein Gesicht ausgeweitet. Er wurde jetzt zu einem kleinen Mann, mit Füßen, die nach langen Tagen ziemlich übel riechen konnten. Aber die Augen, der Gesichtsausdruck, ja, sein ganzes Wesen war wie Rebeccas. Synne liebte diesen Jungen.

Sie hatte gedacht, das Wort »toll« sei nicht mehr in.

»Ich find dich auch toll«, sagte sie lächelnd. »Und wie.«

Es hatte ziemlich lange gedauert, bis er eine Strategie für den Umgang mit Synne gefunden hatte. Anfangs hatte er gestottert und war rot geworden, wann immer er versehentlich seinen Vater erwähnte. Von Rebeccas vier Kindern war er derjenige, der verstandesmäßig am wenigsten von den heftigen Konflikten begriffen hatte, die an seiner Familie rissen und zerrten, aber auf Kinderart hatte er trotzdem erfasst, dass es da etwas gab, etwas zwischen dem Vater und Synne, das schmerzlich war und nicht erwähnt werden durfte, und das frustrierte ihn, da er seinen Papa liebte und bewunderte und Synne trotzdem gern mochte. Er hatte Zeit gebraucht, um zu erkennen, dass er mit Synne über seinen Vater sprechen konnte, nicht aber mit seinem Vater über Synne. Aber damit konnte er umgehen.

»Wann willst du sie anbringen?«

Er kniete auf dem Stuhl vor dem Esstisch, beugte sich zu ihr vor und hielt zwischen Daumen und Zeigefinger vorsichtig eine kleine Galionsfigur hoch.

»Nannie? Die kommt ganz zuletzt dran. Sogar noch nach den Segeln.«

Martin konzentrierte sich auf ein kleines Holzstück, das er mit feinem Sandpapier bearbeitete.

»Wo soll es eigentlich hin, wenn es fertig ist?«, murmelte er.

»Wir werden sehen. Vielleicht nehme ich es mit zu mir nach Hause.«

»Neheihein!«

Alle drei protestierten.

»Das wäre gemein«, sagte Caroline. »Du hast es uns doch geschenkt.«

»Aber wir können es nicht in vier Teile sägen«, sagte Synne.

»Nur in drei«, grinste Martin und schaute von den Spanten hoch, die jetzt fast perfekt waren. »Benedicte scheißt da doch drauf.«

»He, he, he«, sagte Synne. »Solche Ausdrücke will ich hier im Haus nicht hören.«

Aber Benedicte schiss wirklich darauf. Da hatte Martin recht. Man konnte es ihr natürlich nicht zum Vorwurf machen, sie war siebzehn, und ihr Interesse an Modellschiffen hielt sich doch sehr in Grenzen. Sie schaute sich mit scheinbar bewundernswerter Konzentration *Beverly Hills 90210* an. Dennoch wusste Synne, dass ihr nichts von dem entging, was sich im Zimmer abspielte.

So war es immer. Nie war sie Synne gegenüber unfreundlich. Aber sie machte sie nervös. Synne wusste nur wenig von den Fehden, die Benedicte bisweilen mit ihrer Mutter ausfocht, entsetzliche Streitereien, bei denen es eigentlich um Fragen von der Sorte ging, wann Benedicte zu Hause sein musste, doch bei denen diese das miese Verhalten ihrer Mutter und deren perverse Liebesbeziehung nach besten Kräften ausnutzte. Rebecca sprach nur selten darüber, aber sie lebten jetzt schon so lange auf diese seltsame Weise zusammen, sie hatten so viele Jahre am Telefon verbracht, dass Rebecca ihre Verzweiflung über diese Auseinandersetzungen vor Synne nicht verbergen konnte. Vermutlich waren die Streitereien noch häufiger und noch schlimmer, als Synne ahnte.

Synne gegenüber verhielt Benedicte sich freundlich. Aber sie war beunruhigend aufmerksam. Ihr Blick, ihre schwarzen Augen jagten hin und her, auf und ab, blitzschnell, kein zwischen Rebecca und Synne gewechselter Blick entging ihnen. Sie hörte alles, sah alles. Es war so, als hätten sie ein Kaninchen im Zimmer, immer auf der Hut, immer mit zitternden Schnurrhaaren. Rebecca wurde dann kühl, Synne nervös.

Benedicte wusste Bescheid über sie. Sie war nicht dumm, sie fragte und bohrte. In den ersten Jahren hatte Rebecca gesagt, mit wem sie zusammen sei, sei nicht Benedictes Angelegenheit. Jetzt bestätigte sie das alles, ja, es stimmte, aber es sollte sich nie zwischen sie und die Kinder stellen. Benedicte war das einzige Kind, das überhaupt Fragen stellte. Scheinbar war sie die Einzige, die sich dafür interessierte. Synne kam nicht oft zu ihnen, in das neue Haus, das gemütlicher und billiger war als das alte, das Christian schließlich verkauft und durch eine riesige Wohnung ersetzt hatte, der Garten war nur Rebecca wichtig gewesen, ihm nicht. Rebeccas kühles Verhalten ihr gegenüber, wenn die Kinder dabei waren, ihre oberflächliche Höflichkeit, ihre Freundlichkeit, die sie auch jedem Gast erwiesen hätte, machten Synne unsicher und ließen sie nachts nicht schlafen. Vielleicht sah sie die Kinder einmal im Monat. Vielleicht noch seltener.

Caroline und Martin hatten sich an Synne gewöhnt. Henrik mochte sie gern. Benedicte war auf der Hut, sowie Synne auftauchte. »Wisst ihr, was *Cutty Sark* bedeutet?«, fragte Synne.

Keine Antwort.

»Kurzes Hemd.«

Henrik lachte und wäre in seinem Eifer, den Anker zu berühren, einen kleinen, perfekten metallenen Anker, fast auf den Tisch geklettert.

»Nicht anfassen«, rief Martin. »Dir fallen dauernd die kleinen Teile auf den Boden.«

»Natürlich kann er den Anker anfassen«, sagte Synne. »Den verliert er nicht.«

»Wer kriegt das denn nun?«, beharrte Martin.

»Das werden wir sehen«, sagte Synne. »Vielleicht kann es hier im Wohnzimmer hängen.«

Rebeccas Vorstellung von einem gut eingerichteten Wohnzimmer beinhaltete wohl kaum ein großes Modell der *Cutty Sark,* aber den Streit sollten sie unter sich klären.

»Die *Cutty Sark* wurde 1869 gebaut«, erzählte Synne. »Sie hat viele, viele Jahre lang am Tee-Rennen teilgenommen.«

»Am Rennen«, rief Henrik begeistert. »Dann ist sie ja ein Rennboot! Aber so sieht sie nicht gerade aus.«

Er musterte den Bauplan mit skeptischer Miene.

»Nicht so ein Rennen. Sie war auf Teefahrt nach China. Hat dort Tee geholt.«

»Das wird doch nie fertig«, seufzte Caroline. »Jetzt arbeiten wir schon seit Jahren daran.«

»Tun wir nicht. Erst seit fünf Monaten. Noch fünf, dann sind wir vielleicht fertig. Gut Ding braucht Weile. Außerdem sollst du nicht *das* sagen. Schiffe sind weiblich.«

»Ich bringe Nannie an«, sagte Henrik zufrieden. »Und den Anker.«

Synne blieb nur selten bei Rebecca, nachdem die Kinder schlafen gegangen waren. Schon vor Jahren hatte sie erkannt, dass die Kinder ruhiger waren, wenn sie vorher das

Haus verließ; sie hatten die Sache dann besser unter Kontrolle; vor allem Benedicte war weniger verkrampft, wenn sie wusste, dass Henrik bald ins Bett musste.

An diesem Abend blieb Synne jedoch sitzen. Die drei jüngsten waren schon auf ihre Zimmer gegangen.

»Hier«, sagte sie und reichte Benedicte fünfhundert Kronen. »Wo du dich doch nicht an der *Cutty Sark* beteiligst, meine ich.«

Rebecca protestierte, doch Benedicte hatte sich schon bedankt, nicht herzlich, aber auch nicht unhöflich; kurz und korrekt, mit einem fast unsichtbaren Lächeln, und sie steckte den Schein in die Tasche.

»Ich dachte«, sagte Synne jetzt, beugte sich vor und stützte die Ellbogen auf die Knie. »Wünschst du dir vielleicht irgendwas? Etwas, das du gern hättest, wozu dir aber das Geld fehlt?«

Benedicte zuckte mit den Schultern, sah Synne aber nicht an.

»Ja, vielleicht. Danke.«

Ein blitzschnelles Lächeln, die Augen jagten zwischen ihnen hin und her.

»Ich geh mal kurz auf mein Zimmer. Ich komm nachher aber wieder runter.«

Sie bewegte sich linkisch, typisch für einen Teenager, und Synne hatte das Gefühl, diese Bewegungen zehntausendmal zu sehen, ehe Benedicte auf der Treppe in den ersten Stock verschwunden war.

»Es tut mir schrecklich weh, dass du sie hasst«, sagte Rebecca plötzlich leise.

»Dass ich sie hasse? Wen denn?«

»Benedicte.«

Sie saßen weit voneinander entfernt, beruhigend weit, Rebecca in einem tiefen Sessel und Synne auf dem Sofa, sicherheitshalber auf der von Rebecca am weitesten entfernten Seite. Zwischen ihnen war das Sofapolster eingedrückt. Dort hatte eben noch Benedicte gesessen.

»Ich hasse Benedicte doch nicht! Das ist …«

»Du hasst sie. Weil sie uns daran hindert, so zu leben, wie wir das wollen. Wie du das willst. Sie hat uns immer daran gehindert, hat zwischen uns gestanden, aber ich glaube, du hast erst in letzter Zeit angefangen, sie zu hassen.«

»Rebecca! Also wirklich! Das stimmt doch nicht.« »Du musst jetzt gehen.«

Sie erhob sich, mit großer, großer Mühe, und sah sie nicht an. Synne blieb sitzen.

»Wirklich, Rebecca, das ist nicht wahr. Ich hasse sie nicht. Ich ...«

Rebecca blieb stehen, ein wenig hilflos, nicht böse, nicht einmal resigniert, nur leer, so sah es wenigstens aus.

»Vielleicht bin ich eifersüchtig. Ja, ich bin sicher eifersüchtig. Und außerdem bin ich ab und zu böse auf sie. Wenn sie besonders gemein ist und du besonders traurig bist. Aber ich hasse sie nicht. Kinder kann man doch nicht hassen. Jugendliche. Junge Menschen. Ich liebe deine Kinder. Sie sind ein Teil von dir. Deshalb liebe ich sie, das muss ich, eine andere Möglichkeit gibt es gar nicht. Aber Henrik und die ... die Jüngeren, es ist so leicht, die zu lieben. Um ihrer selbst willen. Nicht nur als Teil von dir. Benedicte ist so kalt, so unergründlich, sie verunsichert mich einfach. Du gehörst ihr, Rebecca, und das lässt sie mich niemals vergessen. Nicht für eine Sekunde.«

Vielleicht hatte Rebecca sie nicht einmal gehört. Auf jeden Fall ging sie hinaus in die Diele, und Synne musste ihr einfach folgen. Sie war nicht mehr willkommen.

Im Mantel blieb sie wortlos an der Tür stehen. Plötzlich beugte Rebecca sich zu ihr vor und küsste sie behutsam.

»Ich hab dich so lieb«, flüsterte sie, immer dieses Flüstern. »Aber meine Kinder liebe ich noch zehntausendmal mehr. Mach das hier nicht zu schwer für mich. Noch schwerer, meine ich. Bitte.«

Darauf gab es nichts zu sagen. Doch Synne wusste, dass Rebecca sich irrte. Synne hasste Benedicte nicht. Sie hatte Angst vor ihr. Eine Sterbensangst. Aber Benedicte fürchtete sich vor Synne wohl noch mehr.

35

Das Wasser versuchte, sie zu trennen. Hart, heiß, schäumend. Die Duschkabine war eng und drückte sie gegeneinander, Körper an Körper, in dieser seltsamen, trockenfeuchten Konsistenz, die sauberes Wasser nackter Haut gibt. Ihre Lippen wanderten über Rebeccas Nacken, sie trank sich an heißem Wasser und süßer Seife satt.

»Drei Wochen«, murmelte sie. »Drei ganze Wochen.«

Rebecca gab keine Antwort. Natürlich gab sie keine Antwort. Das wusste Synne. Rebecca hatte immer Heimweh nach den Kindern. Immer dieses Heimweh, so deutlich, so aufgesetzt unsichtbar.

»Die werden es gut haben«, sagte sie dann plötzlich doch. »Er kann gut mit ihnen umgehen. Er liebt sie ebenso sehr wie ich. Sie lieben ihn ebenso sehr wie mich.«

Dasselbe Muster. Immer dasselbe Muster.

Synnes Freude über die Abwesenheit der Kinder, eine schwarze und verbotene Freude, die dennoch groß und wuchtig zwischen ihnen aufragte, die verband und trennte, die alles tat, die sie aneinander fesselte und auseinander riss.

Rebeccas Brüste bebten in der Hitze, ein unwiderstehliches Wogen, als sie sich mit den Händen durch die Haare fuhr, triefnass und schwarz glänzend. Synne beugte die Knie; es war schwer – zu schwer, und sie setzte sich auf die vom Wasser angewärmten Fliesen, lehnte sich an die Wand und aß die Brust, die linke; sie war ein wenig größer als die andere, verlangte mehr, bot sich an, und Rebecca stöhnte und wäre fast umgesunken, und das Wasser schäumte, und Synne bekam keine Luft, das Wasser war überall und in ihrem Mund, mit Gurgelgeräuschen, wenn sie um Luft rang; aber das brauchte sie nicht, sie brauchte nur Rebeccas linke Brust, die Knospe, die schrumpfte und hart wurde und vertraut und fremd zugleich war, immer neu, immer spannend, immer liebevoll entgegenkommend.

»Ich falle«, keuchte Rebecca.

Synne packte sie um die Hüften, ließ ihre seifenglatten Hände nach hinten gleiten, zu ihrem Hintern, frauenweiche Händevoll; sie drückte, hart, sie hielt Rebecca aufrecht, ließ die Brust aber nicht los, niemals würde sie Rebeccas linke Brust loslassen.

Rebeccas Hände auf ihren Schultern, erst leicht, dann in Bewegung, massierend, bewegend, bittend, mit offenen Handflächen, weich pulsierend auf beiden Seiten des Rückgrats, die Muskulatur löste sich auf, schwamm im vielen Wasser, das über ihren Rücken schäumte, und Rebeccas Hände, die niemals ruhten, stahlen sich um ihre Arme und verlangten die Brüste; aber die waren zu tief unten, und es war zu eng; Synne sank auf die Knie und musste die Brust loslassen, widerwillig, mit einem lauten Glucksen, die Brustwarze verzog sich dahin, wo sie hingehörte, und Rebecca wimmerte und riss sie an den Haaren, und Synne ertränkte sich, ertrank und wollte nie wieder Luft einziehen, sondern nur diesen süßen Duft: Ingwer und Seife.

36

Nach zwei Wochen kommt mir die Ahnung, dass Asha mich beim Wort genommen hat. Inzwischen bin ich in alte und schlechte Gewohnheiten zurückgefallen. Mein Tagesablauf gerät wieder durcheinander, ich esse kaum noch. Der Frost hat sich wieder irgendwo zwischen meinen Schulterblättern festgesetzt, ich trage einen Pullover und frage mich, ob es daran liegen kann, dass ich dauernd und außerhalb jeglichen Zyklusses an Schmierblutungen leide. Bald müsste ich doch leer sein; und ich sehe es: die Lippen, gesprungen und wund von der Sonne, bleich, grauweiß, vor allem abends, beim geringsten Anlass wird mir schwindlig. Der Korb mit der schmutzigen Wäsche ist überfüllt, und ich kaufe neu, statt zu waschen.

Ich muss hingehen. Es ist unerhört; ich weiß außerdem nicht genau, wo es ist. Eine gewisse Verlegenheit hindert mich daran, Hervé zu fragen. Sein Verhalten in der letzten Zeit kann darauf hinweisen, dass er weiß, dass etwas vorgefallen ist. Wie immer ist er höflich, aber gemessen, gedämpft, sein Lächeln ist nicht mehr so herzlich, wenn er mich ins Dorf fährt, weil ich Bier und saubere Unterhosen kaufen will.

Asha und Petter gehen am Strand entlang, wenn sie mich verlassen. Weit weg kann es nicht sein, Petter hat ab und zu etwas von zu Hause geholt, und er brauchte selten mehr als eine halbe Stunde. Er läuft zwar immer, er geht nie, dieser Knabe, er springt, fegt und rennt, aber so schrecklich weit kann es trotzdem nicht sein.

Hinter dem Strand, hinter den Hotels mit den vielen Touristen, hinter den vielen Sicherheitswachen, die darauf aufpassen, dass ich am Wasser bleibe und nicht plötzlich einen Strandkorb an mich reiße, nach allem, was sauber und teuer ist, liegt sie da. Ich sehe sie nicht zum ersten Mal. Eine kleine Ansammlung von Blechhütten, mit Stützsteinen, die aussehen wie Basaltbrocken; es hilft nichts, dass die Behörden versuchen, die Fremden durch eine zur Hauptstraße gelegene hohe, breite Betonmauer zu beschützen. Ich habe diese Siedlung schon früher entdeckt, und sie stinkt so heftig, dass keine Mauer auf der ganzen Welt helfen kann. Streunende hässliche, seltsame Hunde wühlen in Abfall und altem, halb verfaultem Gemüse. Hier kann es doch nicht sein.

Zögernd biege ich um die Mauer. Kein Mensch zu sehen, nur die Hunde, sie schielen mich aus gelben Augen an. An einer Schnur zwischen zwei schiefen Stangen hängt Wäsche, geblümter, verschlissener Stoff, Bettzeug vielleicht? Langsam weiche ich zur Straße zurück.

Ein Taxi kommt. Es ist nicht Hervé, aber ich halte es trotzdem an.

»Asha? Weißt du, wo Asha wohnt?«

Der Fahrer grinst. Eine Schildkröte auf dem Armaturenbrett wackelt mit dem Kopf und gibt Fichtennadelduft ab. Mir wird schlecht, und ich muss die Augen niederschlagen.

»Was für eine Asha?«

»Die mit dem Sohn. Pierrot.«

Meine Handfläche zeigt eine Höhe, die einen guten Meter über dem Asphalt liegt.

»No idea, ma'am«, sagt der Fahrer und fährt weiter, ehe ich mich in Sicherheit gebracht habe, der Wagen streift mein Knie.

Ich reibe mir die wehe Stelle und humpele weiter in Richtung Ort, in das eigentliche Dorf, mit Marktplatz und Läden und Straßenhändlern und Taxistand.

Eine ältere Frau kommt auf mich zu. Sie hat ein wenig Ähnlichkeit mit Asha, das liegt an ihrem Gang, und für einen Moment bleibe ich stehen, vielleicht habe ich Glück, aber sie ist es nicht. Sie hat Ähnlichkeit. Auch sie trägt dieses Kastenzeichen, das eigentlich bedeutet, dass sie verheiratet ist, den Fleck und den Strich, und ich halte sie auf, vorsichtig, mit einer schüchternen Handbewegung. Zweifelnd und widerwillig wird sie langsamer, bleibt aber nicht stehen, ich trippele rückwärts und wahre eine Distanz, die ihr keine Angst macht, das ist schwer, und fast gerate ich ins Stolpern, an einem Bordstein, und endlich bleibt sie stehen.

»Kennen Sie Asha?«, stottere ich auf Französisch. »Asha, die mit dem klugen kleinen Jungen, Pierrot.«

»Ah, Asha!«

Ein fast zahnloses Lächeln.

Stumm dreht sie sich um und zeigt vage und ziellos auf den Ort, eigentlich zeigt sie gar nicht richtig, nicht mit einem Finger, sondern mit der ganzen fuchtelnden Hand.

»Wo? In welchem Haus?«

»Rosa Haus. Weiße Fenster. Auf dieser Straßenseite. Nicht weit.«

Dann geht sie weiter.

Das Haus ist klein, und rosa ist es nicht mehr. Hier und dort sind noch Reste vom Verputz übrig, die beweisen, dass die Frau einmal Recht hatte.

Asha ist nicht da. Ich klopfe an, und als niemand antwortet, drücke ich auf die Klinke und öffne die Tür, sie ist nicht verschlossen, klemmt aber ein wenig, und ich muss mit aller

Kraft gegen das Türblatt drücken, ehe ich in die nach dem scharfen Tageslicht undurchdringlich wirkende Dunkelheit hineinrufen kann.

Auch ich habe Grenzen. Als noch immer keine Antwort kommt, ziehe ich die Tür wieder zu und ertappe mich bei dem Wunsch, meine Fingerabdrücke abzuwischen. Ich setze mich auf den niedrigen kleinen Zaun und warte.

Viele Stunden später kommen sie. Es geht auf den Abend zu, und aus den Buden an der Straße riecht es nach Suppe und nach Apfelsinen. Ein ziemlich frischer Wind weht, und ich sitze jetzt an der Wand, wo der Boden hart und unbequem ist.

Petter entdeckt mich als Erster. Er bleibt stehen, und dann setzt er zu einer Bewegung an, die sicher zu einem überschwänglichen und herzlichen Willkommen werden soll; er hebt die Arme und nimmt Anlauf, seine Augen leuchten, und sein ganzes Gesicht öffnet sich, als er mich sieht, indem sie durch das Tor kommen. Plötzlich aber hält er inne, verschließt sich ganz und gar, schlägt die Augen nieder und trampelt an mir vorbei ins Haus.

»War das denn wirklich nötig?«, sage ich leise und sehe Asha an, ohne aufzustehen. »Musstest du ihm davon erzählen?«

Sie versucht, eine lose Locke in eine Spange zu zwängen.

»Ich habe ihm nur gesagt, dass er nicht mehr zu dir darf. Und das war deine Entscheidung.«

Sie trägt eine Tasche voller Lebensmittel. Die Nylontasche mit den Aluminiumgriffen. Eine große Porreestange lugt oben heraus. Zögernd schaut sie nach unten, öffnet die Tasche, ihre Augen überfliegen den Inhalt, dann blickt sie auf, wartet ein wenig, holt Atem, und ein kleiner grüner Vogel setzt sich zwischen uns.

»Isst du mit uns?«

Der Vogel trippelt ängstlich und ruckhaft im Kreis, blitzschnell pickt er immer wieder etwas vom Boden auf, das ich nicht erkennen kann.

Ich nicke nur, glücklich; dieses unerwartete Angebot kann nur bedeuten, dass mir verziehen, dass alles wieder gut ist, dass Petter kommen darf, wenn er will, und dass in meinem Bungalow wieder Ordnung herrschen wird. Mit beiden Händen wische ich Schmutz von meinen Shorts und fahre mir mit den Fingern wie mit einem Kamm durch die Haare.

»Ich erinnere mich an ein Weihnachtsfest vor sehr langer Zeit«, sage ich leise; Petter ist schon ins Bett gegangen, aber die Zimmer sind nicht durch Türen getrennt, und er ist schon zweimal in der Öffnung aufgetaucht, lächelnd, eifrig, alles ist wieder gut, und morgen kommt er zu mir und bringt den Fußball mit, einen FIFA-Fußball mit einem Autogramm von Maradona, das er für echt hält, aber ich habe in Port Louis nur sechs Rupien dafür bezahlt. »Ich war höchstens zehn, und ich hatte in der Zeitung gelesen, dass die Welt in der Silvesternacht untergehen würde. Genau um Mitternacht. Ich hatte Angst, schreckliche Angst!«

Wir trinken Kaffee, süßen Kaffee, so süß, dass ich schnell eine Grimasse ziehe, aber man kann sich leicht daran gewöhnen, ich nippe und puste, und er ist stark und macht einen klaren Kopf. Asha sitzt in einem Schaukelstuhl, das passt gut zu ihr.

»Das waren irgendwelche blöden Inder, weißt du, so eine Sekte, wie hießen sie noch gleich ... Weltuntergangssekte. Idioten.«

Asha lächelt, und mir geht plötzlich auf, was ich gesagt habe, ihr Kastenzeichen leuchtet fast, und ich bekleckere mein Hemd mit Kaffee; meine Haut brennt.

»Inder sind natürlich keine Idioten. Das wollte ich nicht sagen. Nicht ... ich meinte nur, dass diese Sekte ... na ja ...«

Ich lüfte mein Hemd und blase mir zwischen die Brüste.

»Auf jeden Fall – sie hatten sich auf den Weltuntergang vorbereitet, und ich hatte grauenhafte Angst. Am Heiligen Abend ... verstehst du, ich liebe den Heiligen Abend. Das war immer schon so. Ich liebe ihn noch immer, aber mit zehn Jahren wollte ich nicht einmal die Geschenke aufmachen, und ich wollte ganz bald ins Bett. Und da begriffen sie, dass etwas nicht stimmte. Meine Eltern, meine ich.«

Allein die Erinnerung reicht schon, das Entsetzen packt mich wieder, presst mein Herz zusammen, und ich denke an den Brief, verdränge ihn aber.

»Das Schlimmste war, dass mein Vater gelacht hat. Ich erzählte, wovor ich so schreckliche Angst hatte, und er lachte. Das war schrecklich. Er roch nach Aquavit und fuhr mir durch die Haare und sagte, ich solle solchen Trotteln nichts glauben, und ich dürfe überhaupt nicht alles glauben, was in der Zeitung steht.«

»Aber das war keine Hilfe.«

Asha holt mehr Kaffee, greift nach einer Kanne aus einem Metall, das aussieht wie Silber, aber keine ist, sie gießt mir zu viel ein, ich kleckere wieder, aber das macht nichts, und der Kaffee ist schon fertig gezuckert.

»Nein, wirklich nicht. Er lachte nur, machte Witze und ging. Und heute kann er sich nicht mehr daran erinnern, wirklich nicht. Na gut. Zu Silvester habe ich mich im Badezimmer eingeschlossen, ich lag auf dem Boden, presste das Ohr gegen die Fliesen und rechnete damit, auf diese Weise irgendeine Vorankündigung zu hören.«

»Und was ist dann passiert?«, fragt Asha lächelnd.

»Es kam einer der glücklichsten Momente in meinem Leben. Mitternacht kam und ging, und ich hörte nur meine Mutter, die an die Tür hämmerte und rief, ich solle kommen und mir vor dem Schlafengehen noch das Feuerwerk ansehen. Ich war so erleichtert, dass ich Gott eine endlos lange Liste von guten Taten versprach.«

»Glaubst du an Gott?«

»Nein.«

Petter steht in der Tür. Die beiden führen ein leises Gespräch, ich verstehe kein Wort, aber die Bedeutung liegt auf der Hand, er dreht sich um und macht ein saures Gesicht, dann trottet er zum letzten Mal zurück zu seinem Bett.

»Vielleicht solltest du den Brief lesen«, sagt Asha und zündet an der fast heruntergebrannten Kerze eine neue an.

»Ja, schon möglich«, sage ich und starre in die Flamme.

»Worum geht es da?«, fragt sie.

»Um etwas Entsetzliches«, sage ich.

»Hast du etwas getan, weswegen du dich schämen musst?«

»Ja.«

»Ist es etwas, worüber du mit mir sprechen möchtest?«

»Nein.«

»Na gut.«

»Das Problem ist, dass ich so viel getan habe, dessen ich mich schämen müsste, dass ich aber keine Schuldgefühle empfinde. Das ist meine größte Sünde, und in der Hinsicht ist mein Schuldgefühl riesengroß. Verstehst du das? Ist es überhaupt möglich, so etwas zu verstehen? Kann irgendwer begreifen, wie sehr es bedrückt, einen solchen Mangel an Schuldgefühl mit sich herumzuschleppen?«

Ich möchte weinen, aber das ist nicht möglich. Nicht hier, in diesem spartanisch eingerichteten Zimmer, fast ohne Möbel, mit angestrichenen Mauern und einer alten Frau in einem Schaukelstuhl. Es ist kein Ort zum Weinen, es ist ein Ort der Ruhe, und das Zwielicht ermöglicht gefährliche Gespräche.

»Ich bin wirklich schuldig. Da würden alle zustimmen, wenn sie meine Geschichte hörten. Aber ich empfinde sie nicht. Die Schuld. Mit mir stimmt etwas nicht. Mit mir stimmt etwas ganz und gar nicht, und das ist unerträglich.«

»Und deshalb bist du hergekommen«, sagte Asha und sieht mich an, intensiv, ihre Augen spiegeln die Kerzenflamme, und hinter ihrem schmalen Gesicht scheint ihr Schädel zu brennen.

»War das eine Frage oder eine Feststellung?«

»Eine Frage.«

Petter schläft noch immer nicht. Ich höre es nicht, aber ich weiß es.

»Mea culpa extrema absentia conscientiae culpae est.«

Das flüstere ich, aber mein Flüstern ist im Zimmer klar zu

vernehmen, klarer als leises Gemurmel. Asha hebt überrascht das Gesicht.

»Nur mein Gedächtnis«, sagte ich eilig. »Keine Lateinkenntnisse. Ich weiß ehrlich gesagt nicht, warum ich hier bin. Das Einzige, was ich mit Sicherheit sagen kann, ist, dass ich fort musste. Nicht, um wegzulaufen, glaube ich, auch wenn ich durchaus mit diesem Gedanken gespielt habe. Auf jeden Fall nicht nur. Ich bin hier, weil ... nur, weil ich Norwegen verlassen habe, weil ich jetzt weit, weit weg bin, nur so kann ich ein Versprechen halten, das ich ... Ich habe mein Leben für dieses Versprechen verpfändet.«

»Aber der Brief, was ist mit dem Brief?«

»Der Brief kann mich zur Heimkehr zwingen. Aber ich kann nicht nach Hause fahren. Das ist ganz einfach unmöglich. Und deshalb ist der Brief eine Katastrophe. Kann eine sein.«

»Ich glaube, es geht auf Mitternacht zu«, sagt Asha. »Ich glaube, du solltest den Brief lesen.«

Eine Antwort ist nicht möglich.

»Er kommt morgen?«, frage ich in der Haustür und deute in Richtung von Petters Zimmer.

»Ja. Und ich auch. Morgen.«

Als ich schon gehen will, überlege ich mir die Sache anders, mir liegt eine Frage auf der Zunge, sie will hinaus, aber ich wage nicht, sie zu stellen, ehe mir aufgeht, dass ich sie irgendwann einmal stellen muss, und ich frage:

»Ist Petter dein Sohn?«

Sie ist aufgestanden, und sie lächelt kurz, es ist fast ein kleines leises Lachen.

»Nein.«

»Dein Enkel?«

»Nein, auch das nicht.«

Es wäre unverschämt, weitere Fragen zu stellen, und ich nicke zum Abschied und öffne die Tür.

Ihre Bewegung hält mich abermals zurück; sie kommt auf mich zu, tritt vor mich, und dann lächelt sie ein ganz neues Lächeln, es ist triumphierend, aber nicht kindisch, ich kann in ihrem Gesicht ein gewisses Entzücken lesen, und sie kann mein Ohr nicht erreichen, ich bin zu groß, weshalb sie meine Hand nimmt und mich anschaut und so leise flüstert, dass ich nicht sicher bin, ob ich richtig gehört habe.

»Er ist weder mein Sohn noch mein Enkel«, sagt Asha. »Ich habe ihn gestohlen!«

37

Ein riesiger, kostbarer Diamant.

Sie konnte ihre Gedanken nicht von diesem Diamanten losreißen. Dass diese beiden Tage zusammenfielen, war bemerkenswert. Ein listiges Lächeln des Schicksals.

Diamanten von einer gewissen Größe können ja nicht einfach nur im Safe liegen. Sie binden eine ungeheure Menge Kapital. Das begriff Synne sehr rasch, nachdem ihr in den ersten vier Geschäften einige armselige, jämmerliche Steinchen in der Dreitausend-Kronen-Klasse vorgelegt worden waren. Sie fühlte sich immer weniger wohl in ihrer Haut. Sie wollte einen *richtigen* Diamanten, und sie wollte ihn *jetzt!*

»Versuchen Sie es bei David-Andersen«, sagte eine Verkäuferin in der Storgate bedauernd, als nichts, was sie zeigen konnte, für groß oder teuer genug befunden worden war.

Synne war nicht für David-Andersen angezogen. Das war sie eigentlich nie, und an diesem Tag schon gar nicht. Es ging ihr aber erst auf, als sie in den Laden trat, wo sie von einer achtzehnjährigen Göre angesprochen wurde, die sie mit offenkundiger Verachtung von Kopf bis Fuß musterte und ihr dann ein Tablett vorlegte, das total überfüllt war, in jedem Ritz im roten Samt lag ein Anhänger; ein Diebstahl würde hier sofort entdeckt werden.

»Ich hatte eher in Richtung Fünfzigtausender gedacht«, sagte Synne laut und nicht ohne einen gewissen Triumph in der Stimme, und schwupp, schon erschien eine neue Frau aus dem großen Nichts, eine wohlgepflegte, wohlgebaute, wohlgekleidete Frau von Mitte fünfzig. Sie verscheuchte die Azubi mit einer Handbewegung.

»Dann folgen Sie mir doch bitte«, sagte sie ungeheuer höflich und führte Synne in etwas, das sich wohl am treffendsten als *Chambre séparée* bezeichnen ließ.

Die Sessel waren weich, die Beleuchtung erlesen. Die Tür wurde hinter ihnen geschlossen, und Synne war mit der Diamantenfrau eingeschlossen, die effektiv über den dicken Teppich schwebte und vor einen Tisch zwischen zwei Sesseln trat; dabei klirrte der Schmuck dieser Frau, und Synne empfand einen Hauch von hilflosem Unbehagen.

Vergessen waren offenbar Synnes ungeschminktes Gesicht und ihre schmuddelige Jeansjacke. Nun wurde ihr ein Vortrag über Diamanten zuteil, der nicht weniger als eine halbe Stunde dauerte. Über Größe, Reinheit, Wert, Schliff, Herkunftsland und Zertifizierung. Die Frau zeigte ihr ein gewaltiges Stück von drei Karat; es war gelb und kostete nur einen Bruchteil der kleineren, leuchtenden, weißen. Sie erklärte Synne, wozu das weiße Gold diente, und führte ihr vor, wie eine Einfassung aus gelbem Gold etwas von der Klarheit und dem Licht eines reinen, schönen Diamanten raubt.

»Aber wir haben ja auch noch die *Platinfassungen*«, sagte sie vertraulich und beugte sich über den Tisch, als wolle sie mit Synne ein Geheimnis teilen, sie in etwas einweihen, was der Allgemeinheit unbekannt ist, eine Schwesternschaft der Kennerinnen edler Steine. »Platin ist wirklich entschieden vorzuziehen, wenn Sie mich fragen.«

»Warum denn?«, murmelte Synne, sie hatte schon längst gesehen, dass Platin auch entschieden teurer war als Gold.

»Platin ist phantastisch. Zum einen gibt es keine Korrosion, und außerdem ist es so hart, viel härter als Gold, und deshalb zerkratzt es nicht so leicht. Platin altert einfach auf schönere Weise, wenn Sie mich fragen.«

Sie betonte einzelne Worte ganz gewaltig, aber sie schien ja auch zu wissen, wovon sie sprach.

»Soll es für Sie selber sein?«

»Äh, nein, ja, das heißt ... Es ist ein Geschenk.«

Diese Dame hieß mit zweitem Vornamen Diskretion.

»Ah!«, sagte sie und beugte sich noch ein wenig weiter vor. »Es ist ja auch eine Frage des Alters, meine ich, welche Fassung gefällt. Diese hier zum Beispiel ...«

Sie zog ein Stück in weißem Gold mit klassischer Fassung und schmaler, diskreter Kette hervor. Ihre Hände waren gepflegt und geübt, sie hatten lange rote Nägel.

»Das hier wäre am besten für eine etwas reifere Frau geeignet. Für Ihre Mutter zum Beispiel.«

»Tja«, flüsterte Synne fast (die ganze Kammer zwang ihr einen leisen Respekt vor den ungeheuren Werten auf, die zwischen ihnen lagen). »Es darf ruhig ein wenig jugendlicher sein.«

»Dann«, sagte die andere viel sagend und lächelte und zwinkerte ihr zu. »Dann habe ich genau das Richtige für Sie.«

Sie erhob sich und trippelte zu einem weiteren Schrank mit vielen Schubladen. Sie suchte ein wenig, dann brachte sie mit triumphierender Miene eine Halskette und legte sie in Synnes rechte Hand.

»Fühlen Sie doch nur«, sagte sie. »Fühlen Sie, wie schwer der ist? Er ist prachtvoll. Reine Platinfassung, die Kette ebenfalls Platin. Ich kann Ihnen gar nicht sagen, wie viel Arbeit in einem solchen Schmuckstück steckt. 0,64 Karat. Ein prachtvoller Anhänger.«

Damit hatte sie ganz Recht. Der Schmuck kostete zweiundfünfzigtausend Kronen. Die Hälfte des großmütterlichen Erbes.

»Ich glaube, den nehme ich«, sagte Synne und ließ sich mit erleichtertem Lächeln zurücksinken.

»Dann schauen Sie sich doch ein wenig um, und ich erledige das mit den Papieren. Es dauert nur einen Moment.«

Damit war sie verschwunden. Synne saß zwischen Werten von sicher einer Million, und die Diamantenfrau verschwand einfach. Es war unheimlich. Verstohlen schaute sie sich um, es musste hier doch Kameras geben, aber sie konnte keine entdecken. Synnes Beklommenheit steigerte sich noch, sie ließ sich so weit wie möglich zurücksinken und schob den Sessel von den Steinen zurück, um sich auf keinen Fall irgendeinem Missverständnis auszusetzen. Gott sei Dank kam die Frau ziemlich bald zurück.

Sie hatte alles zurechtgelegt und führte Synne wieder in den Laden.

Der Schmuck wurde in ein Etui gelegt, dieses wurde auf Goldschmiedeweise verpackt, und das Zertifikat wurde in einen Umschlag gesteckt und Synne mit vertraulicher Miene überreicht.

»Ich hoffe wirklich, dass es gefällt«, flüsterte die Frau, und Synne schob das Geschenk in die eine und das Zertifikat in die andere Jackentasche. Auf dem Heimweg umklammerte sie beides mit den Händen.

Rebecca öffnete die Tür mit gereizter Miene und in ein Handtuch gewickelt. Ihre Haare waren nass, und sie schaute auf ihren linken Arm, trug aber keine Uhr.

»Du kommst viel zu früh.«

Früh. Früh! Synne war den ganzen Tag im Kreis gelaufen, hatte bei der Arbeit blau gemacht und schon zwei Stunden, ehe sie endlich mit gutem Gewissen zu Rebecca fahren konnte, im besten Putz bereit gestanden.

»Bin ich nicht fein«, murmelte sie verlegen, mit der Hand auf der Trachtentasche, der Diamant brannte und glühte durch Goldpapier und Wollstoff.

»Doch. Also komm rein.«

Die resignierte Stimme. Die Spielverderberinnenstimme. Die immer eine Weile vorhielt.

»Was ist denn jetzt schon wieder los«, stöhnte Synne. Das hätte sie lieber nicht getan, sie wollte es auch nicht, es war viel besser, sich nichts anmerken zu lassen, gute Miene zum bösen Spiel zu machen und geduldig zu sein, aber das schaffte sie nicht. Nicht an diesem Tag. Nicht an einem solchen Tag.

»Nichts.«

»Und warum machst du dann so ein Gesicht?«

»Es ist alles in Ordnung, habe ich gesagt. Darf ich mich jetzt abtrocknen?«

»Was ist los, Rebecca?«

Sie war weit fort. Sie sah Synne nicht mehr an und verzog auf allzu vertraute Weise den Mund. Synne ließ sich auf eine kleine Klappbank fallen und schüttelte den Kopf.

»Wenn du es unbedingt wissen musst«, sagte Rebecca und bürstete sich mit wütenden Bewegungen die feuchten Haare. »Ich hatte einen anstrengenden Tag im Büro, ich habe einfach nicht alles Dringende erledigen können, und vor einer halben Stunde musste ich zu Christian fahren, weil die Kinder eine Menge Sportsachen vergessen hatten, und da Henrik krank war, wollte er mich nicht wieder weglassen, und das ist wirklich nicht gerade ... und du hast mich heute neunmal angerufen. Neunmal!«

Synne verwandelte sich in einen Kartoffelsack aus dickem Wollstoff.

»Ich freue mich ja, wenn du anrufst, Synne, das ist es nicht ...«

Sie machte eine unbeholfene Armbewegung und hätte fast das Handtuch fallen lassen, in das sie noch immer gewickelt war.

»Aber *neunmal* ... wenn du doch weißt, dass ich zu tun habe!«

Der Tag war ruiniert. Der Abend war ruiniert. Der Diamant brannte noch immer in ihrer Tasche, aber er hatte seinen Wert verloren. Die große Überraschung mit Champagner, echtem Champagner, nach der eigentlichen Trauung, sodass nicht nur ihre Schwester heiratete, sondern auf eine heimliche und schöne Weise auch sie, Rebecca und Synne, auf den Tag genau sieben Jahre, nachdem die Sonne fast über dem Regierungsviertel abgestürzt wäre, er war ruiniert. Es konnte nichts mehr daraus werden.

Synne erhob sich; in ihrer vollen Größe samt Trachtenschuhen überragte sie die barfüßige Rebecca um Hauptеslänge.

»Hier!«

Das Schmucketui knallte auf die hölzerne Kommode.

»Da ist der Diamant. Der hat verdammt viel gekostet. Ich hatte ihn dir heute geben wollen. Heute Abend, meine ich, zu Champagner und allem Drum und Dran. Aber jetzt hast du alles kaputtgemacht. ALLES!«

Synne zog das Zertifikat hervor. Natürlich musste Rebecca auch das Zertifikat bekommen. Darauf stand schließlich, wie teuer der Diamant gewesen war. Sie gestikulierte so heftig, dass der Umschlag zerriss. Wütend versuchte Synne, ihn wieder zusammenzufügen, aber sie sah gleich ein, dass es unmöglich wäre, und ließ ihn fallen.

»Mach's gut.«

Synne lief durch die Tür, knallte sie ins Schloss und ging über die Auffahrt zu ihrem Auto, wobei sie dringend hoffte, dass Rebecca die Tür aufreißen, sie zurückrufen, hinter ihr herlaufen, sie zurückholen, sie umarmen, alles zurückspulen und die Szene noch einmal beginnen würde.

Aber Rebecca kam nicht. Als Synne das Auto erreicht hatte – es gab ja Grenzen dafür, wie viel Zeit sie sich für die zwanzig Meter lassen konnte –, schaute sie sich verstohlen um. Die Tür war so geschlossen, wie sie sie nachdrücklich hinterlassen hatte.

Zwanzig Minuten lang saß Synne zwei Straßen von Rebeccas Haus entfernt und starrte ihr Mobiltelefon an. Es wollte einfach nicht klingeln. Mehrere Male wählte sie ihre eigene Nummer, nur um sich davon zu überzeugen, dass ihr Telefon funktionierte, blitzschnell; beim ersten Klingeln legte sie auf, um die Leitung nicht zu blockieren, wenn Rebecca anrief, um Synne um Verzeihung zu bitten. Falls sie anrief.

Synne schlug krachend mit dem Arm auf das Lenkrad. Es klingelte.

»Hallo«, murmelte sie.

»Synne …«

Gute Stimme!

»Hallo.«

»Es tut mir wirklich Leid, Herzchen. Ich war heute hoffnungslos. Du bist nicht die Einzige, die darunter leiden musste. Kannst du nicht zurückkommen?«

Jetzt war eindeutig Härte gefragt.
»Do-hoch«, sagte sie zögernd.
»Red keinen Unsinn. Das möchtest du doch! Also, komm, dann mache ich das Päckchen auf. Ich bin ja so gespannt.«
»Na gut. Bin gleich da.«

»Rebecca! Endlich!«
Synnes Schwester. Synnes treue, loyale, adrette, schöne Braut von Schwester öffnete die Arme zu einer Begrüßung, wie eine alte beste Freundin sie verdient hätte.
»Das wurde aber auch Zeit«, lachte sie, fasste Rebecca an den Schultern und musterte sie offen, bewundernd, anerkennend, um sie dann wieder zu umarmen, fest und lange, und Synne konnte sehen, dass Rebecca sich kein bisschen unbehaglich dabei fühlte. »Ich bin so froh, dass du kommen konntest. So ungeheuer froh! Und jetzt komm, dann stell ich dir alle vor …«
Sie packte Rebeccas Hand und bugsierte sie beide durch die Menschenmenge. Es war warm, Rebecca trug ein ärmelloses schwarzes Kleid, und Synne versuchte, die Silberbrosche an ihrem Kragen zu lockern.
»So.«
Die raschen Finger der Mutter machten sich an ihrem Hals zu schaffen, sie war aus dem Nichts aufgetaucht, und Synne konnte wieder atmen.
»Du bist aber schön«, sagte sie und streichelte die Brust der Tochter. »Aber hättest du nicht mal zum Friseur gehen können?«
»Mama …«
»Wo ist Rebecca?«
Synne konnte nicht antworten, Rebecca stand auf der Terrasse, und die Mutter sah sie: Rebecca und Silje und den Bräutigam Einar und den Vater; der Vater lachte über etwas, das Rebecca gesagt hatte, heftig, den Kopf in den Nacken gelegt, seine Fliege hüpfte vor Freude auf und ab, und noch aus dieser Entfernung konnte Synne sehen, dass

mit Rebecca etwas passiert war. Die Mutter wollte zu den anderen.

»Zur übrigen Familie«, sagte sie.

Synne blieb stehen. Aber Silje winkte, heftig, einladend, und ihr Mund formte ein übertriebenes und lautloses »KOMM!«. Und Rebecca drehte sich plötzlich zu ihr um, das Kleid saß eng, und sie hatte die glänzendsten Haare von allen, und sie hob ein schmales Champagnerglas hoch, während ein wunderschöner Diamant in ihrer Halsgrube seine bunten Strahlen über alle sechzig Gäste aussandte; sie hob ihr Glas halb einladend, halb gebieterisch, aber Synne wollte nicht zu ihr gehen, sie wollte hier stehen, unten auf dem Rasen, und das Bild der Familie betrachten, es einkleben, es für den Rest ihres Lebens speichern; das Bild des Tages, an dem ihre Schwester geheiratet hatte und an dem Rebecca seit genau sieben Jahren Synnes Leben gewesen war.

38

Der Film war nicht besonders gut, aber das spielte keine Rolle. Wichtig war, dass sie überhaupt ins Kino gingen. Es war eine Freistätte, ein Ort, wo sie einander an den Händen halten konnten, versteckt unter einer Jacke, einem Oberschenkel oder, wenn sie ganz besonders mutig waren, einfach nur im Schutz der segensreichen Dunkelheit vor der Leinwand. An diesem Abend war der Saal so gut wie leer, sie hatten die Reihe für sich, und sie saßen ganz hinten; sie lehnten sich aneinander, und jede spürte durch ihre Kleidung die Wärme der anderen, die Wärme und alles Gute, was genau so war, wie es die ganze Zeit gewesen war, von Anfang an eben.

»Ich begreife nicht, wie du das aushältst«, sagte Rebecca leise. »Das ist unfassbar.«

»Ich möchte ja wissen, wie oft du das schon gesagt hast«, erwiderte Synne lächelnd, sie brauchten nicht zu flüstern, es war ein lauter Film, und sie waren fast allein.

»Aber so ist das eben. Ich begreife es nicht.«

Denzel Washington beugte sich maskulin über eine strahlend schöne Julia Roberts und hatte auf einem Computerbildschirm offenbar etwas Aufsehen Erregendes entdeckt.

»Nach der Hochzeit fand ich es noch unbegreiflicher«, fügte Rebecca hinzu. »Deine Familie, die ... die Probleme entstehen immer bei mir.«

»Vergiss mich. Es würde dich nie loslassen.«

»Ich möchte ja wissen, wie oft du *das* schon gesagt hast.«

Jetzt wurde der Film wirklich schlecht. Aber das spielte noch immer keine Rolle.

»Ich werde mich jetzt bessern«, sagte Rebecca. »Ich finde es wirklich nett, mit deiner Familie und deinen Bekannten zusammen zu sein, in kleinen Dosen und ab und zu.«

»Mit den wenigen, die ich noch habe«, sagte Synne lächelnd und ohne den geringsten Vorwurf in der Stimme.

Rebecca achtete nicht darauf.

»Ich habe eine wichtige Feststellung gemacht«, sagte sie stattdessen. »Etwas, das ich schon lange geahnt habe, aber das ich jetzt weiß. Etwas, das ...«

»Gehen wir?«

Synne hatte sich halbwegs erhoben und sah Rebecca an. Die zögerte und starrte kurz zurück, dann zog sie ihre Jacke vom Sitz vor ihr und nickte. Als sie hinausgingen, stürmte Denzel hinter ihnen her.

»Wie so etwas eine Ehe symbolisieren kann, ist mir ein Rätsel.« Rebecca musterte Henry Moores Skulptur auf dem Rasen hinter der Festung Akershus.

»Hart und gewaltig und reichlich viereckig«, sagte Synne. »Klingt doch passend. Aber ich war ja nie verheiratet, woher soll ich das also wissen.«

Ihre Hand lag leicht auf Rebeccas Schulter, eine gefährliche Herausforderung, aber etwas gab ihr Mut, etwas, das neu war und vielleicht mit Rebeccas Entdeckung zu tun hatte. Die Hand durfte liegen bleiben, und nicht nur das, Rebecca machte auch selbst eine kurze Bewegung; blitzschnell berührte sie Synnes Finger mit ihren eigenen, wie zu einem Segen, und so kam es ihr auch vor.

»Du *bist* verheiratet«, sagte Rebecca. »Da sind wir doch einer Meinung.«

Sie setzten sich auf eine Bank am Rand der Rasenfläche. Die Herbstsonne brannte ein großes, orangefarbenes Loch in den Herbsthimmel über Bærum, und der Stadtteil Aker Brygge hatte den Versuch noch nicht aufgegeben, bierdurstige Jugendliche anzulocken, es war jedoch kühl, und Rebecca zog Handschuhe aus ihrer Tasche. Sie waren steif und eng, und sie konnte sie nicht ohne Mühe überstreifen.

Dann legte sie die Hand auf Synnes linken Oberschenkel.

»Mein Vater ist mein wirklicher Vater.«

»Was?«

»Vater ist Vater.«

»Aber ...«

Synne sah den grauhaarigen, blauäugigen Kaare Faber vor sich, der in fescher Uniform, lächelnd und mit der Fliegermütze unter dem Arm, bei Rebecca auf dem Flügel stand.

»Aus irgendeinem Grund habe ich das immer schon geglaubt. Auf eine seltsame Weise sind wir uns sehr ähnlich. In Bewegungen und Gesten, aber wenn jemand das sagte, lachte er nur und sagte, er habe eben einen schlechten Einfluss auf mich gehabt. Aber meine jüngste Schwester hat auch Ähnlichkeit mit mir, sehr große Ähnlichkeit, obwohl sie blond und blauäugig ist und natürlich eine andere Mutter hat. Unsere Mutter. Also, nicht meine Mutter, sondern meine ...«

»Ich habe schon verstanden«, fiel Synne ihr ins Wort. »Vesla Lange.«

»Außerdem kann ich nicht 1946 geboren sein. Ich muss ein Jahr jünger sein.«

Jünger. Synne bekam fast keine Luft, und sie starrte Rebeccas Hand an.

»So sind sie. Meine Eltern. Alles muss seine Ordnung haben. Sie streben Ordnung an und belohnen andere dafür. Es ist absolut in Ordnung, ein Kind zu adoptieren. Fast edel, vor allem bei der Geschichte meiner Familie, sie konnten doch selber Kinder bekommen, aber mich haben sie angeblich einfach von der Straße aufgelesen. Überaus bewundernswert. Auf diese Weise war ich das Tüpfelchen auf dem ›i‹, die Zierde der Familie; bis das hier passiert ist, das mit dir. Vielleicht ist es mir deshalb noch wichtiger geworden, das mit meinem Vater zu durchschauen. Weil ich dich kenne, meine ich. Weil ich nicht mehr gut genug für die Familie bin.«

Synne hatte tausend Wörter im Bauch, aber keines wollte herauskommen.

»Der einzige Grund, dass sie sich noch immer mit mir treffen, sind die Kinder. Sie sind auch für mich wirklich der einzige Grund, sie zu treffen. Beinahe, jedenfalls. Mein eigenes schlechtes Gewissen, weil sie so alt sind, und weil sie Anspruch auf die Kinder haben. Er hat gelogen. Ich weiß nicht, ob meine Mutter es weiß. Er ist mein Vater, und dann kann ich erst im Sommer 1947 geboren worden sein. Stell dir vor …«

Eine Clique von Jugendlichen lief johlend vorbei, wie Jugendliche das so machen, zwei Mädchen von vielleicht sechzehn bildeten den selbstbewussten Mittelpunkt für die Aufmerksamkeit der vier lärmenden Knaben. Synne starrte noch immer Rebeccas Hand an, versuchte, sie festzunageln, nimm sie nicht weg, zieh sie nicht zurück, und es half; sie lag noch immer da und wärmte Synne durch den Jeansstoff, eine Sensation.

»Er war jung und sah gut aus und arbeitete in Südkorea für die USA. Ehe 1948 die UNO-Truppen kamen. Er war seit dem Sommer 1946 dort. Er muss irgendeine Frau kennen gelernt haben. Bestimmt war es keine Prostituierte, denn er hat ja gewusst, dass ich seine Tochter war. Was dann passiert ist und warum er mich mit nach Norwegen genommen hat, weiß ich natürlich nicht. Ich weiß nicht einmal, ob meine Mutter die Wahrheit kennt. Vermutlich weiß sie es, ohne es wissen zu wollen. Das wäre typisch für sie. Sie kann die seltsamsten Dinge vergessen, wenn sie sich nicht erinnern will. Meine Mutter kann vor der Tatsache, dass die Welt rund ist, die Augen verschließen, wenn es vornehmer klingt, sie eine Scheibe sein zu lassen.«

Rebeccas Stimme klang nicht hart, keine Bitterkeit war darin zu ahnen, sie hörte sich eher entschieden an, sachlich. Jetzt nahm sie Synnes linke Hand in ihre rechte, drückte sie hart, schaute ihr lange in die Augen und stand auf.

»Er hat mich immer verleugnet. Er hat gedacht, er könnte damit durchkommen, wenn er mich zu sich nahm, mich eine Pseudo-Tochter sein ließ, die alle bewunderten. Jetzt weiß ich, wie schlimm das für ihn gewesen sein muss, wie klein ihn das gemacht hat.«

Hand in Hand gingen sie zu den Pferdeställen hinüber. Diese Intimität verwirrte Synne, sie war unangenehm ungewohnt, sie versuchte, loszulassen, aber das erlaubte Rebecca nicht.

»Aber, Rebecca«, sagte Synne und versuchte, stehen zu bleiben, »wie hast du das alles herausgefunden? Jetzt, nach so vielen Jahren?«

Rebecca drehte sich zu ihr um, ohne sie loszulassen, und sie lächelte schwach, ein Mona-Lisa-Lächeln, es war ihre klügste Miene überhaupt; sie griff sich mit der freien Hand ans Ohr, rieb daran, und die Haare fielen ihr ins Gesicht.

»Ein DNA-Test«, sagte sie kurz. »Ich habe Haare von seiner Bürste gestohlen.«

Endlich lockerte sie ihren Zugriff auf sie, diesen demonstrativen Zugriff auf sie, den keine von ihnen wirklich wollte. Sie schlang sich die Arme um den Leib und lief auf die Straßenbahnen in der Rådhusgate zu.

39

Der Bungalow wird kreideweiß. Da ich hier kein Jotun 07 bekomme, muss ich mich mit einer kalkigen geruchlosen Billigfarbe begnügen, die Hervé besorgt hat, sie ist wässrig und haftet nicht richtig. Es fällt mir schwer, zu begründen, warum ich darin Arbeit und Geld investiere; meine Abreise rückt bedrohlich näher, der Klemmbrettmann war wieder hier, und diesmal versuchte er nicht mehr zu flirten. Er hatte jede Menge Papiere bei sich, die ich ausfüllen musste, für den Fall, dass ich noch hier bleiben wollte, und strahlte Misstrauen aus, als ich ihn nach den Chancen fragte, einen solchen Antrag bewilligt zu bekommen. Sie glauben mir nicht, wenn ich sage, dass ich eine Arbeit habe, die ich überall auf der Welt verrichten kann; vielleicht sehe ich nicht aus wie Mark Twain, der Mann, der Mauritius als Gottes Modell für das Paradies bezeichnet hat; meinem Aussehen fehlt die schriftstellerische Glaubwürdigkeit, hier jedenfalls.

Anfangs will Petter unbedingt helfen, aber es ist harte Arbeit, der Pinsel ist grob und groß, und der Kampf mit der unverputzten Mauer zehrt an den Kräften. Also veranstaltet er mit einem der hässlichen Hunde ein Wettrennen um den Bungalow; er lärmt und versucht, mich so sehr zu stören, dass ich mit dem Unfug aufhöre.

Der Abend nähert sich, und Asha bringt Früchte. Jetzt erledigt sie fast alle Einkäufe für mich, und sie kauft gesunde Dinge, Gemüse, Nudeln und Reis, Fisch und starke Gewürze. Ich habe noch immer keine Ahnung, wovon sie lebt. Ich bezahle sie zwar recht gut, dachte bisher jedoch, sie habe noch weitere Jobs, helfe nicht nur bei mir aus, aber in letzter Zeit, seit unserer Versöhnung, verbringt sie hier so viel Zeit, dass ich das eigentlich nicht mehr glauben kann.

Petter deckt den Tisch. Er ist flink, geschickt, und in einer Woche wird er acht. Ich habe ein Boot für ihn gekauft, eine kleine, gebrauchte und abgenutzte Jolle, aber sie hat einen Außenbordmotor, und eigentlich habe ich gar nicht genug Geld für ein solches Geschenk. Nicht, solange ich meine Zeit mit dem Versuch verbringe, eine verworrene Vergangenheit zu entwirren, statt dem Verlag etwas zu schicken, das ich zu Geld machen könnte.

Asha will offenbar nicht gehen. Das wird immer deutlicher; wir haben schon längst gegessen, und streng genommen hätte Petter schon vor einer Stunde im Bett sein müssen. Ich wage nicht, zu fragen; ich habe versucht, mir nichts anmerken zu lassen, seit dem Moment, als sie mir mit strahlendem Blick anvertraut hat, dass Petter gestohlen ist. Noch immer frage ich mich, ob ich mich da verhört haben kann, aber ich glaube es nicht. Unsere Gespräche waren jetzt lange ungefährlich, nett, nicht zurückhaltend, aber definitiv nicht gefährlich.

»Kann Pierrot hier schlafen? Könnten wir noch ein wenig bleiben?«

Endlich.

»Natürlich.«

Der Junge ist überglücklich, er hat eine Zahnbürste und eine Schlafanzughose bei mir liegen, und ich lese ihm zwei Kapitel aus *Virre und der geheimnisvolle Babysitter* vor, ehe ich das Licht ausknipsen darf.

Asha lehnt ein Glas Wein ab, sie trinkt offenbar nicht, es scheint sie aber nicht zu stören, dass ich mir ein Glas genehmige; sie trinkt eine Tasse selbstgekochten Kaffee, süßen Kaffee – es gefällt mir gar nicht, dass sie meine Kaffeekanne zuckert, es bleibt immer etwas Süßes hängen, das meinen eigenen Kaffee verändert, aber ich sage nichts, und wir gehen zum Strand hinunter, lassen die Tür hinter uns offen stehen.

Ich habe zwei Strandkörbe. Sie sind verschlissen, erfüllen aber ihren Zweck, Petter hatte sie angeschleppt, stolz wie ein Hahn. Ich habe nicht gefragt, woher er sie hatte, und sie sind abends zu meinem festen Aufenthaltsort geworden, spät, in der Stunde vor Mitternacht, wenn die leichte Kühle vom Meer herüberkriecht, vom Indischen Ozean, dem wunderschönen grünen Meer, das im Laufe dieser Monate irgendwie auch mein Meer geworden ist.

»Du hast mir keine Frage gestellt«, sagt Asha.

»Nein … das ist ein wenig …«

»Ich *möchte* dir davon erzählen. Du kannst meine Richterin sein. Du kannst entscheiden, ob ich richtig oder falsch gehandelt habe. Nicht, dass es etwas für mich ändern würde – ich weiß, dass es richtig war, aber es wäre gut, zu hören, wie andere sich verhalten hätten.«

»Man kann nicht über andere urteilen«, sage ich. »Es ist

unmöglich, sich wirklich in die Geschichte anderer Menschen hineinzuversetzen, in ihre Beweggründe, in ihr Leben und in die Hintergründe für ihre Entscheidungen. Du brauchst mir gar nichts zu erzählen.«

Etwas an ihrer Geschichte stößt mich ab, auch wenn ich sie nicht kenne; ich will sie nicht kennen. Ihr Blick, als sie mir das Ende erzählt hat, hat mir Angst gemacht: Petter ist gestohlen, den Rest möchte ich nicht hören. Meine eigene Geschichte ist Belastung genug, und ich kämpfe darum, einen Weg aus ihr hinauszufinden. Für weitere Geschichten habe ich keinen Platz.

»Pierrot ist eigentlich reich«, fängt Asha an, sie hört meine Gedanken nicht. »Pierrot ist der Sohn eines großen Mannes. Eines richtig großen Mannes. Pierrots Vater besaß zwei Brauereien und eine Zuckerplantage, und außerdem saß er im Parlament. Er war aus Südafrika hergekommen, sein Vater war schwarz, die Mutter weiß, und immer lag ein Nebel über seiner Kindheit; es kam nicht einmal so richtig heraus, bei wem er aufgewachsen war. Als er herkam, war er siebzehn und bettelarm. Er brauchte nur zehn Jahre, um sich ein Vermögen zu erwirtschaften, das rasch wuchs und sich verdoppelte, und er heiratete eine strahlende Schönheit. Sie hieß Grace.«

Ich lese einen Pullover aus dem Sand auf und lege ihn über meine nackten Waden. Sie scheint ein Märchen zu erzählen, leicht und fließend, als könne sie es auswendig, und sie erzählt es ohne besondere Gefühle, fast leiert sie es herunter, es war einmal …

»Soll ich eine Decke für dich holen?«, frage ich. Sie trägt nur ein hauchdünnes Kleid, es ist so verschlissen, dass es fast durchsichtig scheint.

»Grace hatte die schmalste Taille, die hier jemals gesehen worden war, und die größten Augen. Sie waren blau; ihr Vater war Franzose, ein wilder, trunksüchtiger, großer, charmanter Mann aus reichem Hause. Er konnte Grace noch schnell mit seiner indischen Haushälterin zeugen, ehe er sich 1962 zu Tode fuhr.

Als Pierrots Vater und Grace heirateten, ließ er einen Palast bauen. Kostbare Holzarten, viele Zimmer, Marmor in der Küche. Die Küche war einfach umwerfend. Das weiß ich, denn ich habe für Pierrots Eltern gearbeitet.«

Vorsichtig stehe ich auf und versuche, ihren Blick einzufangen, aber sie ist wie in Trance, sie spricht zum Meer, zum Wind, zu Gott oder zu sich selber, denn sie registriert nicht einmal, dass ich die Decke holen gehe. Vielleicht habe ich etwas versäumt, denn ich kann ihr Gemurmel noch oben im Bungalow hören, und ich beeile mich nach Kräften. Ich breite vorsichtig die Decke über sie, und endlich schaut sie auf, sie lächelt mir zu, bedankt sich und lässt sich richtig in die Decke hüllen.

»Pierrot war ihr einziges Kind. Ich sollte mich um ihn kümmern. Grace war ... krank, müssen wir wohl sagen. Die Nerven. Sie hatte ein nervöses Leiden, das nie ganz geklärt werden konnte, vielleicht war sie zu gut für diese Welt. Nach der Geburt kam sie nie wieder ganz auf die Beine, meistens lag sie nur noch im Bett.«

Jetzt verstummt sie, und ich weiß nicht, wie ich die Pause füllen soll. Etwas an diesem Bericht mindert meine Skepsis; ich möchte eigentlich noch immer nichts wissen, aber ich fühle mich doch von der Geschichte angezogen; es geht um Petter, und widerstrebend will ich mehr hören.

»Obwohl sie krank war, liebte sie ihren Jungen. Es war ein Anblick, diese beiden, die Frau im Bett, das Baby in ihren Armen ... ein heiliger Anblick. Aber sie kümmerte sich nicht um ihn. Stillte ihn nicht. Sie hatte ihn nur einige Stunden am Tag bei sich, und Pierrot schien zu begreifen, dass seine Mutter krank war, er war brav und lieb und wach, wenn er bei ihr war, jeden Tag, in ihrem Bett, immer in diesem Bett.«

Asha hebt ihre Tasse zum Mund, doch die ist leer.

»Weißt du«, sagt sie und sieht mich plötzlich lächelnd an. »Ich glaube wirklich, ich möchte doch ein Glas Wein. Ich habe seit vielen, vielen Jahren keinen mehr getrunken. Das hier wäre eine gute Gelegenheit.«

Ich hole die Flasche, sie ist kalt, ich habe mich daran gewöhnt, Rotwein aus dem Kühlschrank zu trinken, so wie das hier üblich ist, ich reiche ihr das Glas. Sie nippt, befeuchtet ihre Zunge ein wenig, und nickt leicht und anerkennend.

»Du kannst dir ja denken«, sagt sie dann, »dass Pierrot außer seinen Eltern keine Verwandten hatte. Jedenfalls keine legitimen Verwandten. Graces Mutter, die Großmutter des Jungen, hatte nach Graces Geburt eine Stange Geld erhalten und war zu ihren Verwandten nach Indien zurückgekehrt.«

Wieder wird das Glas gehoben, und jetzt trinkt sie wirklich, einen richtigen Schluck.

»Sie war meine Schwester. Wir haben nie wieder von ihr gehört.«

Großtante. Asha ist Petters Großtante. Der Kindesdiebstahl ist kein grobes Verbrechen mehr, und ich bin ganz und gar gefangen von dieser Geschichte. Ich beuge mich im Sessel vor, suche ihre Augen, aber die weichen mir aus.

»Eines Nachts, Pierrot war genau ein Jahr alt und schlief bei mir im Zimmer, im Dienstbotenflügel, ganz am Rande des großen Palastes am Hang oberhalb von Curapipe, wurde ich von einem entsetzlichen Lärm geweckt. Ich stürzte ans Fenster. Es brannte. Ich hatte offenbar eine Art Explosion gehört. Der Hauptflügel brannte lichterloh, und ich konnte mich mit dem Kind gerade noch in Sicherheit bringen, ehe die Flammen auch mein Zimmer erreichten. Ich blieb dann stehen, in sicherer Entfernung, und sah mir den Brand an, er war gewaltig, und nichts war mehr zu retten. Das war mir bald klar. Neben dem Kind hatte ich noch Papiere und Haushaltsgeld an mich genommen, das ich auf dem Zimmer gehabt hatte. Und dann ging ich los. Ich ging einfach davon, mit Pierrot in den Armen, er schlief die ganze Zeit, er war gar nicht richtig wach geworden. Ich ging den ganzen Weg nach Port Louis. Später, nachdem ich erfahren hatte, dass seine Eltern im Feuer umgekommen waren, zusammen mit vier Dienern, bin ich hergekommmen. Ich hatte Geld, um mir dieses Haus zu kaufen, und ich hatte Pierrot. Ich habe ihn behalten. Niemand hat je nach ihm gefragt.«

Diese Geschichte ist einfach unglaublich. Wie kann so etwas in einem Land mit weniger als einer Million Einwohner passieren? In einem Land mit einer gewissen bürokratischen Ordnung, mit Klemmbrettmännern, die die Fremden im Blick behalten, mit freien Wahlen und sicher irgendeinem Meldesystem? Natürlich konnten die Eltern nicht mehr nach ihrem Sohn suchen, aber was ist mit den Behörden? Er war doch ein Erbe, unser Petter, und irgendwas musste doch mit dem Vermögen geschehen?

»Du glaubst mir nicht«, sagt Asha und mustert mich lächelnd. »Du hast eine Menge Fragen. Einige davon kann ich beantworten. Ich nehme an, sie haben den Jungen für tot gehalten. Es war ein schrecklicher Brand, und von den Menschen, die sich im Gebäude aufhielten, kann nicht viel übrig geblieben sein. Und er war doch nur ein Baby. Vielleicht haben sie gedacht, er habe bei seiner Mutter geschlafen, dort, wo das Feuer ausgebrochen war. Obwohl es niemals bewiesen worden ist, bin ich ziemlich sicher, dass Grace den Brand gelegt hatte.«

Jede dieser Auskünfte eröffnet neue Fragen. Die Behörden müssen doch nach Asha gesucht haben. Sie war schließlich eine wichtige Zeugin. Wie konnte sie einfach nur verschwinden? Auf einer Insel, die knapp so groß ist wie der Regierungsbezirk Vestfold? Statt zu fragen – ich bin mit Stummheit geschlagen, und meine Zunge kommt mir groß und trocken vor –, fülle ich mein Weinglas bis zum Rand.

»Ich glaube dir«, sage ich und hüstele. »Natürlich glaube ich dir.«

Der Mond hängt groß und schwer über uns, der Widerschein in Ashas Gesicht lässt sie blass aussehen, sie kommt mir jetzt jung vor, munter und erwartungsvoll, und mir graust vor dem, worauf sie sich freut.

»Habe ich mich richtig verhalten?«

»Ich weiß nicht genug«, murmele ich. Jetzt ist sie diejenige, die meinen Blick sucht, ohne ihn zu finden.

»Was hast du neulich abends noch gesagt?«
»Gesagt?«
»Ja, als du bei uns warst. Dieser lateinische Satz.«
»Ach, der.«
Ich stehe aus dem Strandkorb auf, bücke mich und bohre das Glas in den Sand, damit es nicht umkippt. Dann laufe ich die wenigen Schritte zum Wasser, lasse das lauwarme Wasser über meine Beine spülen, schaue auf sie hinunter, in diesem blaukalten Licht kommen sie mir bleicher vor, als sie wirklich sind, und ich sehe, ich muss mir die Zehennägel schneiden.
»Mea culpa extrema absentia conscientiae culpae est.«
»Was bedeutet das?«
Ich stemme die Hände in die Seiten, drehe mich halb um, sehe sie aber nicht an.
»Meine größte Schuld ist das Fehlen von Schuld. Oder so. So ungefähr.«
Aus dem Augenwinkel sehe ich, dass sie lacht, aber hören kann ich es nicht.
»Das stimmt vielleicht für dich. Aber ich definiere das nicht so. Mein Mangel an Schuldbewusstsein ist der Beweis, den ich brauche, um behaupten zu können, dass ich mich richtig verhalten habe. Denn was hat der Junge im Tausch für seinen Reichtum erhalten? Er hat eine schöne Kindheit, er hat eine Mutter. Er hat eine Mutter, Synne, das hätte er sonst nicht gehabt. Alle hätten es auf den kleinen Wicht abgesehen, genauer gesagt, auf sein Vermögen, er wäre ohne Familie aufgewachsen. Nein …«
Sie erhebt sich, leicht jetzt, graziös, und kommt auf mich zu, nimmt meine Hand, wir stehen nebeneinander da und betrachten vor uns das Spiel des Mondes, das Meer atmet schwer und zufrieden, und Asha drückt meine linke Hand, dann lässt sie sie wieder los.
»Was meinst du? Habe ich mich richtig verhalten?«
Ich kann mit dieser Geschichte nicht umgehen. Es steht nicht einmal fest, ob ich ihr glaube. Sie ist jetzt so fremd, eine ganz andere als die, die ich vor über einem halben Jahr ken-

nen gelernt habe und die »yes, ma'am« sagte und fast kein Englisch sprach. Ich bin hergekommen, um meine Ruhe zu haben. Ich wollte allein sein. Asha ist so fremd, aber auch viel zu nah und vertraut. Jetzt haben sie mich, der kleine Junge und seine Großtante, und ich werde von einer Trauer darüber erfüllt, dass es mir offenbar unmöglich ist, Einsamkeit zu finden, die absolute Isolation, die ich verdiene, die ich brauche, um irgendwann dahin zurückkehren zu können, wo ich hergekommen bin. Asha steht neben mir und bedeutet mir etwas, sie und ihr kleiner Junge halten mich zurück, während ich weiß, dass ich weg muss, und ihre Geschichte, die sie unmöglich auch anderen erzählt haben kann, bindet mich an diesen Ort; ich schlage die Augen nieder und stelle fest, dass Sand und Wasser meine Füße angesaugt haben, ich stehe bis zu den Knöcheln in Sand und Wasser.

»Vielleicht«, sage ich. »Es steht mir nicht zu, das zu beurteilen.«

»Du machst es dir zu leicht, Synne. Wenn es uns Menschen nicht zusteht, zu urteilen, wem steht es denn dann zu? Gott? Du hast doch gesagt, dass du nicht an Gott glaubst.«

»Du musst selber urteilen. Wir müssen uns alle selber beurteilen. Nur wir wissen doch Bescheid, Asha. Mit welchem Recht schaffen wir uns unser eigenes Leben? Und haben wir das Recht, zu ... Ist es richtig, unser eigenes Glück zu verfolgen, weil wir glauben, dass damit auch das Leben anderer besser werden kann? Hast du an dich gedacht oder an Pierrot, als du ihn mitgenommen hast? Ich weiß es nicht. Ich kann nicht ... Wir müssen unsere eigenen Entscheidungen treffen und danach versuchen, uns damit zu versöhnen.«

»Aber ich habe doch keine Entscheidung getroffen! Ich stand einfach nur vor dem brennenden Haus, und als mir aufging, dass niemand überlebt haben konnte, bin ich losgegangen. Ich habe mich nicht entschlossen, ich bin einfach losgegangen. War das richtig?«

Noch immer sinke ich immer tiefer in den Sand, er wirkt wie Treibsand, und ich habe Angst, als ich versuche, mich loszureißen, ich stecke fest, ich bücke mich rasch und nehme die Hände; nach einigen Sekunden bin ich frei und rette mich aufs Trockene. Ich zucke mit den Schultern und laufe zum Bungalow, ich will Petter sehen.

Er liegt quer über dem Bett, ohne Decke, er ist heiß, seine Brust ist von Schweißperlen bedeckt, er macht sich breit und hat seine Arme und Beine überall, seine Schlafanzughose ist zu klein, und an seinen bloßen Beinen sehe ich Sandkörner, die im schwachen Licht des Badezimmers funkeln wie Diamanten, sein Gesicht ist von völliger Ruhe geprägt und umkränzt von den zerzausten Haaren, die dunkelbraun und struppig sind und blonde Spitzen haben: In einer Woche wird er acht und bekommt von einer zufällig Vorüberkommenden ein Boot, ehe sie weiterfährt, um vielleicht nie wiederzukommen.

Asha ist mir gefolgt und flüstert:

»Habe ich mich richtig verhalten, Synne?«

Ohne zu antworten, schleiche ich mich zum Bett und ziehe den italienischen Schuhkarton unter der Matratze hervor. Noch immer schweigend gehe ich zurück zum Strand und setze mich in Petters schrottreifen Strandkorb.

Asha nimmt in dem anderen Platz, wir scheinen jetzt miteinander verbunden zu sein, sie lässt mich nicht los, und ich würde mich gern darüber ärgern, empfinde stattdessen jedoch eine Art von ... Zuneigung?

Der Brief liegt ungelesen unten im Karton. Als ich ihn hervorziehe, fallen andere Zettel heraus, und ich bekomme Angst, ich klaube sie zusammen und stopfe sie zurück und drücke den Deckel darauf. Ich öffne den ungelesenen Brief.

Asha schweigt. Ich lese den Brief dreimal.

»Ich brauche nicht nach Norwegen zurückzufahren«, sage ich, während ich den Brief wieder zusammenfalte. »Ich habe nichts verbrochen. Die Polizei sagt, dass ich nichts verbrochen habe. Die Ermittlungen sind eingestellt worden.«

»Aber das spielt doch keine Rolle«, flüstert Asha. »Nur du weißt, ob du schuldig bist, nicht wahr? Andere können nicht über dich urteilen.«

Der italienische Schuhkarton sperrt sich, der Deckel will nicht geschlossen bleiben, die Seiten lösen sich langsam voneinander, und ich brauche Klebeband, bringe es aber nicht über mich, aufzustehen, ich bin bleischwer, und der Boden hält mich fest, fest, und ich kann gerade noch den Kopf über meinen Schoß beugen, über die kühle Pappe, die fast schon in Auflösung übergegangen ist, und plötzlich und ohne es zu wollen, fange ich an zu weinen.

Asha bleibt die ganze Nacht bei mir sitzen, und sie fragt nicht einmal, ob ich meine Geschichte gegen ihre tauschen will.

40

»PENG!«

Die Tür wurde so hart zugeschlagen, dass sie fast aus den Angeln gesprungen wäre.

»Benedicte! *Benedicte!*«

Rebecca war wütend und riss die Tür auf.

»Lauf gefälligst nicht weg, wenn ich mit dir rede. Hörst du!«

»Ich bin achtzehn. Ich mache, was ich will!«

Synne hörte ihre Stimme, trotzig, aber mit einem Hauch von Unterwerfung. Synne wusste, dass sie bald zurückkehren würde, sich aufs Sofa setzen, in die Luft starren und die Ungerechtigkeit der Welt ganz allgemein vorführen würde, dazu aber auch die Tatsache, dass Rebecca ihr ihren Wagen nicht geben wollte.

Synne hatte sich vor sehr langer Zeit einmal gewaltig geirrt, nämlich als Benedicte elf Jahre alt gewesen war und mit ihren Eltern in einer Villa ganz oben am Holmenkollen gewohnt hatte, damals, als alles anders gewesen war und Synne angenommen hatte, dass Benedicte später nicht hübsch werden würde. Die Teenagerjahre hatten ihr ein spannendes Aussehen geschenkt, dunkel, mit großen schwarzen Augen, und sie war den Ekzemen entwachsen, wie die Ärzte das versprochen hatten. Sie zog sich originell an, zumeist in Kleidern aus dem Laden der Heilsarmee, sie hatte sehr viel Farbsinn und ein Gespür für alles, was mit Ästhetik zu tun hatte; Benedicte Schultz mauserte sich langsam zu einer kleinen Künstlerin. Sie hatte auf dem Gymnasium einen Theater-Leistungskurs belegt und würde vom Herbst an die Schauspielschule besuchen.

»Sie kann meinen Wagen haben«, sagte Synne hinter der Abendzeitung. »Das ist doch kein Problem. Sie kann ihn haben.«

»Es geht darum, dass sie heute Abend überhaupt kein Auto haben soll«, protestierte Rebecca. »Sie weiß genau, dass sie kein Auto bekommt, wenn sie ihre Pflichten vernachlässigt.«

Aber Benedicte hatte jetzt eine Verbündete. Sie starrte Synne an, überlegte, lächelte kurz, war jedoch noch nicht bereit zum Einlenken. »Synne ist ja sowieso fast die ganze Zeit hier«, sagte sie, ruhiger jetzt; sie ahnte, dass sie bald in einem schöneren Wagen losfahren würde, als ihre Mutter ihn hatte, in einem Sportmodell, einem alten MG Cabriolet. »Da kann ich ja auch ihr Auto nehmen.«

»Sie ist *nicht* die ganze Zeit hier«, sagte Rebecca wütend. »Sie ist höchstens einmal die Woche hier, und sie ist immer herzlich willkommen. Klar?«

»Klar. Und ich kann heute Abend ihr Auto leihen.«

Martin kam ins Zimmer, er ging jetzt aufs Gymnasium und hatte Pickel und dunkle Haare auf der Oberlippe.

»Wenn du Synnes Auto leihen kannst, dann hast du ein Schweineglück. Wir haben gestern damit geübt.«

Er lächelte Synne an, fuhr ihr durch die Haare, sie schlug mit der Zeitung nach ihm, und die beiden fingen einen Boxkampf an, lachend, bis er sie richtig traf und erschrocken die Hände hob:

»Verzeihung, Synne. Hab ich dir weh getan?«

»Gar nicht«, sagte Synne, rieb sich aber ihr brennendes Ohr. »Wir hören jetzt auf, Rebecca. Benedicte nimmt mein Auto, und die Küche putzt sie dann morgen.«

»Bitte, *Mama!*«

Die erwachsene Achtzehnjährige war verschwunden, und ein kleines Mädchen bettelte auf den Knien.

»Nein, kommt nicht in Frage. Du bleibst zu Hause«, erklärte Rebecca.

Das Mädchen explodierte.

Die dunkelbraunen Haare umwogten ihren Kopf wie eine Wolke und gerieten zwischen die Zipfel der vier Halstücher, die sie zerschnitten und locker um ihren Hals geflochten hatte; sie fauchte, ihr Speichel flog über den Wohnzimmertisch, und sie starrte ihrer Mutter in die Augen.

»Du Scheiß ... *du Scheiß lesbische Nutte!*«

Synne sah Martin an, hielt Martins Augen krampfhaft fest, presste die Hände zusammen und durfte nicht, wollte nicht loslassen.

Rebecca war erstarrt, sie stand wie eine Schaufensterpuppe mit einem Putzlappen in den Händen da, den Lappen halb erhoben.

Martin ließ los und starrte nach unten. Synne sprang auf, ohne es zu wollen, ohne nachzudenken, sie schoss aus ihrem Sessel hoch und ragte über Benedicte auf.

»Jetzt bist du zu weit gegangen, Benedicte. Jetzt bist du entschieden *zu weit gegangen.* Du bist eine verwöhnte freche Göre, auf die wir schon viel zu lange Rücksicht genommen haben. Wann hast du eigentlich vor, erwachsen zu werden?«

Synne verspürte den unbändigen, beängstigenden Drang, sie zu schlagen, und sie packte krampfhaft ihre Hemdenzipfel, um nicht den Arm zu heben. Die Kleine duckte sich nicht einmal, im Gegenteil, sie warf den Kopf in den Nacken und ging zur Tür. Sie schaute niemanden an.

»Komm zurück«, brüllte Synne. »Du kommst jetzt zurück. *Und zwar sofort!*«

Dann sah sie Rebecca an. In all den Jahren, seit jenem Sonntagabend, den sie beide vergessen und verdrängt hatten, hatte Rebecca nicht mehr so ausgesehen. Ihr Gesicht war flach und ausdruckslos, und ihre Augen waren nur zwei schwarze Öffnungen in einem Kopf, der vollständig leer zu sein schien.

»Scheißgöre!«, schrie Synne und rannte hinaus in die Diele.

Der Schlüssel war verschwunden. Der Wagenschlüssel. Ihr Wagenschlüssel, der dort auf dem Tisch gelegen hatte. Jetzt war er verschwunden.

»Verdammt, sie hat mein Auto genommen«, sagte sie zu Rebecca, die noch immer Putzlappen und Diplomatenkoffer in Händen hielt und von solcher Trauer erfüllt war, dass Synne es nicht ertrug, sie noch länger anzuschauen.

»Immerhin trinkt sie nicht«, flüsterte Rebecca. »Und immerhin fährt sie vorsichtig.«

Und obwohl Synne für einen Moment – für einen winzigen Moment – mit diesem Gedanken spielte, tat sie es dann doch nicht. Synne lief nicht hinter Benedicte her. Durch das Dielenfenster sah sie sie ungestüm zum Wagen laufen, sich hinter das Steuerrad setzen und losfahren. Synne versuchte nicht, sie zurückzuhalten.

41

Hervé bringt ein Telegramm. Er kommt mir nervös vor und will nicht fahren; obwohl ich ihn für seine Mühe großzügig bezahlt habe, bleibt er stehen, neben dem Wagen, steckt sich eine Zigarette an und mustert mich ängstlich. Vielleicht ahnt er meine Unruhe, meine Angst, was mag das hier sein?

Ich kann die Nummer mit dem Brief nicht noch einmal durchziehen. Das hier ist ein Telegramm. Wenn die Sache nicht wichtig wäre, lebenswichtig vielleicht, dann hätte ich einen Brief bekommen. Ich muss es öffnen, es steckt in einem Umschlag von schlechter Papierqualität, mit einem Fenster, in dem mein Name zu lesen ist.

Hervé folgt mir lautlos an den Strand.

»Ich komme am 20. Juni. Wir haben solche Angst um dich. Du warst so lange weg. Hol mich am Flughafen ab, Flug BA 2063 aus London. Deine Mama.«

»Schlechte Nachrichten?«, fragt Hervé, aber ich kann nicht sofort antworten.

Mama kommt. Hierher, auf eine Insel im Indischen Ozean, wo ich für unbestimmte Zeit einen Bungalow gemietet habe und nicht so recht weiß, was ich tue. Das Telegramm erfüllt mich mit blitzschneller, funkelnder Freude, Mama kommt, und ich schlucke.

»Meine Mutter kommt«, sage ich endlich und starre das Telegramm an.

Dann schaue ich auf, schaue Hervé an. Er grinst von einem Ohr zum anderen.

»Schön«, sagt er. »Wann soll ich sie abholen?«

»Lass nur«, sage ich. »Schau morgen mal rein, ja?«

Mama kommt. Mich erfüllt eine unendliche Sehnsucht, ein tiefes Verlangen nach Zuwendung, nach Nähe, nach echter Nähe, nach der Nähe, die sich nur mit der Zeit einstellt und die sich nicht innerhalb von sieben widerwilligen Monaten zusammen mit einer alten Frau und ihrem reizenden Großneffen aufbauen lässt; ich sehne mich danach, geliebt zu werden, dazuzugehören, ich will spüren, dass jemand mich lieb hat, egal, was ich auch getan habe; und ich spüre es – sie ist meine Mutter, und sie kommt, weil sie sehen will, wie es mir geht, sie will sich um mich kümmern, und ich spüre, welche Freude mir das bereitet, welche intensive Freude, dass Mama kommt und mich vielleicht fest, fest an sich drückt und sagt, dass sich schon alles finden wird. Dass wir nur Zeit brauchen.

Ich suche mir Papier und einen Bleistift. Die Spitze ist abgebrochen, Petter hat damit gespielt. Lange stehe ich am Spülbecken und spitze ihn mit dem Messer, spitzer und spitzer, und am Ende muss ich aufhören, sonst könnte ich ihn nicht mehr halten.

»Liebe Mama. Komm nicht. Ich fahre uebermorgen weiter. Ihr hoert von mir, wenn ich nach Hause komme. Gruess Papa und Silje. Ich denke auch an euch. Deine Synne.«

Das kann Hervé morgen aufgeben.

42

Synne konnte nicht schlafen. Der Zusammenstoß mit Benedicte machte ihr schrecklich zu schaffen. Obwohl sie sich immer wieder sagte, dass Achtzehnjährige unmöglich sind und dass am nächsten Tag alles vergessen sein würde, gab es doch etwas, das sie quälte und sie nicht schlafen ließ. Alles ging jetzt doch eigentlich viel besser, viel besser, in einem gewissen langsamen Rhythmus, aus dem vielleicht eine Art Leben werden könnte, auf jeden Fall, wenn sie Geduld genug hatte.

Und die drei jüngeren Kinder waren ja eigentlich nie ein Problem gewesen, sie akzeptierten sie, mochten sie, und Henrik liebte sie noch immer, er kannte sie, solange er sich zurückerinnern konnte, und dieser Junge war etwas Besonderes, er hatte Ähnlichkeit mit Rebecca. Rebecca kam ihr fröhlicher vor, entschlossener, es sich gut gehen zu lassen, und die schwarzen Löcher traten immer seltener auf, es war sehr lange her, wenn Synne sich das genau überlegte, sie wusste schon gar nicht mehr, wann Rebecca zuletzt das Bedürfnis nach Kälte, nach Distanz gezeigt hatte.

Benedicte hatte sich auch ein wenig besser benommen. Sie war niemals warm, niemals akzeptierend, aber ein bisschen weniger unfreundlich, es kam sogar vor, dass sie um Hilfe bei den Schulaufgaben bat. Ihre Explosionen sollten nicht stattfinden, wenn Synne dabei war. Das taten sie auch nie. Sie sollten für die heftigen Zusammenstöße zwischen Rebecca und Benedicte reserviert sein, für blutige Scharmützel, wie sie nur zwischen Müttern und Töchtern vorkommen können; nur das Band zwischen Mutter und Kind ist stark genug, um das zu überdauern. Synne kam sich vor wie ein Eindringling, wie eine Voyeuse; sie hatte etwas gesehen, dessen Existenz ihr bekannt war, das eine Fremde aber nicht sehen durfte.

Die Bremsen. So schlimm konnte das doch nicht sein, aber sie hatte schon dreimal, zuletzt am Vortag, das Gefühl gehabt, dass etwas nicht stimmte, nichts wirklich Ernstes, aber trotzdem: sie funktionierten beim ersten Versuch nicht so richtig, man musste zweimal bremsen, rasch, dann griffen sie, wie es sich gehörte, und alles war in Ordnung. Eine erfahrene Fahrerin würde das an der ersten Kreuzung feststellen.

Benedicte hatte den Führerschein jetzt seit vier Monaten, und Synne konnte nicht schlafen.

43

Ich habe einen Punkt erreicht, wo ich nicht mehr schreiben kann. Ich habe angefangen zu packen. Den Computer kann ich verschenken, er ist zu groß, um ihn mitzunehmen; ich bereue bitterlich, dass der Laptop auf dem Meeresgrund gelandet ist. Petter kann den Computer haben, mit Flugsimulator und Spielen, und bestimmt ist er dann das einzige Kind in der Gegend, das seinen eigenen Computer hat. Meine Kleider sind frisch gewaschen, Asha hat vermutlich begriffen, was hier bevorsteht. Sie spricht jetzt nicht sehr viel, sie bringt Petter zum Schweigen, offenbar hat Hervé ihr von dem Telegramm erzählt. Obwohl er die Antwort natürlich nicht lesen konnte, aber er ist ja nicht dumm: Ich habe ihm nicht gesagt, wann er meine Mutter abholen soll.

Wenn ich nur wüsste, wie es Rebecca geht. Wenn ich nur wüsste, ob es ihr besser geht, nicht gut, aber doch besser; es wird ihr niemals gut gehen, ihre Tochter ist umgekommen, und die Polizei hatte mir zunächst Übertretung des Paragraphen soundso der Straßenverkehrsordnung zur Last legen wollen, das steht in dem Brief, der von der Einstellung der Ermittlungen berichtet. Ich war auf der Wache und kam mir tot vor und sagte aus, ja, ich hätte dreimal etwas an den Bremsen gemerkt, hätte aber keine Ahnung gehabt, dass es ernst sein könnte, und Rebecca war ein Gespenst, das mir die Schlüssel zu meiner Wohnung brachte und nur sagte, sie wolle mich nie wieder sehen, sie weinte nicht einmal, sie sah einfach durch mich hindurch, als ob niemals etwas gewesen wäre.

Wenn ich nur genau wüsste, was sie mir vorwirft. Das unglückselige Auto mit den defekten Bremsen, den Bremsen, die ich hätte erwähnen müssen; wirft Rebecca mir das vor? Aber Benedicte hatte mein Auto doch *gestohlen!* Ich hatte doch versucht, sie aufzuhalten, oder vielleicht nicht? Hatte ich sie aus dem Haus gejagt? Vielleicht hätte ich nichts sagen dürfen. Möglicherweise hätte ich zusehen sollen, wie Benedicte ihre Mutter anpöbelte, ich hätte mich aus der Sache heraushalten sollen, so, wie ich immer herausgehalten worden war; hatte ich Benedicte in den Tod gejagt? Habe ich ihre Tochter umgebracht, ist Rebecca davon überzeugt?

Ich weiß es nicht, und ich habe einen Punkt erreicht, an dem ich es bald nicht mehr schaffe, nach der Antwort zu suchen. Ich bin zu erschöpft, ich bin müde, ich will nach Hause, aber ich kann nicht fahren, solange ich es nicht weiß. Vielleicht glaubt sie, ich hätte ihr schon an jenem ersten Tag im Ministerium ihr Leben gestohlen, an dem Tag, an dem die Sonne so unwissenschaftlich tief am Himmel stand und an dem ich mich ihretwegen erbrochen hatte. Ich habe ihr das Leben geraubt, habe mich aufgedrängt, habe ihr fast alles genommen, was sie hatte, nur an die Kinder hat sie sich geklammert, nur vor den Kindern habe ich mich gebeugt, immer war ich die Nummer 5, aber immer eben auch das: Nummer 5. Mir war das genug, immer genug. Aber mit welchem Recht habe ich in ihre Familie eingegriffen, wer hat mir erlaubt, so viel zu zerstören, eine Familie auseinander zu reißen, nur weil ich den einzigen Menschen auf der ganzen Welt gefunden hatte, den ich wollte, den Menschen, über den Bücher geschrieben werden, doch den niemand außer mir jemals gefunden hat, die perfekte Geliebte, von der wir unser Leben lang träumen, während wir uns fast immer damit abfinden, dass es sie nicht gibt; hatte ich das Recht, Rebecca mit beiden Händen zu packen und sie nie wieder loszulassen? Hasst sie mich deswegen? Hatte Frau Lange im Grunde Recht, als sie in meine Wohnung kam und mir vorhielt, wie unerhört mein Verhalten doch sei, wie *unmoralisch?*

Ich gäbe alles darum zu wissen, was Rebecca mir vorwirft. Ich möchte meine Schuld auf etwas schieben, das ich verstehen kann; und wenn ich es nicht verstehe, dann will ich wenigstens wissen, was ich getan habe, das in Rebeccas Augen so entsetzlich falsch war. Eine Sünde. Unmoralisch. Ich suche und suche nach diesem Gefühl, das mich reinigen kann, das mich so weit läutern kann, dass ich die Heimkehr verdient habe, und Scham und Schuld werden mir die Kraft geben, einen Bogen um Rebecca zu machen, eine Kraft, die ich noch nicht besitze, weshalb ich den halben Erdball zwischen uns legen muss, um das Versprechen zu halten, dass ich nur mit letzter Kraft herausflüstern konnte:

»Ich verspreche, dich in Ruhe zu lassen. Ehrenwort.«

Einen Monat nach der Beerdigung (die ich aus der Ferne beobachtet habe, ich war nicht in der Kapelle, ich stand nur da, hinter einem hohen Grabstein aus dem Krieg und sah die vielen Trauergäste kommen und zum Schluss Rebecca, an Christians Arm, sie stützten einander, und auch die Kinder waren schwarz gekleidet; der erste Schnee dieses Herbstes betonte die Kontraste), einen Monat darauf sah ich sie dann wieder. Ich hatte nach ihr gesucht, meine Sehnsucht war unvorstellbar, ich konnte nicht schlafen, und ich brachte Cetacea um, impulsiv und plötzlich, die Tierärztin musterte mich vorwurfsvoll, aber sie konnte nicht mehr leben, denn ich wollte niemanden in meiner Wohnung haben. Jeden Morgen stand ich vor Rebeccas Haus, ein Stück entfernt, so weit, dass ich nicht gesehen werden konnte – und deshalb konnte ich Rebeccas letzten Befehl erfüllen –, und ich sah sie kommen, zusammen mit den Kindern, den übrig gebliebenen Kindern, denen, die noch da waren, schweigsam schob sie sie in den Wagen. Sie sahen mich nicht, Rebecca nicht und die Kinder nicht.

Aber einen Monat später, ich musste etwas essen, brauchte einen Imbiss, Brot und Käse, und das gab mir den Vorwand, den Laden aufzusuchen, in dem sie immer einkaufte, und dort sah ich sie. Unvermittelt, über dem Kühltresen, ich wollte Gemüse kaufen, ich musste ja etwas essen. Ihre Haare waren jetzt silbergrau, wo sie doch rabenschwarz gewesen waren, als wir an einem Freitag vor sehr langer Zeit in einem Straßencafé Weißwein und Bier getrunken hatten, und sie glänzten auch nicht mehr so. Ihr Gesicht war blass, und ihre Augen kamen mir schräger vor. Vielleicht waren sie nur geschwollen. Wir blickten einander ganz kurz an, über Tiefkühlwaren im Sonderangebot, durch den Frostrauch des Kühltresens, und ich betete in Gedanken ganz innig, dass sie mich hören sollte. Sie sah mich an, sah mich wirklich an, aber ihre Augen waren nur ein Schlusspunkt, oder vielleicht ein Ausrufezeichen, hinter dem, worum sie mich gebeten, dem Befehl, den sie mir erteilt hatte, fünf Wochen zuvor, in der Nacht, in der Benedicte ihr Leben verloren hatte. Sie ließ eine Packung Fischauflauf fallen, kehrte mir den Rücken zu und hatte ihren wogenden Gang verloren.

Und da wusste ich, dass sie niemals zurückkommen würde.

Und da beschloss ich, fortzugehen.

Ich muss zu Ende packen, morgen früh fahre ich nach Neuseeland.

44

Kiri Te Kanawa. Ich denke an Kiri Te Kanawa. Sie ist eine halbe Maori und auf Neuseeland geboren. Ob sie noch immer dort lebt, weiß ich nicht. Ihre Schönheit kann sich fast mit der von Liv Ullmann messen. Ich bin Kiri Te Kanawa nicht begegnet, habe ihren Hund nicht gestohlen oder so etwas, aber Rebecca und ich haben einmal in Wien eines ihrer Konzerte besucht. Ihr Gesicht hat etwas Besonderes, Schönheit trotz dieses leicht flachen Zuges mit den engstehenden dunklen Augen. Typisch Maori, denke ich, und will nach Neuseeland.

Heute wird Petter acht, Rebecca wird fünfzig. Das heißt, eigentlich ist sie erst neunundvierzig, aber das wissen nur sie, ich und ihr Vater. Heute feiert sie Geburtstag. Wenn sie feiert. Heute, und zu Hause in Norwegen ist Hochsommer.

Petter hat das Boot bekommen, er war stumm vor Begeisterung und musste dazu überredet werden, mir zu glauben: Ich habe mich beim Vermieter erkundigt, Petter kann es hier an einem Pfahl vertäuen. Vielleicht erleichtert das Geschenk ihm den Abschied von mir, er zeigt seine Trauer nicht offen, er zuckt mit den Schultern und glaubt, dass ich irgendwann zurückkehren werde. Den Computer bekommt er erst nach meiner Abreise, das habe ich mit Asha verabredet, die fast ebenso schweigsam ist.

Als Hervé kommt, hat er sich feingemacht. Er trägt ein Jackett, ich sehe ihn zum ersten Mal in einem solchen Kleidungsstück, und besonders bequem kann es nicht sein. Er lädt mein Gepäck in seinen Wagen, und Asha streckt die Hand aus.

»Fahr nach Hause, Synne«, sagt sie leise. »Fahr nach Hause und mach einen Versuch.«

Ich gebe keine Antwort, ich nehme einfach nur ihre Hand und lächele, mein Mund zittert, aber vielleicht sieht sie es nicht, und sie wiederholt:

»Fahr dahin, wo du hingehörst.«

Dann lässt sie meine Hand los, und ich gehe auf die andere Seite des Autos und öffne die Tür.

»Give me five«, bitte ich Petter, und er lacht und knallt seine Handfläche gegen meine.

Dann läuft er zu seinem Boot hinunter, dem Geschenk der Frau, die von der Nähe des Nordpols stammt.

»Komm bald zurück!«, brüllt er im Laufen.

Der Wagen ist heiß, aber ich lasse das Fenster geschlossen. Hervé startet den Motor, und ich sehe Asha durch das schmutzige Fenster an und forme stumm mit den Lippen einige Wörter.

»Thank you, Asha. Merci.«

Sie nickt kurz und wendet sich ab. Das Letzte, was ich sehe, als wir bei dem großen Baum um die Kurve biegen, ist Ashas Rücken, der sich dem Jungen am Strand nähert. Sie trägt ein geblümtes Kleid, vom Alter verschlissen, noch von hier aus kann ich ihre Schulterblätter sehen, wie Vogelflügel durch den Stoff, und ihre Arme sind braun und dünn, aber stark wie Bootstrossen.

»Halte beim Postamt«, bitte ich Hervé.

Er fährt auf den Bürgersteig, und ich nehme das Paket, das auf meinem Schoß liegt, ein großes graues Paket voller Papier, die Geschichte, die ich hier auf Mauritius geschrieben habe, den Bericht über eine Liebe, die zu groß war und zu viel gekostet hat. Ich reiche es dem Mann hinter dem Schalter, der es weiterbefördern soll, in den Norden.

Die Geschichte ist mein Geschenk an Rebecca, zum fünfzigsten Geburtstag, obwohl sie es sicher nicht vom Postamt abholen wird. Sie wird im Gefühl haben, worum es sich handelt, wenn die Benachrichtigung kommt, das weiß ich, Rebecca hat magische Hände. Und dann wird das Paket zurückgeschickt, an die Absenderin, ich habe Ashas Adresse angegeben, und Asha kann meinen Bericht für mich hüten. Er kann kein besseres Zuhause finden als bei Asha, dieser alten Frau, die mir ihre Geschichte über Liebe und Schuld geschenkt hat.

Jetzt bekommt sie im Gegenzug meine.

PIPER

Anne Holt

Was niemals geschah

Roman. Aus dem Norwegischen von Gabriele Haefs.
384 Seiten. Gebunden

Ihr atemberaubender Kriminalroman »In kalter Absicht« brachte Anne Holt den großen internationalen Durchbruch. Nun stellt sie den zweiten, so subtilen wie spannungsreichen Fall mit Kommissar Yngvar Stubø und der Psychologin Inger Johanne Vik vor: Das erste Opfer, die populäre Talkmasterin Fiona Helle, verblutet mit abgetrennter, gespaltener Zunge. Die Botschaft könnte nicht deutlicher sein: Fiona Helle war eine Lügnerin. Kommissar Yngvar Stubø, der sich noch im Vaterschaftsurlaub befindet, nimmt zunächst den Fall nicht ernst und entscheidet, daß sein Neugeborenes wichtiger ist als ein neuer Mordfall. Aber dann gibt es ein zweites Opfer. Diesmal ist es Vibeke Heinerback. Als Führerin einer rechtspopulistischen Partei feierte sie einen Erfolg nach dem anderen, jetzt hängt Vibeke gekreuzigt an der Schlafzimmerwand, zwischen ihren Beinen eine Ausgabe des Korans. Fieberhaft beginnt Yngvar Stubø zu ermitteln: Hat er es mit einem biblischen Rächer zu tun?

01/1521/01/L

Anne Holt

In kalter Absicht

Roman. Aus dem Norwegischen von Gabriele Haefs. 365 Seiten. Serie Piper

Packend und beklemmend zugleich ist der brisante Kriminalroman der Bestsellerautorin Anne Holt über eine Serie von dramatischen Entführungsfällen: Am hellichten Tag verschwindet in Oslo die kleine Emilie, wenig später wird der fünfjährige Kim vermißt. Schließlich findet man den Jungen tot auf, mit einem rätselhaften Zettel in der Hand. Hauptkommissar Stubø beschließt, die sensible Psychologin Inger Vik einzuschalten. Schließlich erinnern die Umstände fatal an den Fall, in dem sie gerade recherchiert: ein Verbrechen, das über vierzig Jahre zurückliegt …

»Gegen diesen Serienkiller-Thriller ist ›Das Schweigen der Lämmer‹ eine Gute-Nacht-Geschichte. Hätte Anne Holt mit Inger Vik nicht eine absolut vertrauenerweckende Heldin in die böse Welt geschickt, man würde nach der Lektüre ihres neuen Psychokrimis kein Auge mehr zukriegen.«

Brigitte

05/1425/01/L

Anne Holt, Berit Reiss-Andersen

Das letzte Mahl

Roman. Aus dem Norwegischen von Gabriele Haefs. 427 Seiten. Serie Piper

Der grausame Mord an dem Osloer Restaurantchef Ziegler stellt Hanne Wilhelmsen und Billy T. vor ein Rätsel: Wer hat ihm das edle japanische Messer in die Brust gestoßen? Und was hat es mit dem unvollendeten kunstvollen Mosaik in Zieglers Wohnung auf sich? Nach dem tragischen Tod ihrer Freundin Cecilie ist Hanne endlich nach Oslo zurückgekehrt. Nur zögernd wird sie von ihren Kollegen wieder akzeptiert, bis sie diese vor einem schwerwiegenden Fehler bewahrt und den Mord aufklären kann.

»Ein Roman, der gleichzeitig so fesselt, daß man ihn verschlingt, aber doch so nachhaltig beschäftigt, daß man ihn nicht vergißt.«

Stadtmagazin Hannover

05/1771/01/R

Anne Holt

Das achte Gebot

Roman. Aus dem Norwegischen von Gabriele Haefs. 444 Seiten. Serie Piper

Ståle Salvesen hat Selbstmord begangen, dafür gibt es Zeugen. Salvesen galt jedoch als Hauptverdächtiger in einem abscheulichen Mordfall, und nun steht die Osloer Hauptkommissarin Hanne Wilhelmsen mit ihren Ermittlungen wieder ganz am Anfang. Dann gibt es ein zweites Opfer: Ein bekannter Wirtschaftsjournalist wird erschlagen aufgefunden, und zwar ausgerechnet in Salvesens Keller …

»Anne Holts neuer Fall ist dunkel, schön und melancholisch.«

Die Welt

05/1053/01/L

Anne Holt

Das einzige Kind

Roman. Aus dem Norwegischen von Gabriele Haefs. 294 Seiten. Serie Piper

»Olav ist zwölf Jahre alt, chronisch hungrig, unglaublich fett und sehr unglücklich. Er ist ›das einzige Kind‹ seiner geliebten und gequälten Mutter, die ihn fürchtet. So landet er schließlich im Kinderheim ›Frühlingssonne‹. Dort führt Agnes Vestavik zwar ein strenges Regiment, überblickt aber nicht die Situation. Folglich stirbt sie, mit einem Messer im Rücken. Gleichzeitig verschwindet Olav. Und Hauptkommissarin Wilhelmsen weigert sich verzweifelt, ein zwölfjähriges Kind des Mordes zu verdächtigen. Sehr spröde erzählt sie ihre dunkle und spannende Story, bespielt den Plot nach allen Regeln der Schreibkunst – eine präzise, düstere Romancienne mit kriminellen Neigungen. Ihr drittes Buch ist schon eine schöne Geschichte. Ihre schönste bis jetzt.«

Hamburger Abendblatt

05/1052/01/R

Rolf Henrich

Die Schlinge

Roman. 165 Seiten. Serie Piper

»Mein erster Gedanke war: Da darfst du dich nicht hineinziehen lassen. Aber Schumann war mein Freund. Was für eine Wahl blieb mir da? Freundschaft war das einzige, was mir noch heilig war. Ich wollte mir die Vergangenheit vom Hals halten, aber sie war mir dichter auf den Fersen, als ich gedacht hatte.«

Lukas Wolfskehl, Rechtsanwalt, soll General a.D. Donath verteidigen. Anklage: sieben Todesfälle zu DDR-Zeiten. Ein Auftrag, der ihm nicht schmeckt … Rolf Henrichs Roman über die Verteidigung dieses NVA-Generals, der nicht Recht sucht, sondern Gerechtigkeit, zeigt eindrucksvoll, wie begrenzt die juristischen Mittel bei der Bewertung der Vergangenheit sind.

»Eine lesenswerte Geschichte, fesselnd geschrieben, dabei geradlinig und sparsam gebaut.«
Frankfurter Allgemeine Zeitung

05/1772/01/L

Karin Fossum

Schwarze Sekunden

Roman. Aus dem Norwegischen von Gabriele Haefs. 300 Seiten. Serie Piper

Die schwarzen Sekunden der Septembernacht dehnen sich unerträglich, während Kommissar Sejer verzweifelt die verschwundene Ida Joner sucht. Ist der autistische Emil Johansson ihr unergründlicher, grausamer Mörder? Psychologische Finesse und höchste Spannung prägen den neuen Kriminalroman der preisgekrönten Autorin Karin Fossum.

»Meisterhaft schildert Karin Fossum die Katakomben der menschlichen Psyche. Ein Nervenzerrspiel, dessen Plot über die letzte Seite hinaus verstört.«
Facts

05/1773/01/R